Diogenes Taschenbuch 21992

O. Henry

*Meister-
erzählungen*

*Mit einem Nachwort von
Heinrich Böll*

Diogenes

Nachweis am Ende dieses Bandes
Umschlagillustration: T. de Thulstrup,
›Brooklyn Bridge: Crossing in a Storm‹
(Ausschnitt)
Aus *Harper's Weekly*, 1887

Veröffentlicht als Diogenes Taschenbuch, 1991
Alle Rechte vorbehalten
Copyright © 1967, 1981, 1991
Diogenes Verlag AG Zürich
40/97/8/2
ISBN 3 257 21992 X

Inhalt

Das Geschenk der Weisen 7
 ‹The Gift of the Magi›, deutsch von Theo Schumacher

Die klügere Jungfrau 16
 ‹The Trimmed Lamp›, deutsch von Annemarie und Heinrich Böll

Der Polizist und der Choral 35
 ‹The Cop and the Anthem›, deutsch von Theo Schumacher

Erinnerungen eines gelben Hundes 46
 ‹Memoirs of a Yellow Dog›, deutsch von Christine Hoeppener

Die Theorie und der Köter 54
 ‹The Theory and the Dog›, deutsch von Wolfgang Kreiter

Ruf der Posaune 69
 ‹The Clarion Call›, deutsch von Annemarie und Heinrich Böll

Schuhe 81
 ‹Shoes›, deutsch von Christine Hoeppener

Schiffe 95
 ‹Ships›, deutsch von Christine Hoeppener

Das Gold, das glänzte 107
 ‹The Gold, that Glittered›, deutsch von Rudolf Löwe

«Die Rose von Dixie» 119
 «The Rose of Dixie», deutsch von Annemarie und Heinrich Böll

Unschuldslämmer des Broadway 137
 ‹Innocents of Broadway›, deutsch von Annemarie und Heinrich Böll

Wie dem Wolf das Fell gegerbt wurde   148
  ‹Shearing the Wolf›, deutsch von Wolfgang Kreiter

Die exakte Wissenschaft von der Ehe   157
  ‹The Exact Science of Matrimony›, deutsch von Wolfgang Kreiter

Gummikomödie für zwei Spanner   167
  ‹A Comedy in Rubber›, deutsch von Wilhelm Höck

Betrogene Betrüger   174
  ‹Babes in the Jungle›, deutsch von Rudolf Löwe

Das Karussell des Lebens   183
  ‹The Whirligig of Life›, deutsch von Christine Hoeppener

Ein Dinner bei ...   193
  ‹A Dinner at ...›, deutsch von Wilhelm Höck

Die Pfannkuchen von Pimienta   208
  ‹The Pimienta Pancakes›, deutsch von Charlotte Schulze

Die Straßen, die wir wählen   224
  ‹The Roads We Take›, deutsch von Christine Hoeppener

Freunde in San Rosario   232
  ‹Friends in San Rosario›, deutsch von Wolfgang Kreiter

Bekenntnisse eines Humoristen   254
  ‹Confessions of a Humorist›, deutsch von Annemarie und Heinrich Böll

Nachwort von Heinrich Böll   269

Nachweis   276

Das Geschenk der Weisen

Ein Dollar und siebenundachtzig Cent. Das war alles. Und sechzig Cent davon bestanden aus Pennystücken. Pennies, die man zu jeweils ein oder zwei Stück dem Krämer, Gemüsehändler oder Metzger abgehandelt hatte, bis man mit schamroten Wangen den unausgesprochenen Vorwurf der Knauserigkeit spürte, den solches Feilschen mit sich brachte. Dreimal zählte Della das Geld nach. Ein Dollar und siebenundachtzig Cent. Und morgen war Weihnachten.
Da blieb allerdings nichts anderes übrig, als sich auf die schäbige kleine Couch zu werfen und zu heulen. Das tat Della denn auch. Was zu der philosophischen Betrachtung anreizt, daß das Leben aus Schluchzen, Seufzen und Lächeln besteht, wobei das Seufzen überwiegt.
Während die Verzweiflung der Hausfrau allmählich in das zweite Stadium abklingt, wollen wir uns das Heim betrachten. Eine möblierte Wohnung für acht Dollar die Woche. Nicht daß sie in ihrer Armseligkeit jeder Beschreibung spottete, aber weit entfernt davon war sie sicher nicht.
An der Eingangstüre unten befanden sich ein Briefkasten, in den niemals Briefe geworfen wurden, und ein elektrischer Klingelknopf, dem kein Sterblicher je einen Laut entlocken konnte. Dazu gehörte noch eine Karte mit dem Namen «Mr. James Dillingham Young.»
Das ausgeschriebene «Dillingham» hatte während einer früheren Periode des Wohlstandes vornehm wir-

ken sollen, als der Besitzer des Namens noch dreißig Dollar in der Woche bekam. Doch jetzt, da das Einkommen auf zwanzig Dollar zusammengeschrumpft war, schienen die Buchstaben des Namens «Dillingham» so verschwommen, als gedächten sie ernsthaft, sich zu einem bescheidenen und anspruchslosen «D» zusammenzuziehen. Jedesmal aber, wenn Mr. James Dillingham Young nach Hause kam und seine Wohnung betrat, wurde er von Frau James Dillingham Young, Ihnen schon als Della bekannt, «Jim» gerufen und stürmisch umarmt. So weit, so gut.

Della hörte auf zu weinen und machte sich mit der Puderquaste über ihre Wangen her. Sie stand am Fenster und sah bedrückt einer grauen Katze zu, die im grauen Hinterhof einem grauen Zaun entlangschlich. Morgen war Weihnachten, und sie hatte nur einen Dollar und siebenundachtzig Cent, um Jim ein Geschenk zu kaufen. Seit Monaten hatte sie jeden Penny gespart, und das war der Erfolg. Mit zwanzig Dollar in der Woche kommt man nicht weit. Die Ausgaben waren größer gewesen, als sie gerechnet hatte. Sie sind es ja immer. Nur ein Dollar siebenundachtzig, um ein Geschenk für Jim zu kaufen. Für ihren Jim. Manch glückliche Stunde hatte sie damit verbracht, sich etwas Hübsches für ihn auszudenken. Etwas Schönes, Seltenes, Gediegenes – etwas, das beinahe der Ehre würdig gewesen wäre, Jim zum Besitzer zu haben.

Zwischen den Fenstern des Zimmers befand sich ein Pfeilerspiegel. Vielleicht haben Sie schon einmal einen Pfeilerspiegel in einer Achtdollarwohnung gesehen. Nur eine sehr schlanke und bewegliche Person kann, wenn sie ihr Spiegelbild in einer raschen Folge von

Längsstreifen zu betrachten versteht, einen einigermaßen zuverlässigen Eindruck ihres Aussehens bekommen. Da Della schlank war, verstand sie sich darauf.

Plötzlich wandte sie sich vom Fenster ab und stellte sich vor den Spiegel. Ihre Augen glänzten hell, aber ihr Gesicht hatte innerhalb von zwanzig Sekunden jede Farbe verloren. Schnell löste sie ihr Haar und ließ es in seiner ganzen Länge herabfallen.

Nun gab es zwei Dinge im Besitz der Familie James Dillingham Young, auf die beide mächtig stolz waren. Eines davon war Jims goldene Uhr, die schon seinem Vater und Großvater gehört hatte. Das andere war Dellas Haar. Hätte in der Wohnung jenseits des Lichtschachtes die Königin von Saba gewohnt, Della hätte ihr Haar eines Tages zum Trocknen aus dem Fenster gehängt, nur um die Juwelen und Geschenke Ihrer Majestät in den Schatten zu stellen. Und wäre König Salomon mit all seinen im Kellergeschoß aufgestapelten Schätzen der Pförtner des Hauses gewesen, Jim hätte jedesmal im Vorbeigehen seine Uhr gezückt, nur um ihn vor Neid seinen Bart raufen zu sehen.

Da fiel also Dellas schönes Haar wie ein brauner Wasserfall glänzend und sich kräuselnd an ihr herab. Es reichte ihr bis unter die Knie und umhüllte sie fast wie ein Kleid. Mit nervöser Hast steckte sie es wieder auf. Einen Augenblick noch zögerte sie, während eine oder zwei Tränen auf den abgetretenen roten Teppich fielen.

Dann schlüpfte sie in ihre alte braune Jacke und setzte ihren alten braunen Hut auf. Mit wehendem Rock und dem immer noch glänzenden Leuchten in den Augen huschte sie zur Tür hinaus, die Treppe hinunter, auf die Straße.

Sie blieb erst vor einem Schild stehen, auf dem zu lesen war: «Mme Sofronie, Haare aller Art.» Della rannte eine Treppe hoch und sammelte sich, nach Luft ringend. Madame, massig, zu weiß gepudert, sehr kühl, sah kaum so aus, als könne sie Sofronie heißen.

«Wollen Sie mein Haar kaufen?» fragte Della.

«Ich kaufe Haar», sagte Madame. «Nehmen Sie Ihren Hut ab und zeigen Sie, wie es aussieht.»

Herunter rieselte der braune Wasserfall.

«Zwanzig Dollar», sagte Madame und wog die Haarflut mit geübter Hand.

«Schnell, geben Sie mir das Geld», sagte Della.

Oh, und die nächsten zwei Stunden tänzelten vorbei auf rosigen Schwingen. (Entschuldigen Sie die verhunzte Metapher!) Sie durchstöberte die Läden nach einem Geschenk für Jim.

Endlich fand sie es. Sicher war es für Jim und keinen anderen gemacht. Nichts kam ihm gleich in all den anderen Läden, die sie durchwühlt hatte. Es war eine Uhrkette aus Platin, schlicht und edel in der Ausführung; ihr Wert war nur am Material und nicht an protzigem Zierat zu erkennen – was ja bei allen echten Dingen der Fall sein sollte. Diese Kette war es sogar wert, die Uhr aller Uhren zu tragen. Sobald Della sie sah, wußte sie, daß sie Jim gehören mußte. Sie war wie er. Vornehmheit und Wert – diese Bezeichnungen trafen auf beide zu. Einundzwanzig Dollar nahm man ihr dafür ab, und mit den siebenundachtzig Cent eilte sie nach Hause. Mit dieser Kette an seiner Uhr konnte Jim in jeder Gesellschaft, so eifrig er wollte, nach der Zeit sehen. Denn so prächtig die Uhr auch war, er schaute oft nur verstohlen darauf, weil sie, statt an einer Kette, an einem alten Lederriemen hing.

Als Della zu Hause ankam, wich ihr Freudenrausch ein wenig der Besinnung und Vernunft. Sie holte ihre Brennschere hervor, zündete das Gas an und machte sich daran, die Verwüstungen wiedergutzumachen, die Freude am Schenken und Liebe angerichtet hatten. Und das, liebe Freunde, ist immer eine ungeheure Aufgabe – eine Mammutaufgabe.

Nach vierzig Minuten war ihr Kopf mit winzigen, eng anliegenden Löckchen bedeckt, die ihr ganz das Aussehen eines die Schule schwänzenden Lausbuben gaben. Sie besah sich lange, sorgfältig und kritisch im Spiegel.

«Wenn Jim mich nicht umbringt», sagte sie zu sich selbst, «bevor er mich eines zweiten Blickes würdigt, so wird er sagen, ich sehe aus wie ein Tanzgirl von Coney Island. Aber was konnte ich tun – oh, was konnte ich tun mit einem Dollar und siebenundachtzig Cent?»

Um sieben Uhr war der Kaffee fertig, und die heiße Bratpfanne stand hinten auf dem Ofen, bereit, die Kotelettes aufzunehmen.

Jim kam nie zu spät. Della nahm die Uhrkette zusammengelegt in die Hand und setzte sich auf die Tischecke bei der Tür, durch die er immer hereinkam. Bald vernahm sie seinen Schritt weit unten auf den ersten Stufen, und für einen Augenblick wurde sie ganz weiß. Sie hatte die Gewohnheit, im stillen kleine Gebete für die einfachsten Alltagsdinge zu sprechen, und so flüsterte sie auch jetzt: «Lieber Gott, mach, daß er mich immer noch hübsch findet!»

Die Tür ging auf, Jim trat ein und machte sie hinter sich zu. Er sah schmal und ernst aus. Armer Kerl, erst Zweiundzwanzig und schon mit einer Familie beladen! Er brauchte einen neuen Mantel und hatte keine Handschuhe.

Jim blieb an der Türe stehen, bewegungslos wie ein Setter, der eine Wachtel wittert. Seine Augen waren auf Della gerichtet und hatten einen Ausdruck, den sie nicht deuten konnte und der sie erschreckte. Es war weder Zorn noch Überraschung, weder Mißbilligung noch Entsetzen, überhaupt keines der Gefühle, auf die sie gefaßt war. Er starrte sie ganz einfach an, mit jenem sonderbaren Ausdruck auf seinem Gesicht.

Della rutschte vom Tisch herunter und ging auf ihn zu.
«Jim, Liebster», rief sie, «schau mich nicht so an. Ich ließ mein Haar abschneiden und verkaufte es, weil ich Weihnachten einfach nicht überstanden hätte, ohne dir etwas zu schenken. Es wird wieder nachwachsen – du bist nicht böse, nicht wahr? Ich mußte es einfach tun. Und meine Haare wachsen ja unheimlich schnell. Sag ‹Fröhliche Weihnachten›, Jim, und laß uns glücklich sein. Du weißt ja gar nicht, was für ein schönes – ja, wunderschönes Geschenk ich für dich habe.»

«Dein Haar hast du dir abgeschnitten?» fragte Jim mühsam, als hätte er trotz der härtesten geistigen Anstrengung diese offensichtliche Tatsache noch nicht erfaßt.

«Abgeschnitten und verkauft», sagte Della. «Magst du mich nicht trotzdem genauso gern? Ich bin doch auch ohne das Haar immer noch dieselbe, nicht wahr?»
Jim schaute sich forschend im Zimmer um.

«Du sagst, dein Haar ist fort?» sagte er mit fast idiotischem Ausdruck.
«Du brauchst nicht danach zu suchen», sagte Della. «Verkauft ist es, sag ich dir, verkauft und fort. Es ist Heiliger Abend, mein Junge. Sei lieb zu mir, ich habe es ja für dich getan. Es mag ja sein, daß die Haare auf meinem Kopf gezählt waren», fuhr sie fort mit plötzlich ernsthafter Zärtlichkeit, «aber niemand könnte jemals meine Liebe zu dir zählen. Soll ich jetzt die Kotelettes aufsetzen, Jim?»
Nun schien Jim schnell aus seinem Trancezustand zu erwachen. Er schloß Della in die Arme. Wir wollen daher zehn Sekunden lang mit diskreter Genauigkeit einen belanglosen Gegenstand in entgegengesetzter Richtung betrachten. Acht Dollar in der Woche oder eine Million im Jahr – was ist der Unterschied? Ein Mathematiker oder ein geistreicher Kopf würde uns eine falsche Antwort geben. Die drei Weisen aus dem Morgenlande brachten kostbare Geschenke, aber jenes schönste Geschenk war nicht darunter. Diese dunkle Andeutung wird sich später aufklären.
Jim zog ein Päckchen aus seiner Manteltasche und warf es auf den Tisch.
«Täusche dich nicht in mir, Dell», sagte er. «Ich glaube, kein Haarschneiden, Scheren oder Waschen könnte mich dazu bringen, mein Mädchen weniger zu lieben. Aber wenn du dieses Päckchen aufmachst, wirst du sehen, warum ich zuerst eine Weile außer Fassung war.»
Weiße Finger zogen behende an Schnur und Papier. Ein entzückter Freudenschrei; und dann – o weh – ein schneller echt weiblicher Umschwung zu jähen Tränen

und Klagen, welche den Herrn des Hauses vor die augenblickliche Notwendigkeit stellten, mit ganzer Kraft Trost zu spenden.

Denn da lagen sie, die Kämme – die ganze Garnitur von Kämmen, seitlich und hinten einzustecken, die Della so lange schon in einem Schaufenster am Broadway bewundert hatte. Herrliche Kämme, aus echtem Schildpatt, mit juwelenverzierten Rändern – genau von der Farbe, die zu dem verschwundenen Haar gepaßt hätte. Es waren teure Kämme, das wußte sie, und ihr Herz hatte sie voller Sehnsucht begehrt, ohne im entferntesten zu hoffen, sie je zu besitzen. Und jetzt gehörten sie ihr, aber die Flechten, die diese heißersehnten Schmuckstücke hätten zieren sollen, waren fort.

Doch sie drückte sie ans Herz, und endlich konnte sie aus verweinten Augen aufblicken und lächelnd sagen: «Meine Haare wachsen ja so rasch, Jim.»

Und dann sprang Della wie eine kleine, angesengte Katze in die Höhe und rief: «Oh, oh!»

Jim hatte ja sein schönes Geschenk noch gar nicht gesehen. Sie hielt es ihm eifrig auf offener Hand entgegen. Das mattglänzende, kostbare Metall schien auf einmal aufzuleuchten und ihre innige Freude widerzuspiegeln.

«Ist sie nicht ein Prachtstück, Jim? Ich habe die ganze Stadt abgejagt, bis ich sie gefunden habe. Du mußt jetzt hundertmal am Tag nach der Zeit sehen. Gib mir deine Uhr. Ich möchte sehen, wie sie sich daran ausnimmt.»

Anstatt Folge zu leisten, ließ sich Jim auf die Couch fallen, faltete die Hände hinter dem Kopf und lächelte.

«Dell», sagte er, «wir wollen unsere Weihnachtsgeschenke wegpacken und eine Weile aufheben. Sie sind zu schön, als daß wir sie jetzt gleich benützen könnten. Ich habe die Uhr verkauft, um das Geld für deine Kämme zu bekommen. Und jetzt, glaube ich, wäre es Zeit, die Kotelettes aufs Feuer zu stellen.»
Die Heiligen Drei Könige waren, wie Sie wissen werden, weise Männer – wunderbar weise Männer –, die dem Kindlein in der Krippe Geschenke brachten. Sie erfanden die Kunst des weihnächtlichen Schenkens. In ihrer Weisheit wählten sie sicher Geschenke, die für den Fall, schon auf dem Gabentisch vertreten zu sein, umgetauscht werden konnten. Und da habe ich Ihnen nun mit unbeholfener Feder die recht ereignislose Geschichte von zwei närrischen Kindern in einer Wohnung erzählt, die einander, gar nicht sehr weise, ihre größten Schätze geopfert haben. Aber in meinem Schlußwort an die Weisen unserer Tage möchte ich sagen, daß von allen, die schenken, diese beiden am weisesten waren. Von allen, die schenken und beschenkt werden, sind ihresgleichen am weisesten. Das gilt für immer und überall. *Sie* sind die Könige.

Die klügere Jungfrau

Natürlich hat jede Sache ihre zwei Seiten. Wir wollen gleich die zweite betrachten. Man spricht oft von «Ladenmädchen». Solche Mädchen gibt es nicht. Es gibt Mädchen, die in Läden arbeiten. Die auf diese Weise ihren Lebensunterhalt verdienen. Aber warum macht man ihre Beschäftigung zu einem Eigenschaftswort? Wir wollen fair sein. Wir bezeichnen die Mädchen, die in der Fünften Avenue wohnen, auch nicht als «Heiratsmädchen.»

Lou und Nancy waren Freundinnen. Sie waren in die große Stadt gekommen, um Arbeit zu suchen, denn bei ihnen zu Hause reichte es nicht für alle. Nancy war neunzehn, Lou war zwanzig. Beide waren hübsche, fleißige Landmädchen, die keinen Ehrgeiz hatten, zur Bühne zu gehen.

Ein kleiner Cherub führte sie zu einer billigen und anständigen Pension. Beide fanden Stellungen und wurden Arbeitnehmer. Sie blieben Freundinnen. Sie sind jetzt sechs Monate in der Stadt gewesen, und an diesem Punkt bitte ich Sie, vorzutreten und sich vorstellen zu lassen. Kritischer Leser: meine Freundinnen, Miss Nancy und Miss Lou. Bitte betrachten Sie, während Sie sich die Hände schütteln – vorsichtig – ihr Äußeres. Ja, vorsichtig, denn wenn man sie anstarrt, sind sie ebenso schnell beleidigt wie eine Dame in einer Loge beim Pferderennen.

Lou bügelt gegen Stücklohn in einer Handwäscherei. Sie trägt ein schlechtsitzendes purpurrotes Kleid, und die Feder auf ihrem Hut ist zehn Zentimeter zu lang;

aber ihre Hermelinstola und der Muff dazu kosten 25 Dollar, und ehe die Saison vorbei ist, wird man ihre Geschwister in den Schaufenstern auf 7.98 heruntersetzen. Ihre Wangen sind rosig, und die blauen Augen glänzen. Zufriedenheit strahlt von ihr aus.

Nancy würden Sie ein Ladenmädchen nennen, denn Sie sind an dieses Wort gewöhnt. Es gibt den Typ Ladenmädchen nicht, aber unsere perverse Generation sucht immer nach dem Typ, so mag sie also als Typ gelten. Sie trägt ihr Haar hochtoupiert und ist übertrieben korrekt zurechtgemacht. Ihr Rock ist billig, hat aber den richtigen modischen Schnitt. Kein Pelz schützt sie vor der scharfen Frühlingsluft, aber sie trägt ihre kurze Jacke aus schwarzem Tuch so flott, als wäre sie aus Persianer. Auf ihrem Gesicht und in ihren Augen findest du, rücksichtsloser Typensucher, den typischen Ladenmädchen-Ausdruck. Es ist der Ausdruck der schweigenden aber verachtungsvollen Revolte einer betrogenen Frauenwelt; die traurige Prophetie von kommender Rache. Wenn sie noch so laut lacht, dieser Ausdruck bleibt. Den gleichen Ausdruck kann man in den Augen russischer Bauern sehen; und die von uns, die es erleben, werden ihn eines Tages im Gesicht des Engels Gabriel sehen, wenn er kommt, uns mit Posaunenschall zu wecken. Es ist ein Blick, vor dem der Mann klein und bescheiden werden sollte; aber er hat schon immer darüber gegrinst und Blumen angeboten – mit einem Strick daran.

Nehmen Sie jetzt den Hut ab und kommen Sie, während Ihnen noch Lous munteres «Auf Wiedersehn» nachschwebt und Nancys liebes, ein wenig spöttisches Lächeln, das Sie irgendwie zu verfehlen und wie ein

weißer Nachtfalter über die Dächer hinweg zu den Sternen aufzuschweben scheint.
Die beiden warteten an der Ecke auf Dan. Dan war Lous ständiger Begleiter. Treu? Nun, er war immer zur Hand, wenn Mary ein Dutzend vergatterte Beschützer hätte anheuern müssen, um ihr Schäfchen zu finden.
«Ist dir nicht kalt, Nancy?» sagte Lou. «Nein, was bist du doch für ein Holzkopf, für 8 Dollar in der Woche in dem blöden Laden zu arbeiten. Ich habe vorige Woche 18.50 verdient. Natürlich ist Bügeln nicht so schick wie hinter einer Theke Spitzen zu verkaufen, aber es lohnt sich. Keine von uns Büglerinnen verdient weniger als 10 Dollar. Und ich kann auch nicht finden, daß es eine weniger ehrenvolle Arbeit ist.»
«Ich gönn' sie dir», sagte Nancy mit erhobenem Näschen. «Ich nehme meine acht in der Woche und schlafe auf dem Flur. Ich hab gern schöne Sachen und feine Leute um mich. Und was man dabei für Chancen hat! Also – eins der Mädchen von den Handschuhen hat einen aus Pittsburg geheiratet – einen Stahlmacher oder Schmied oder so – der war 'ne Million schwer. Ich angle mir nächstens auch 'nen feinen Mann. Ich will mich gar nicht großtun mit meinem Aussehn und so, aber wenn ein ordentlicher Preis geboten wird, werde ich meine Chance wahrnehmen. Wer sieht denn schon ein Mädchen in 'ner Wäscherei?
«Na, hör mal, da hab' ich doch Dan kennengelernt», sagte Lou triumphierend. «Er holte sein Sonntagshemd mit den Kragen ab und sah mich am ersten Brett bügeln. Wir versuchen alle, am ersten Brett zu arbeiten. Ella Maginnis war an dem Tag krank, und ich

bekam ihren Platz. Er sagt, zuerst wären ihm meine Arme aufgefallen, wie rund und weiß die waren. Ich hatte die Ärmel hochgekrempelt. In die Wäscherei kommen oft nette Kerle. Man erkennt sie daran, daß sie ihre Wäsche in einem Koffer bringen und sich in der Tür ganz scharf und plötzlich umdrehen.»
«Wie kannst du nur eine solche Bluse tragen, Lou?» sagte Nancy. Der Blick unter den schweren Lidern lag mit freundlichem Spott auf dem geschmähten Gegenstand. «Sie ist geschmacklos.»
«Diese Bluse?» fragte Lou und riß vor Empörung die Augen auf. «Ich hab sechzehn Dollar dafür bezahlt. Und sie ist fünfundzwanzig wert. Eine Frau hat sie zum Waschen gebracht und nicht mehr abgeholt. Der Boss hat sie mir verkauft. Sieh dir all die Handstickerei darauf an. Du solltest lieber von diesem häßlichen, schmucklosen Fähnchen reden, das du anhast.»
«Dieses häßliche, schmucklose Fähnchen», sagte Nancy ruhig, «ist nach einem kopiert, das Mrs. Van Alstyn Fisher trägt. Ich weiß von den anderen Mädchen, daß sie im vergangenen Jahr im Laden eine Rechnung von 12000 Dollar gehabt hat. Ich habe es selbst genäht. Es kostet mich nur 1.50. Auf eine Entfernung von zehn Schritt kannst du es von ihrem nicht unterscheiden.»
«Schon gut», sagte Lou gutmütig, «wenn du unbedingt Hunger leiden willst, um fein zu sein, dann bitte. Aber meine Arbeit und mein guter Lohn sind mir lieber; und nach Feierabend gibt's bei mir was anzuziehn, so schick und hübsch, wie ich's bezahlen kann.»
Aber in diesem Augenblick kam Dan – ein ernster junger Mann mit einem fest stehenden Schlips, der

nicht zum frivolen Teil der Stadt gehörte – ein Elektriker, der 30 Dollar in der Woche verdiente. Er betrachtete Lou mit den traurigen Augen eines Romeo, und ihre gestickte Bluse schien ihm ein Netz, in dem jede Fliege sich mit Wonne hätte fangen lassen.
«Mein Freund, Mr. Owens – darf ich dir Miss Danforth vorstellen?» sagte Lou.
«Freut mich sehr, Sie kennenzulernen, Miss Danforth», sagte Dan und streckte ihr seine Hand hin. «Lou hat schon so oft von Ihnen erzählt.»
«Danke», sagte Nancy und berührte seine Hand mit ihren kühlen Fingerspitzen, «Sie hat auch schon von Ihnen gesprochen – ein paarmal.»
Lou kicherte.
«Hast du diesen Händedruck auch von Mrs. Van Alstyn Fisher kopiert, Nancy?» fragte sie.
«Und wenn ich es getan habe, darfst du dich ruhig anschließen», sagte Nancy.
«Oh, ich hätte keine Verwendung dafür. Für mich ist das zu elegant. Das soll bezwecken, daß man die Diamantenringe besser sieht, darum hält man die Hand so hoch. Wart bis ich ein paar Ringe hab', dann versuch' ich's auch.»
«Lern es lieber vorher», sagte Nancy weise, «dann ist die Wahrscheinlichkeit, daß du die Ringe bekommst, größer.»
«Um den Streit zu schlichten», sagte Dan mit seinem frohen und freundlichen Lächeln, «möchte ich einen Vorschlag machen. Da ich Sie nicht beide ins Tiffany einladen kann, wie wäre es da mit dem Varieté? Ich habe die Karten schon. Wollen wir uns nicht Bühnenbrillanten anschauen, da wir uns schon nicht mit den

richtigen Glitzerdingern die Hand schütteln können?»
Der treue Ritter nahm seinen Platz am Bordstein ein, Lou ging neben ihm, ein wenig wie ein Pfau in ihren bunten Kleidern, Nancy an der Innenseite, schlank und unauffällig gekleidet wie ein Spätzchen, aber mit dem wahren Van Alstyne Fisher-Gang – so machten sie sich zu ihrem bescheidenen Abendvergnügen auf.
Ich glaube, es gibt nicht viele Leute, die ein großes Warenhaus für eine Bildungsanstalt halten, aber so etwas war das Geschäft, in dem sie arbeitete, für Nancy. Sie war von schönen Dingen umgeben, die von Geschmack und Verfeinerung zeugten. Wenn man in einer Atmosphäre von Luxus lebt, so genießt man den Luxus, ob man selbst dafür bezahlt oder ein anderer.
Die Leute, die sie bediente, waren meist Frauen, deren Kleidung, Manieren und soziale Stellung als vorbildlich bezeichnet wurden. Nancy begann, sich von jeder einen Zoll entrichten zu lassen – von jeder das, was in ihren Augen das Beste an ihr war.
Von der einen kopierte sie eine Geste, die sie einübte, von einer andern das beredte Heben einer Braue, von anderen die Art zu gehen, eine Handtasche zu tragen, zu lächeln, eine Freundin zu begrüßen, «Untergebene» anzusprechen. Von ihrem meistgeliebten Vorbild, Mrs. Van Alstyne Fisher, eignete sie sich etwas Kostbares an, eine sanfte, leise Stimme, die klar wie Silber war und so vollkommen artikuliert wie die Töne einer Drossel. Da sie in einer Atmosphäre von gesellschaftlicher Verfeinerung und guter Erziehung schwamm, konnte sie gar nicht anders, als davon tief

beeinflußt zu werden. So wie man sagt, daß gute Sitten besser sind als gute Grundsätze, so sind vielleicht auch gute Manieren besser als gute Sitten. Die Lehren deiner Eltern können vielleicht dein New-England-Gewissen nicht lebendig erhalten, aber wenn du dich auf einen steiflehnigen Stuhl setzt und vierzigmal «Prismen und Pilger» sagst, wird dich der Teufel fliehen. Und wenn Nancy in Van Alstyne Fisher-Tönen redete, so fühlte sie den Schauer des *noblesse oblige* bis ins Mark.

In der großen Warenhausschule gab es noch eine andere Quelle des Wissens. Wo immer du drei oder vier Ladenmädchen die Köpfe zusammenstecken siehst und ihre dünnen Armreifen zur Begleitung einer scheinbar frivolen Unterhaltung klirren hörst, glaube nicht, daß sie versammelt sind, um die Art zu kritisieren, wie Ethel ihren Hinterkopf frisiert. Die Versammlung mag die Würde der zielbewußten Männerversammlungen entbehren, aber sie ist genau so wichtig wie der Augenblick, in dem Eva und ihre erste Tochter die Köpfe zusammensteckten, um zu beraten, wie man Adam seinen Platz im Hause klarmachen könnte. Es ist die Konferenz der Frauen für die gemeinsame Verteidigung und den Austausch von strategischen Theorien über Angriff und Abwehr auf und gegen die Welt, die eine Bühne ist, und gegen den Mann, der der Zuschauer ist, der immer wieder hartnäckig diese Bühne mit Blumensträußen bombardiert. Die Frau, das hilfloseste aller Tierjungen – mit der Anmut des Rehes, aber ohne dessen Schnelligkeit; mit der Schönheit eines Vogels, aber ohne dessen Fähigkeit zu fliegen, mit der süßen Last der Honigbiene,

aber ohne deren – oh, wir wollen das Gleichnis nicht weiterführen – vielleicht sind einige von uns schon gestochen worden.
Während dieser Kriegsberatung reichen sie Waffen weiter und tauschen Strategien aus, die eine jede erfunden und aus den Taktiken des Lebens formuliert hat.
«Ich sage zu ihm», sagt Sadie, «werd nur nicht frech. Wer glaubst du, daß ich bin, daß du mir gegenüber so 'ne Bemerkung machst? Und was glaubt ihr, hat er darauf gesagt?»
Die Köpfe, die braunen, schwarzen, flächsernen, roten und gelben wiegen sich im Takt; die Antwort erfolgt, und man beschließt, wie der Angriff pariert werden soll, und diese Taktik wird später von jeder einzelnen in den Waffengängen mit dem gemeinsamen Feind, dem Mann, befolgt.
So lernte Nancy die Kunst der Verteidigung, und für Frauen bedeutet eine erfolgreiche Verteidigung den Sieg.
Das Lehrprogramm eines Warenhauses ist weit gefaßt. Vielleicht hätte keine andere Universität sie so gut auf das Ziel ihres Lebens vorbereiten können – sich erfolgreich zu verheiraten.
Sie nahm im Warenhaus eine bevorzugte Stellung ein. Die Musikabteilung lag in ihrer Nähe, so daß sie die Werke der besten Komponisten hören und mit ihnen vertraut werden konnte – zum mindesten so vertraut, daß sie in der sozialen Schicht, in die sie sich mit einem vorsichtigen Fuß hineinzutasten versuchte, als Kennerin gelten konnte. Sie saugte den erzieherischen Einfluß von Kunstgegenständen auf, von kostbaren und

schönen Geweben, von Schmuckgegenständen, die für die Frau beinahe Kultur bedeuten.

Die anderen Mädchen hatten bald bemerkt, welche Richtung Nancys Ehrgeiz nahm. Sobald ein Mann, der in diese Rolle paßte, sich der Theke näherte, riefen sie ihr zu: «Da kommt dein Millionär, Nancy.» Männer, die müßig herumstanden, während ihre Frauen einkauften, pflegten zum Stand mit den Taschentüchern hinüberzuschlendern und ihre Zeit mit der Betrachtung der batistenen Vierecke zu vertrödeln. Nancys Imitation von Vornehmheit und ihre echte Lieblichkeit zogen sie an. So kam es, daß sich ihr viele Männer von der besten Seite zu zeigen versuchten. Vielleicht waren einige unter ihnen Millionäre, viele gewiß nichts anderes als deren eifrige Imitatoren. Nancy lernte zu unterscheiden. Am Ende der Handschuhtheke befand sich ein Fenster, und sie konnte unten in der Straße die Reihe der Wagen sehen, die auf die Käufer warteten. Sie beobachtete und bemerkte, daß Automobile sich ebenso unterscheiden wie ihre Besitzer.

Eines Tages kaufte ein faszinierender Mann vier Dutzend Taschentücher und machte ihr mit der Miene eines König Cophtua über die Theke hinweg den Hof. Als er gegangen war, sagte eins der Mädchen:

«Was hast du eigentlich, Nancy, warum bist du dem Burschen nicht entgegengekommen? Das schien mir doch die richtig schicke Sorte zu sein.»

«Der?» sagte Nancy mit ihrem kühlsten, süßesten, unpersönlichsten Van Alstyne Fisher-Lächeln. «Nicht mein Geschmack. Ich hab ihn draußen vorfahren sehen. Eine A 12 H.P.-Maschine und ein irischer Chauf-

feur! Und hast du gesehen, was für Taschentücher er kaufte? Seide! Und er roch nach Dactylis. Ich bitte dich – ich will die echte Sache oder gar nichts.»
Zwei der «feinsten» Mädchen des Ladens, eine Abteilungsleiterin und eine Kassiererin – hatten ein paar «schicke Bekannte», mit denen sie gelegentlich zum Essen ausgingen. Einmal wurde Nancy zusammen mit ihnen eingeladen. Das Essen sollte in einem eleganten Café eingenommen werden, dessen Tische ein Jahr im voraus zur Silvesterfeier vorbestellt waren. Es kamen zwei «bekannte Herren» – einer ohne ein einziges Haar auf dem Kopf – der Preis für ein flottes Leben, und das können wir beweisen –, der andere war ein junger Mann, der seinen Wert und seine Kultiviertheit auf zwei überzeugende Weisen demonstrierte: er schwor, daß jeder Wein nach Kork schmecke, und trug diamantenbesetzte Manschettenknöpfe. Dieser Mann entdeckte unwiderstehliche Reize an Nancy. Ladenmädchen waren nach seinem Geschmack, und hier war eins, das Stimme und Manieren der sozialen Oberschicht mit den natürlichen Reizen seiner eigenen Kaste verband. Am nächsten Tag erschien er im Laden und machte ihr über einem Karton handgesäumter, rasengebleichter irischer Leinentaschentücher einen ernsthaften Heiratsantrag. Nancy lehnte ab. Eine braune Hochfrisur, die ein paar Meter weiter stand, hatte Gebrauch von Augen und Ohren gemacht. Als der abgewiesene Freier gegangen war, überschüttete sie Nancy mit ganzen Eimern von Vorwürfen.
«Was bist du für eine schreckliche kleine Närrin! Der Bursche ist ein Millionär – er ist ein Neffe des alten Van Skittle persönlich. Und er sprach zu dir wie zu

einer Gleichgestellten. Bist du verrückt geworden, Nance?»
«Meinst du?», sagte Nancy. «Weil ich ihn nicht genommen habe? Und wie willst du wissen, daß er ein Millionär ist? Er bekommt von seiner Familie nur 20000 im Jahr. Der Kahlkopf hat ihn neulich beim Abendessen damit aufgezogen.»
Der braune Haarturm kam mit zusammengekniffenen Augen näher.
«Hör mal, was willst du eigentlich?» fragte sie; aus Mangel an Kaugummi war die Stimme ganz heiser. «Langt dir das etwa nicht? Du willst wohl eine Mormonin werden und Rockefeller und Gladstone und den König von Spanien und den ganzen Schwarm heiraten? Sind 20000 im Jahr nicht genug für dich?»
Nancy wurde unter dem direkten Blick der schwarzen seichten Augen ein wenig rot.
«Es war nicht nur das Geld, Carrie», sagte sie erklärend. «Sein Freund hat ihn neulich beim Essen bei einer glatten Lüge ertappt. Es ging um ein Mädchen, mit dem er nicht im Theater gewesen sein wollte. Also, ich kann Lügner nicht ausstehen. Alles in allem – ich mag ihn nicht, und damit ist die Sache erledigt. Wenn ich verkaufe, dann nicht im Ausverkauf. Ich muß jedenfalls einen haben, der wie ein Mann im Stuhl sitzt. Ja, ich bin auf eine Beute aus, aber sie muß mehr können, als mit dem Geld klimpern.»
«Man sollte dich ins Irrenhaus sperren!» sagte die braune Hochfrisur und ging davon.
Nancy fuhr fort, mit 8 Dollar in der Woche diese hohen Ideen, wenn nicht Ideale, weiter zu pflegen. Sie hielt Feldwache an der Fährte der großen unbekannten

«Beute», aß trockenes Brot und schnallte ihren Gürtel jeden Tag enger. Auf ihrem Gesicht lag das leichte, soldatische, freundliche und grimmige Lächeln des geborenen Menschenjägers. Der Laden war ihr Jagdrevier, und manchesmal legte sie ihre Flinte auf ein Wild an, das groß schien und ein mächtiges Geweih trug, aber immer wieder hielt sie ein tiefinnerer, unbeirrbarer Instinkt – vielleicht ein Jagdinstinkt, vielleicht ein echt weiblicher – davon ab, zu feuern. Immer wieder nahm sie die Spur von neuem auf.

Lou blühte und gedieh in der Wäscherei. Von den 18.50 Dollar in der Woche bezahlte sie sechs für Kost und Logis. Der Rest ging hauptsächlich für Kleider drauf. Im Vergleich zu Nancy hatte sie wenig Gelegenheit, ihren Geschmack und ihre Manieren zu verfeinern. Im Dampf der Wäscherei gab es nur Arbeit, Arbeit und Gedanken an den Feierabend. Ihr Eisen glitt über manch feines und glänzendes Gewebe, und es mag sein, daß ihre wachsende Vorliebe für schöne Kleider ihr durch das leitende Metall zuströmte.

Wenn die Tagesarbeit vorüber war, wartete draußen Dan, ihr treuer Schatten, in welchem Licht sie auch stand.

Manchmal warf er einen ehrlich besorgten Blick auf Lous Kleider, die immer auffälliger wurden, wenn auch nicht geschmackvoller. Aber das war kein Mangel an Loyalität; ihm mißfiel die Aufmerksamkeit, die sie auf der Straße erregte.

Und Lou war ihrem Gefährten nicht weniger treu. Es war fast ein Gesetz, dass Nancy sie immer, wenn sie ausgingen, begleitete. Dan trug diese Extrabürde mit freundlicher Gutmütigkeit. Man könnte sagen, daß bei

diesem vergnügungssuchenden Trio Lou die Farbe beisteuerte, Nancy den Ton und Dan das Gewicht. Bei dem Begleiter in seinem netten, aber offensichtlich von der Stange gekauften Anzug, seiner fest stehenden Krawatte und dem immer bereiten, gutherzigen, feststehenden Witz, gab es nie eine Überraschung aber auch keinen Zusammenstoß. Er gehörte zu den guten Menschen, deren Gegenwart man leicht vergißt, an die man sich aber deutlich erinnert, wenn sie gegangen sind.
Für Nancys anspruchsvollen Geschmack hatten diese Vergnügungen von der Stange manchmal einen etwas bitteren Beigeschmack; aber sie war jung, und dem jugendlichen Appetit schmeckt auch Brot, wenn Kuchen nicht zu haben ist.
«Dan spricht immer davon, daß wir bald heiraten sollten», sagte Lou einmal zu Nancy. «Aber warum eigentlich? Ich bin unabhängig. Ich kann mit dem Geld, das ich verdiene, tun, was ich will; und er würde niemals damit einverstanden sein, daß ich weiterarbeite. Aber hör mal, Nancy, warum willst du eigentlich für immer in diesem blöden Laden bleiben, wo du halb verhungerst, um dich kleiden zu können? Ich könnte dich sofort in der Wäscherei unterbringen. Ich glaube, es täte dir ganz gut, ein bißchen weniger hochnäsig zu sein, wenn du dabei soviel mehr Geld verdienen kannst.»
«Ich glaube, ich bin nicht hochnäsig, Lou», sagte Nancy, «aber ich lebe lieber knapp und bleibe wo ich bin. Ich bin nun mal daran gewöhnt. Ich habe da die Chancen, die ich brauche. Ich will ja gar nicht für immer hinter der Theke stehen. Ich lerne jeden Tag

etwas Neues. Die ganze Zeit gehe ich mit feinen und reichen Leuten um – auch wenn ich sie nur bediene; ich lasse keinen Fingerzeig unbeachtet.»
«Hast du deinen Millionär denn schon an der Leine? fragte Lou mit gutmütigem Spott.
«Ich habe noch keinen gewählt», gab Nancy zur Antwort. «Ich sehe sie mir erst mal an».
«Du meine Güte! Sie sucht auch noch aus! Laß dir nur nie einen entwischen, Nance – auch wenn an der Million ein paar Dollar fehlen. Aber du machst natürlich Spaß – für Millionäre kommen Mädchen, die arbeiten wie wir, gar nicht in Frage.»
«Sie wären vielleicht besser dran, wenn sie's täten», sagte Nancy weise. «Wir könnten ihnen beibringen, wie man mit Geld umgeht».
«Wenn mich mal einer ansprächse», sagte Lou und lachte, «ich kippte bestimmt aus den Latschen».
«Das meinst du nur, weil du keine kennst. Der einzige Unterschied zwischen feinen Leuten und anderen ist, daß man sie sich genauer ansehen muß. Findest du nicht, daß das rote Seidenfutter in dieser Jacke ein bißchen zu grell ist, Lou?»
Lou betrachtete die einfache, matt olivgrüne Jacke ihrer Freundin.
«Nein, das finde ich eigentlich nicht – aber vielleicht wirkt es so neben diesem verschossen aussehenden Ding, das du anhast».
«Diese Jacke», sagte Nancy würdevoll, «hat genau den Schnitt und sitzt genauso wie die, die Mrs. Alstyne Fisher neulich anhatte. Den Stoff hab' ich für 3.98 bekommen. Vermutlich hat ihre 100 Dollar mehr gekostet».

«Na gut», sagte Lou versöhnlich, «mir sieht sie aber nicht aus wie ein Köder, mit dem man Millionäre fängt.»
Man müßte wirklich ein Philosoph sein, um festzustellen, welche der Theorien, die die beiden Freundinnen vertraten, die bessere ist. Lou fehlte jener Stolz und der Sinn für Luxus, der die Warenhäuser und Geschäfte mit Mädchen füllt, die für einen Hungerlohn arbeiten; sie rackerte sich in der lärm- und schwadenerfüllten Wäscherei munter mit ihrem Bügeleisen ab. Ihr Lohn reichte für mehr als ein behagliches Leben, es blieb reichlich für Putz übrig, und manchmal warf sie voller Ungeduld einen schrägen Blick auf die ordentliche aber unelegante Kleidung Dans – Dans des treuen, des unwandelbaren, der nicht wankte und wich.

Was Nancy anbetrifft, so war ihr Fall einer von Tausenden. Seide und Juwelen, Spitzen und Schmuck und der Duft und die Musik der feinen Welt von Bildung und Geschmack – das alles wurde für Frauen geschaffen; es ist der ihnen zustehende Teil. Wenn sie es wünscht und diese Dinge als Teil ihrer selbst empfindet, soll sie in ihrem Bannkreis bleiben. Sie ist sich nicht untreu, wie Esau es war; sie behält ihr Geburtsrecht, und das Linsenmus, das sie verdient, ist oft sehr kärglich.
Nancy gehörte in diese Atmosphäre; sie gedieh darin, aß ihre kümmerlichen Mahlzeiten und plante ihre billigen Kleider mit Entschlossenheit und einem zufriedenen Gemüt. Die Frauen kannte sie bereits, und sie studierte den Mann, dieses Wild, seine Gewohnheiten und Qualitäten. Eines Tages würde sie die Beute, die sie gewählt hatte, erlegen; aber sie gab sich das Ver-

sprechen, daß es die größte und beste, und nichts Geringeres sein würde.
So hielt sie ihre Lampe geputzt und mit Öl gefüllt, um den Bräutigam zu empfangen, wenn er käme.
Aber noch eine andere Lehre lernte sie, vielleicht ohne es zu wissen. Die Skala ihrer Werte begann sich zu verschieben und zu verwandeln. Das Preisschild mit dem Dollarbetrag verschwamm vor ihren Augen und wurde unkenntlich, die Zahl verwandelte sich in Buchstaben, die sich zu Wörtern zusammensetzten, zu Wörtern wie «Treue» und «Ehre» und manchmal auch nur zu «Güte». Ich will ein Gleichnis dazu erfinden: jemand jagt in einem mächtigen Forst den Elch oder das Reh. Er kommt in ein kleines Tal, moosig und überschattet; ein Bächlein plätschert hindurch und murmelt von Ruhe und Frieden. In solchen Augenblicken kann selbst Nimrods Speer stumpf werden.
So fragte sich Nancy manchmal, ob der Persianerpelz dem Herzen, das unter ihm schlug, immer seinen Marktpreis wert war.
An einem Donnerstagabend verließ Nancy den Laden, wandte sich auf der Sechsten Avenue nach Westen und eilte auf die Wäscherei zu. Sie sollte mit Lou und Dan ein musikalisches Lustspiel besuchen.
Als sie die Wäscherei erreichte, trat Dan gerade aus der Tür. Auf seinem Gesicht lag ein fremder, gespannter Ausdruck.
«Ich bin vorbeigekommen, weil ich fragen wollte, ob man was von ihr gehört hat», sagte er.
«Von wem gehört hat?» fragte Nancy. «Ist Lou denn nicht da?»
«Ich dachte, du wüßtest es», sagte Dan. «Sie ist seit

Montag weder hier noch zu Hause gewesen. Sie hat alle ihre Sachen von dort weggeholt. Sie hat einem der Mädchen in der Wäscherei gesagt, sie ginge vielleicht nach Europa.»
«Hat denn niemand sie gesehen?» fragte Nancy.
Dan sah sie an. Er hatte die Lippen fest aufeinander gepreßt, in den festen grauen Augen lag ein stählerner Glanz.
«In der Wäscherei hat man mir erzählt», sagte er heiser, «daß sie gestern vorbeigefahren ist – in einem Automobil. Wahrscheinlich mit einem der Millionäre, über die ihr beide euch immer den Kopf zerbrochen habt».
Zum erstenmal fürchtete sich Nancy vor einem Mann. Sie legte ihre zitternde Hand leicht auf Dans Ärmel.
«So etwas darfst du mir nicht sagen, Dan – als ob ich etwas damit zu tun hätte».
«So habe ich's doch nicht gemeint», sagte Dan besänftigt. Er griff in seine Westentasche.
«Ich hab' die Karten für die Vorstellung heute abend», sagte er mit einem tapferen Versuch zur Munterkeit. «Wenn du –»
Nancy hatte für Mut immer Bewunderung gehabt.
«Ich gehe mit dir, Dan», sagte sie.
Es vergingen drei Monate, bis Nancy Lou wiedersah. Eines Abends eilte sie im Dämmer vom Geschäft nach Hause und ging dabei am Rand eines stillen kleinen Parks vorbei. Sie hörte sich beim Namen rufen, fuhr herum und konnte gerade noch Lou auffangen, die sich ihr in die Arme stürzte.
Nach der ersten Umarmung zogen sie beide die Köpfe zurück, so wie es Schlangen tun, bereit anzugreifen

oder liebenswürdig zu sein, mit tausend Fragen auf der Spitze der flinken Zungen. In diesem Augenblick bemerkte Nancy, daß sich der Reichtum auf Lou niedergelassen hatte; sie sah es an den kostbaren Pelzen, blitzenden Juwelen, am meisterhaften Schnitt der Kleider.

«Du kleine Närrin», rief Lou laut und herzlich. «Ich sehe, du arbeitest immer noch in deinem Warenhaus, fleißig und schäbig wie immer. Wie war das doch mit dem großen Fang, den du machen wolltest – mir scheint, da hat sich noch nichts getan?»

Aber beim zweiten Blick bemerkte Lou, daß etwas Besseres als Reichtum über Nancy gekommen war – etwas, das in ihren Augen heller leuchtete als Edelsteine, das ihre Wangen röter machte als eine Rose, das wie ein Funke auf ihren Lippen tanzte und darauf wartete, daß man es frei ließ.

«Ja – ich bin noch im Geschäft», sagte Nancy, «aber nächste Woche höre ich auf zu arbeiten. Ich habe meinen Fang gemacht – den besten Fang der Welt. Dir macht es jetzt wohl nichts mehr aus Lou, nicht wahr? – Ich werde Dan heiraten – Dan – er ist jetzt mein Dan. – Aber Lou!»

Um die Ecke des Parks kam einer dieser neumodischen glattgesichtigen jungen Polizisten geschlendert, die die Polizei erträglicher machen – wenigstens fürs Auge. Er sah eine Frau in einem teuren Pelzmantel sich mit diamantengeschmückten Händen an das Parkgitter klammern und wild schluchzen, während ein schlankes Ladenmädchen in schlichten Kleidern sich über sie beugte und sie zu trösten versuchte. Aber unser frischausgebrüteter glattgesichtiger Polizist ging, da er zu der neuen Sorte gehörte, vorbei, als sähe er nichts, denn er war klug genug, um zu wissen, daß man in solchen Fällen nicht helfen konnte, wenigstens nicht die Macht, die er repräsentierte. Er hätte mit seinem Schlagstock aufs Pflaster klopfen können, daß der Lärm bis zu den Sternen hinaufstieg, es hätte nichts genützt.

Der Polizist und der Choral

Soapy rutschte unruhig auf seiner Bank im Madison-Park hin und her. Wenn die Wildgänse hoch am nächtlichen Himmel kreischen, wenn Frauen ohne Seehundsfellmäntel plötzlich nett zu ihren Männern werden und Soapy auf seiner Bank im Park unruhig wird, dann weiß man, daß der Winter vor der Tür steht.
Ein welkes Blatt fiel in Soapys Schoß. Das war Vater Frosts Visitenkarte. Vater Frost meint es gut mit den ständigen Bewohnern des Madison-Parks und warnt sie zeitig vor seinem alljährlichen Besuch. An den Ecken der vier Straßen übergibt er seine Karten dem Nordwind, dem Lakaien im weiten Haus der Natur, so daß dessen Bewohner sich vorbereiten können.
Soapy wurde sich darüber klar, daß es Zeit für ihn geworden war, sich zu einem Ein-Mann-Ausschuß zur Beratung der Mittel und Wege gegen die kommende Kälte zusammenzufinden. Und deshalb rutschte er so unruhig auf seiner Bank hin und her.
Soapys winterliche Ambitionen waren nicht sehr hoch gesteckt. Eine Mittelmeerreise, ein Aufenthalt unter einschläfernden südlichen Himmeln oder eine Bootsfahrt in der Bucht von Neapel, an derartiges dachte er gar nicht. Drei Monate Gefängnis auf der Insel, das war alles, was sein Herz begehrte. Drei Monate gesicherte Kost und Unterkunft im Kreise gleichgesinnter Kollegen, geschützt vor Nordwind und Polizei, das erschien Soapy als der Inbegriff alles Wünschenswerten.
Seit Jahren schon war das gastfreundliche Blackwell-Gefängnis sein Winterquartier. Ebenso wie seine

glücklicheren New Yorker Mitbürger in jedem Winter ihre Fahrkarten nach Palm Beach oder an die Riviera lösten, so traf Soapy seine bescheidenen Vorbereitungen für seine alljährliche Flucht auf die Insel. Und jetzt war es wieder Zeit dafür. In der Nacht zuvor hatten die Wochenendausgaben von drei Zeitungen, die Soapy sich unter die Jacke geschoben, um die Knöchel gewickelt und über die Knie gebreitet hatte, nicht die Kälte abwehren können, als er auf seiner Bank neben dem plätschernden Springbrunnen in dem alten Park schlief. Deshalb erschien das Inselgefängnis groß und verlockend in seiner Vorstellung. Er verschmähte die Vorkehrungen, welche die Stadt im Namen der Nächstenliebe für ihre Bürger getroffen hatte. In seinen Augen war das Gesetz von größerer Güte als die Menschenfreundlichkeit. Es gab eine Unzahl städtischer und karitativer Einrichtungen, wohin er hätte gehen können, um Essen und Obdach seinen bescheidenen Ansprüchen gemäß zu erhalten. Aber, stolz wie er war, fand er die milden Gaben mit manch lästiger Bedingung verknüpft. Wenn nicht mit klingender Münze, zahlt man für jede Wohltat aus mildtätiger Hand mit einer Demütigung. So wie zu Cäsar Brutus gehörte, so gibt es in einer Fürsorgeanstalt kein Bett ohne vorausgehendes Bad und keinen Laib Brot ohne private und persönliche Inquisition. Daher fährt man besser als Gast des Gesetzes, das, wenngleich an Vorschriften gebunden, nicht ungebührlich in das Privatleben eines Gentleman eingreift.

Nachdem sich Soapy einmal entschlossen hatte, auf die Insel zu gehen, machte er sich sogleich daran, seinen Wunschtraum zu verwirklichen. Dazu gab es viele einfache Wege. Der angenehmste war ein lukullisches Abendessen in irgendeinem teuren Lokal; danach brauchte man nur seine Zahlungsunfähigkeit zu erklären und sich ruhig und ohne Krawall einem Polizisten übergeben zu lassen. Ein entgegenkommender Richter erledigte dann schon den Rest.

Soapy stand auf, verließ gemächtlichen Schrittes den Park und überquerte die glatte Asphaltfläche, wo sich der Broadway mit der Fifth Avenue vereint. Er ging den Broadway entlang und blieb vor einem eleganten Café stehen, das allabendlich den erlesensten Produkten des Weinbaus, der Seidenzucht und der Gattung Mensch als Treffpunkt diente.

Vom untersten Knopf seiner Weste nach oben war Soapy seiner sicher. Er war rasiert, die Jacke war ganz ordentlich, und die schmucke schwarze Selbstbindeschleife hatte er von einer Dame der Inneren Mission am Thanksgiving Day geschenkt bekommen. Konnte er, ohne Argwohn zu erregen, einen Tisch im Restaurant erreichen, so war der Erfolg ihm sicher. Was von ihm über dem Tisch zu sehen sein würde, könnte bei dem Kellner keinerlei Bedenken aufkommen lassen. Ein Wildentenbraten, so dachte Soapy, wäre gerade das Richtige, dazu eine Flasche Chablis, danach Camembert, ein Mokka und eine Zigarre. Eine Zigarre zu einem Dollar dürfte genügen. Die Rechnung würde nicht so hoch werden, um die Geschäftsführung zu einem übertriebenen Racheakt zu reizen; aber mit dem Fleisch im Bauch könnte er satt und zufrieden in sein Winterasyl abreisen.

Doch als Soapy das Restaurant betrat, fiel der Blick des Kellners auf seine abgewetzten Hosen und auseinanderfallenden Schuhe. Und da packten ihn auch schon kräftige Fäuste, drehten ihn um die eigene Achse, beförderten ihn wortlos und schnell auf den Bürgersteig und bewahrten somit die bedrohte Wildente vor unwürdigem Schicksal.

Soapy wandte sich vom Broadway ab. Es hatte nicht den Anschein, als sei die Straße zu der ersehnten Insel mit leiblichen Genüssen gepflastert. Er mußte sich einen anderen Weg ausdenken, um ins Kittchen zu kommen.

An einer Ecke von der Sixth Avenue war ein Schaufenster, das mit seiner elektrischen Beleuchtung und verführerisch ausgestellten Waren Aufsehen erregte. Soapy hob einen Pflasterstein auf und schleuderte ihn durch die Scheibe. Einige Leute kamen um die Ecke gerannt, allen voraus ein Polizist. Soapy blieb, die Hände in den Taschen, ruhig stehen und lächelte, als er die Messingknöpfe sah.

«Wer hat das getan?» fragte der Schutzmann aufgeregt.

«Können Sie sich nicht vorstellen, daß ich damit etwas zu tun gehabt habe?» fragte Soapy nicht ohne Spott, aber immerhin so freundlich, wie man eine glückliche Fügung begrüßt.

Der Polizist schien nicht geneigt, Soapy überhaupt in Zusammenhang mit der Angelegenheit zu sehen. Männer, die Fenster zertrümmern, bleiben nicht stehen, um sich mit den Hütern des Gesetzes zu unterhalten. Sie geben Fersengeld. Da sah der Schutzmann einen halben Häuserblock entfernt einen Mann hinter einer Straßenbahn herrennen, und mit dem Gummiknüppel in der Faust nahm er die Verfolgung auf.

Soapy schlich sich fort, das Herz voll Gram über seine beiden Mißerfolge.
Auf der gegenüberliegenden Straßenseite stand ein anspruchsloses Gasthaus, das auf Gäste mit großem Appetit und geringen Mitteln eingestellt war. Dort waren die Teller ebenso dick wie die Luft und die Suppe so dünn wie das Tischtuch. Und hier trat Soapy ein, ohne mit seinen schandbaren Schuhen und verräterischen Hosen Anstoß zu erregen. Er setzte sich an einen Tisch und vertilgte Beefsteak, Pfannkuchen, Krapfen und Torte. Dann verriet er dem Kellner, daß auch nicht die winzigste Münze bei ihm zu finden sei.
«Los, machen Sie schnell und rufen Sie einen Schutzmann», sagte er. «Einen Gentleman läßt man nicht warten.»
«Das würde dir passen», sagte der Kellner mit einer Stimme wie Butterkeks, und seine Augen sahen aus wie Kirschen auf einem Manhattan-Cocktail. «He, Con!»
Genau mit dem linken Ohr landete Soapy auf dem harten Pflaster, als ihn die beiden Kellner hinauswarfen. Langsam, wie ein Zimmermann Glied um Glied seinen Zollstock aufklappt, so richtete sich Soapy empor und klopfte sich den Staub von den Kleidern. Die Verhaftung schien nur ein rosiger Traum zu sein und die Insel in weitester Ferne. Ein Polizist, der zwei Türen weiter vor einem Drugstore stand, lachte und ging die Straße hinunter.
Fünf Häuserblocks legte Soapy zurück, bevor er wieder Mut faßte, sich um seine Verhaftung zu bemühen. Diesmal bot sich eine Gelegenheit, die er innerlich in seiner Einfalt ein Kinderspiel nannte. Eine junge Frau

von sittsamer und anmutiger Erscheinung stand vor einem Schaufenster und betrachtete mit lebhaftem Interesse die ausgestellten Rasierschalen und Tintenfässer, und zwei Meter davon entfernt lehnte an einem Hydranten ein mächtiger Schutzmann mit grimmiger Miene.

Soapy nahm sich vor, die verächtliche und verabscheuungswürdige Rolle jener Vorstadtcasanovas zu spielen, die Frauen auf offener Straße belästigen. Das vornehme und elegante Äußere seines Opfers und die Nähe des gewissenhaften Polizeibeamten ermutigten ihn zu der Hoffnung, auf seinem Arm bald jenen angenehmen Griff der Staatsgewalt zu spüren, der ihm sein Winterquartier auf der schönen, kleinen, abgeschiedenen Insel sichern würde.

Soapy rückte die Krawatte der Missionsdame zurecht, zog seine zusammengeschrumpften Manschetten aus dem Ärmel, schob den Hut unternehmungslustig in den Nacken und machte sich an die junge Frau heran. Er warf ihr herausfordernde Blicke zu, mußte plötzlich husten und sich räuspern, lächelte, schmunzelte und spielte frech die unverfrorene und verachtungswürdige Rolle des Schwerenöters. Mit halbem Auge sah Soapy, daß der Polizist ihn unverwandt beobachtete. Die junge Frau entfernte sich ein paar Schritte und vertiefte sich erneut in die Betrachtung der Rasierschalen. Soapy ging ihr nach, trat keck neben sie, zog den Hut und sagte:

«Hallo, Mausi! Möchtest du nicht mit mir kommen und in meinem Hof spielen?»

Der Schutzmann schaute immer noch auf die zwei. Die verfolgte junge Frau brauchte nur mit dem Finger zu winken, und Soapy befände sich so gut wie sicher auf dem Weg zu seinem Inselasyl. Schon glaubte er die behagliche Wärme der Wachtstube zu spüren. Da wandte sich die junge Frau ihm zu, streckte die Hand aus und faßte ihn am Ärmel.

«Na klar, Egon», sagte sie gut gelaunt, «wenn du mir 'ne Pulle Bier schmeißt. Ich hätte dich ja schon längst angequatscht, aber der Schupo da hat dauernd hergeschaut.»

Mit der jungen Frau, die sich an ihn wie Efeu an eine Eiche klammerte, ging Soapy trübsinnig an dem Schutzmann vorbei. Er schien zur Freiheit verurteilt. An der nächsten Ecke schüttelte er seine Begleiterin ab und rannte los. Er blieb erst wieder in dem Stadtteil stehen, wo man bei Nacht die lebenslustigsten Straßen, die spritzigsten Cabarets, die fröhlichsten Herzen und die leichtfertigsten Treueschwüre findet. Frauen in Pelzmänteln und Männer in Überziehern promenierten frohgestimmt durch die Winterluft. Eine plötzliche Angst ergriff Soapy, daß irgendein entsetzlicher Zauberbann ihn gegen jede Festnahme gefeit habe. Dieser Gedanke jagte ihm fast panischen Schrecken ein, und als er auf den nächsten Schutzmann stieß, der hoheitsvoll vor einem hellerleuchteten Theater herumstand, griff er nach dem nächstbesten Strohhalm: er probierte es mit «Ungebührlichem Benehmen».

Auf dem Bürgersteig begann Soapy, aus Leibeskräften wie ein Betrunkener zu grölen. Er tanzte, heulte und tobte, als wolle er den Himmel zum Einsturz bringen. Der Schutzmann wirbelte seinen Gummiknüppel durch die Luft, kehrte Soapy den Rücken und bemerkte zu einem Passanten:

«Einer von den Yale-Studenten, die ihren Sieg über das Hartford College feiern. Radaubrüder, aber harmlos. Wir haben Anweisung, sie in Ruhe zu lassen.»
Untröstlich brach Soapy seinen unnützen Lärm ab. Wollte ihn denn kein Polizist haben? In seiner Vorstellung erschien ihm die Insel unerreichbar wie das Paradies. Er knöpfte seine Jacke zu, um sich gegen den schneidenden Wind zu schützen.
In einem Tabakladen sah er einen gutgekleideten Mann, der sich eine Zigarre an einer bereitstehenden Flamme anzündete. Seinen seidenen Regenschirm hatte er am Eingang abgestellt. Soapy trat ein, griff nach dem Schirm und schlenderte langsam davon. Der Mann an der Flamme folgte ihm hastig nach.
«Der Schirm gehört mir», sagte er energisch.
«Wirklich?» fragte Soapy mit einem Grinsen, das zum Diebstahl hinzu noch den Tatbestand der Beleidigung erfüllte. «Na schön, warum rufen Sie dann keinen Polizisten? Ich habe ihn doch genommen, Ihren Schirm! Warum also rufen Sie keinen Schutzmann? Dort an der Ecke steht einer.»
Der Schirmbesitzer wurde langsamer. Soapy folgte seinem Beispiel, mit der dumpfen Ahnung, daß das Glück wieder nicht seinen Weg kreuzen würde. Der Polizist schaute den beiden neugierig zu.
«Natürlich», sagte der Schirmbesitzer, «das heißt – na ja, Sie wissen schon, wie solche Versehen vorkommen – ich – wenn der Schirm Ihnen gehört, dann hoffe ich, Sie werden entschuldigen – ich habe ihn heute morgen aus einem Gasthaus mitgenommen – wenn Sie ihn wiedererkennen, dann – ich hoffe, Sie werden –»
«Natürlich gehört er mir», sagte Soapy böse.

Der Ex-Schirmbesitzer zog sich zurück. Der Schutzmann eilte zu einer hochbeinigen Blondine im Theatermantel, um ihr vor einer noch zwei Häuserblocks entfernten Trambahn über die Straße zu helfen.
Soapy wanderte ostwärts durch eine Straße, die wegen Erdarbeiten aufgerissen war. Zornig schleuderte er den Regenschirm in eine Baugrube. Er schimpfte vor sich hin auf die Leute, die Helme und Gummiknüppel tragen. Weil er ihnen in die Klauen fallen wollte, schienen sie ihn für einen König zu halten, der kein Unrecht tun konnte.
Endlich erreichte Soapy eine der nach Osten führenden Straßen, in denen der Lichterglanz und der Trubel nur noch schwach zu bemerken waren. Diese Straße entlanggehend, steuerte Soapy wieder auf den Madison-Park zu, denn der Ruf der Heimat verstummt selbst dann nicht, wenn man nur eine Bank im Park sein Zuhause nennt.
Aber an einer ungewöhnlich stillen Straßenecke hielt Soapy an. Hier stand eine alte Kirche, altmodisch, stillos und mit einem Giebel. Durch ein violettfarbenes Fenster schimmerte sanftes Licht; zweifellos ließ dort der Organist jetzt seine Finger über die Tasten gleiten, um seinem Choral für den kommenden Sonntag den letzten Schliff zu geben. Denn an Soapys Ohr drang süße Musik, die ihn ergriff und gegen die verschlungenen Stäbe des Eisenzauns preßte.
Der Mond stand am Himmel, strahlend und klar; Wagen und Fußgänger waren kaum noch zu sehen; einige Spatzen zwitscherten schlaftrunken in der Dachrinne – für einen Augenblick glaubte man sich auf einen ländlichen Kirchhof versetzt. Der Choral, den der Organist

spielte, schmiedete Soapy an das Eisengitter, denn er kannte dieses Lied aus der Zeit seines Lebens, in der es für ihn noch eine Mutter, Rosen, Zukunftspläne, Freunde, saubere Gedanken und Kragen gab.

Das Zusammenwirken von Soapys empfänglicher Stimmung und dem Einfluß der alten Kirche schuf eine augenblickliche und wunderbare Wandlung in seiner Seele. Mit plötzlichem Schaudern sah er vor sich den Abgrund, in den er hineingetaumelt war, all die Tage der Erniedrigung, die unwürdigen Begierden, toten Hoffnungen, verpfuschten Möglichkeiten und niedrigen Triebkräfte, die sein Leben erfüllt hatten.

Und mit einemmal öffnete sich sein Herz erbebend dieser neuartigen Stimmung. Ein spontaner und mächtiger Drang befahl ihm, mit seinem verzweifelten Schicksal den Kampf aufzunehmen. Er würde sich aus dem Sumpf herausziehen; er würde wieder ein anständiger Mensch werden; er würde das Böse überwinden, das von ihm Besitz ergriffen hatte. Noch war es Zeit; er war verhältnismäßig jung; er würde seine ehrgeizigen Pläne von einst wieder ausgraben und sie verfolgen, ohne vom Wege abzuweichen. Die feierlichen und doch so süßen Orgelklänge hatten sein Innerstes aufgewühlt. Morgen schon würde er in die lärmende Innenstadt gehen und sich eine Arbeit suchen. Ein Pelzimporteur hatte ihm einmal die Stelle eines Kraftfahrers angeboten. Er würde ihn morgen aufsuchen und um die Stelle bitten. Er würde wieder jemand sein auf dieser Welt. Er würde –

Soapy spürte eine Hand auf seinem Arm. Er wandte sich schnell um und blickte in das breite Gesicht eines Polizisten.

«Was tun Sie hier?» fragte der Beamte.
«Nichts», antwortete Soapy.
«Na, dann kommen Sie mal mit», sagte der Schutzmann.
«Drei Monate Insel», sagte der Schnellrichter am nächsten Morgen.

Erinnerungen eines gelben Hundes

Es wird euch Menschen wohl nicht gleich umhauen, den Beitrag eines Tieres zu lesen. Kipling und noch viele andere haben die Tatsache bewiesen, daß sich Tiere in erträglichem Englisch auszudrücken verstehen, und abgesehen von den altmodischen Monatsschriften, die immer noch Bilder des Präsidentschaftskandidaten Bryan und vom Ausbruch des Vulkans Montagne Pelée bringen, geht heutzutage keine Zeitschrift ohne eine Tiergeschichte in Druck.
Hochtrabende Literatur, wie sie Bäroo, der Bär, Schlangoo, die Schlange, und Tigroo, der Tiger, in den Dschungelbüchern erzählen, braucht ihr aber in meiner Arbeit nicht zu suchen. Von einem gelben Hund, der die meiste Zeit seines Lebens in einer billigen New Yorker Mietwohnung verbrachte und in einer Ecke auf einem alten Satinunterrock geschlafen hat (dem, auf den sie sich bei dem Bankett der weiblichen Müllabfuhr Portwein gegossen hat), soll man keine besonderen Kniffe in der Kunst des Ausdrucks erwarten.
Ich wurde als gelbes Hündchen geboren; Datum, Ort, Abstammung und Gewicht unbekannt. Das erste, woran ich mich erinnern kann, ist eine alte Frau, die mich in einen Korb gesteckt hatte und versuchte, mich am Broadway, Ecke Twenty-third, an eine fette Dame zu verkaufen. Die alte Mutter Hubbard rühmte mich nach Strich und Faden als echten arabisch-australisch-irischen Kotschinchinastichelhaarfoxterrier. Die fette Dame machte zwischen den grobfädigen Flanellmustern in ihrer Einkaufstasche Jagd auf einen Fünf-

dollarschein, bis sie ihn in eine Ecke getrieben hatte und ihn preisgab. Von diesem Augenblick an war ich ein Liebling – Mamas zuckersüßes Schweineöhrchen. Bist du, freundlicher Leser, je von einer zwei Zentner schweren Dame, die nach Camembert und Spanischleder roch, auf den Arm genommen worden, und ist sie mit der Nase über dich hin und her gefahren und hat die ganze Zeit wie eine fette Opernsängerin gefistelt: «Eideidei, wo isser dennchen, mein winzitleines Schweiniöhrchen?»

Von einem gelben Hündchen mit Stammbaum wuchs ich zu einem anonymen gelben Köter heran und sah wie eine Kreuzung zwischen einem Angorakater und einer Kiste Zitronen aus. Aber mein Frauchen wurde nie irre an mir. Sie glaubte, die beiden Urzeitwelpen, die Noah in die Arche jagte, wären nur eine Seitenlinie meiner Ahnen gewesen. Zwei Polizisten waren nötig, um sie davon abzuhalten, mich in den Madison Square Garden zur Prämiierung sibirischer Bluthunde zu bringen.

Ich werde euch die Wohnung beschreiben. Das Haus war, wie ein Haus in New York zu sein hat; der Flur mit Marmor von der Insel Paros ausgelegt und vom zweiten Stock an einfacher Steinfußboden. Unsere Wohnung war vier Treppen hoch. Mein Frauchen hatte sie unmöbliert gemietet und die üblichen Sachen reingebracht – antike Wohnzimmerpolstergarnitur aus dem Jahre 1903, Öldruck von Geishas in einem Haarlemer Teehaus, Gummibaum und Gatte.

Beim Sirius! Das war ein Zweifüßler, der mir richtig leid tat. Er war ein kleiner Mann mit rotem Haar und einem Bart, der so ähnlich war wie meiner. Unterm

Pantoffel? – Ach, jede Menge, von Plüsch bis Holz. Er trocknete das Geschirr ab und hörte geduldig zu, wenn sich Frauchen darüber ausließ, was für billige, zerfetzte Sachen die Dame mit dem Fehpelz im dritten Stock zum Trocknen auf die Leine hängte. Und jeden Abend, wenn sie das Essen machte, mußte er mich an der Leine spazierenführen.

Wenn die Männer wüßten, was die Frauen mit ihrer Zeit anfangen, wenn sie allein sind, würden sie nie heiraten. Laura Lean Jibby, Erdnußbonbons, etwas Mandelcreme auf den Halsmuskeln, Geschirr unabgewaschen, eine halbe Stunde Schwätzchen mit dem Eismann, einen Stapel alter Briefe lesen, ein paar Mixpickles und zwei Flaschen Ammenbier, eine Stunde durch ein Loch im Fenstervorhang auf die Wohnung auf der anderen Seite vom Luftschacht starren – das wäre so ungefähr alles. Zwanzig Minuten bevor er von der Arbeit nach Hause zu kommen pflegt, macht sie Hausputz, steckt ihren falschen Zopf so fest, daß er nicht zu sehen ist, und holt einen Haufen Näharbeit hervor für einen Zehnminutenbluff.

Ich führte in der Wohnung ein Hundeleben. Die meiste Zeit lag ich in meiner Ecke und sah zu, wie die Dicke die Zeit totschlug. Manchmal schlief ich und träumte, ich jage Katzen in den Keller oder knurre alte Damen mit schwarzen Halbbandschuhen an, wozu ja ein Hund neigt. Dann pflegte sie mit einem Haufen von diesem schwachsinnigen Schweineöhrchenpalaver über mich herzufallen und mich auf die Nase zu küssen – aber was konnte ich schon machen? Ein Hund kann ja schließlich nicht Knoblauch kauen.

Männe tat mir leid, großes Hundeehrenwort. Wir

sahen uns so ähnlich, daß es den Leuten auffiel, wenn wir spazierengingen; deshalb verließen wir die Straßen, die Morgans Kutsche entlangfährt, und kletterten auf die Schneehaufen vom letzten Dezember in Straßen, wo weniger feine Leute wohnen.

Eines Abends, als wir so unsere Promenade machten und ich wie ein Preisbernhardiner auszusehen versuchte und der Alte auszusehen versuchte, als ob er nicht gleich den ersten besten Leiermann umbringen würde, der Mendelssohns Hochzeitsmarsch spielt, sah ich ihn an und sagte auf meine Weise:

«Was machst du so ein saures Gesicht, du getrimmter Trottel? Dich küßt sie nicht. Du mußt nicht auf ihrem Schoß sitzen und ihr Gerede anhören, das ein Operettenlibretto dazu bringen könnte, wie die Maximen des Epiktet zu klingen. Du solltest dankbar sein, daß du kein Hund bist. Ermanne dich, bekehrter Junggeselle, und jage die Schwermut zum Teufel.»

Der eheliche Fehltritt blickte mit einer fast hündischen Intelligenz im Gesicht auf mich nieder.

«Ach, Hundchen», sagte er, «gutes Hundchen. Du siehst beinah so aus, als könntest du reden. Was ist, Hundchen – Katzen.»

Katzen! Reden können! Aber er konnte mich natürlich nicht verstehen. Den Menschengeschöpfen ist die Sprache der Tiere versagt. Eine gemeinsame Basis der Unterhaltung, auf der Hunde und Menschen zusammentreffen können, haben sie nur in der Literatur.

In der Wohnung auf der andern Seite von unserem Gang wohnte eine Dame mit einem Dachsterrier. Der Mann von ihr nahm ihn an die Leine und führte ihn jeden Abend aus, kam aber immer fröhlich und pfei-

fend nach Hause. Eines Tages beschnupperte ich im Flur den Dachshund und bat ihn um Aufklärung.
«Sieh mal, Wackelundhops», sagte ich, «du weißt doch, daß es nicht in der Natur eines richtigen Mannes liegt, in der Öffentlichkeit bei Hunden Kindermädchen zu spielen. Ich hab noch keinen mit einem Wauwau zusammengekoppelten Mann gesehen, der nicht aussah, als hätte er jeden anderen Mann, der zu ihm hinsah, durchprügeln mögen. Aber dein Herrchen kommt jeden Tag so quietschkeck und mit so erhobner Nase rein wie ein Amateurtaschenspieler, der den Eiertrick kann. Wie macht er das? Sag mir nicht, ihm gefällt das!»
«Der?» sagte der Dachshund. «Der benutzt das wahre Heilmittel der Natur. Er tötet sich ab. Erst, wenn wir ausgehn, ist er so scheu wie der Mann auf dem Dampfer, der lieber Pedro spielen würde, wenn alle den Joker auf der Hand haben. Mit der Zeit, wenn wir acht Wirtshäuser abgeklappert haben, ist es ihm egal, ob das Ding, das er an der Leine hat, ein Hund oder ein Katzenwels ist. Zwei Zoll von meinem Schwanz hab ich eingebüßt bei dem Versuch, diesen Windfangtüren auszuweichen.»
Der Wink, den ich von diesem Terrier erhielt – einem Musterexemplar fürs Vaudeville –, gab mir zu denken. Eines Abends gegen sechs befahl Frauchen ihrem Männe, er solle sich beeilen und Liebchen an die frische Luft führen. Ich habe es bis jetzt verschwiegen, aber so nannte sie mich. Der Dachshund wurde ‹Süßer› gerufen. Ich glaube, ich war ihm so weit überlegen, wie ihr ein Kaninchen jagen könnt. Dennoch ist ‹Liebchen› so etwas wie eine Namensblechbüchse am Schwanz der eigenen Selbstachtung.

An einem stillen Ort in einer sicheren Straße zerrte ich vor einem attraktiven, eleganten Wirtshaus an der Leine meines Wärters. Ich strampelte mit allen vieren auf die Tür zu und winselte wie ein Hund in den Zeitungsmeldungen, der die Familie wissen läßt, daß Klein-Alice im Schlamm versunken ist, als sie am Bach Lilien pflückte.
«Zum Teufel mit meinen Augen», sagte der Alte grinsend, «zum Teufel mit meinen Augen, wenn mich der safrangelbe Sohn einer Brauselimonade nicht zu einem Drink einlädt. Mal sehn – wie lange ist es eigentlich her, daß ich Ledersohlen geschont habe, weil ich die Füße auf der Fußbank behielt? Ich glaube, ich werde . . .»
Da wußte ich, daß ich ihn hatte. Er setzte sich an einen Tisch und trank schottischen Whiskygrog. Eine Stunde lang ließ er die alten Schotten antanzen. Ich saß neben ihm, klopfte mit dem Schwanz nach dem Kellner und aß Freitisch, wie ihn Mama mit ihrem hausgemachten, acht-Minuten-bevor-Papa-kam im Delikatessenladen gekauften Kram nie fertigbrachte.
Als alle Produkte Schottlands außer dem Roggen*brot* erschöpft waren, band mich der Alte vom Tischbein los und drillte mich wie ein Fischer einen Lachs. Draußen nahm er mir das Halsband ab und warf es auf die Straße.
«Armes Hundchen», sagte er, «gutes Hundchen. Sie wird dich nicht mehr küssen. Es ist eine verdammte Schande. Gutes Hundchen, lauf zu, und laß dich von einer Straßenbahn überfahren, und werde glücklich.»
Ich wollte ihn nicht verlassen. Ich sprang und hüpfte um die Beine von dem Alten und freute mich wie ein Mops im Paletot.

«Du flohköpfiger alter Murmeltierjäger», sagte ich zu ihm, «du mondanbellender, kaninchenvorstehender, eierklauender alter Stöber, siehst du denn nicht, daß ich dich nicht verlassen will? Siehst du denn nicht, daß wir beide im Wald verirrte Hündchen sind, und Frauchen ist der grausame Onkel, der hinter dir mit dem Geschirrtuch her ist und hinter mir mit dem Floheinreibungsmittel und einer rosa Schleife, die er mir an den Schwanz binden will. Warum wollen wir nicht Schluß machen mit allem und für immer Freunde sein?»

Vielleicht sagt ihr jetzt, er verstand ja nicht – vielleicht war das auch so. Aber der schottische Whiskygrog hatte ihn irgendwie stark gemacht, und er stand eine Minute lang und überlegte.

«Hundchen», sagte er schließlich, «wir leben nicht mehr als ein Dutzend Leben auf dieser Erde, und nur sehr wenige werden mehr als dreihundert Jahre alt. Wenn ich je wieder den Fuß in Frauchens Quartier setze, bin ich keinen Quark wert und du kein Quarkkeulchen, denn jetzt ist Schluß mit dem Quark. Ich wette sechzig zu eins, daß der Westen mit Dackellänge gewinnt.»

Eine Leine hatten wir nicht mehr, aber ich hüpfte vergnügt mit meinem Herrchen zur Fähre in der Twentythird Street. Und die Katzen unterwegs sahen sich veranlaßt, dankbar zu sein, daß ihnen wehrhafte Krallen gegeben waren.

Auf der Jerseyseite sagte mein Herrchen zu einem Fremden, der ein Korinthenbrötchen aß:

«Ich und mein Hündchen wollen zu den Rocky Mountains.»

Aber am besten gefiel mir, als mein Alter mich an den Ohren zog, bis ich heulte, und sagte:
«Du erbärmlicher affenköpfiger, rattenschwänziger, schwefelgelber Sohn einer Türmatte, weißt du, wie ich dich nennen werde?»
Ich dachte an ‹Liebchen› und winselte kläglich.
«Ich werde dich ‹Pete› nennen», sagte mein Herrchen, und wenn ich fünf Schwänze gehabt hätte, so hätte ich doch nicht so heftig wedeln können, wie es diesem Ereignis zukam.

Die Theorie und der Köter

Vor ein paar Tagen war mein alter Freund aus den Tropen, J. P. Bridger, Konsul der Vereinigten Staaten auf der Insel Ratona, in der Stadt. Wir tranken und ließen eine Jubelfeier steigen, besahen das Haus, das wie ein Plätteisen aussieht, und verfaßten die große Tierschau im Bronx nur um wenige Abende.
Und dann, als die Ebbe kam, gingen wir eine Straße hinauf, die parallel zum Broadway verläuft und ihn parodiert.
Eine Frau von hübschem, mondänem Äußeren ging an uns vorbei und führte ein schnaufendes, bösartiges, watschelndes Biest von einem Mops an der Leine. Der Hund geriet zwischen Bridgers Beine und schnappte knurrend mit einem mürrischen, verdrießlichen Biß nach dessen Knöcheln. Mit strahlendem Lächeln versetzte Bridger ihm einen Fußtritt, daß dem Biest die Luft wegblieb. Die Frau überschüttete uns mit einem Hagelschauer gutgewählter Adjektive, die uns nicht im Zweifel ließen, wie sie über uns dachte, und dann trollten wir uns. Zehn Meter weiter stand eine alte Frau mit zerzaustem weißem Haar, das Sparbuch gut versteckt unter ihrem zerschlissenen Schal, und bettelte. Bridger blieb stehen und fischte in den Taschen seiner Sonntagsweste nach einem Vierteldollar für sie.
An der nächsten Ecke stand ein riesiger, gutgekleideter Mann mit gepuderten, fetten weißen Wangen und hielt an der Kette ein Teufelsbiest von einer Bulldogge mit Vorderbeinen wie ein Dackel. Eine kleine Frau mit einem altmodischen Hut stand vor ihm und weinte, und

das war offenbar alles, was sie tun konnte, während er sie in leisem, unwiderstehlichem, geübtem Ton beschimpfte.

Bridger lächelte wieder – ganz für sich – und zog diesmal ein kleines Notizbuch aus der Tasche und schrieb sich etwas auf. Dazu hatte er kein Recht ohne entsprechende Erklärung, und das sagte ich ihm auch.

«Es ist eine neue Theorie», sagte Bridger, «die ich unten in Ratona aufgelesen habe. Ich sammle Beweise und Beispiele dazu, wenn ich unterwegs bin. Die Welt ist noch nicht reif dafür, aber ich will sie dir erklären, und dann kannst du alle deine Bekannten Revue passieren lassen und zusehen, was du damit anfangen kannst.»

Und so bugsierte ich Bridger in ein Lokal, wo es künstliche Palmen und Wein gibt, und er erzählte mir die Geschichte, die ich hier mit meinen eigenen Worten und auf seine Verantwortung wiedergebe.

Eines Nachmittags um drei raste auf der Insel Ratona ein Junge den Strand entlang und schrie: «Pajaro, ahoi!» Auf diese Weise gab er der Welt mit lauter Stimme Kunde von der Schärfe seines Ohrs und der Treffsicherheit seines Urteils.

Derjenige, der als erster das Pfeifen eines sich nähernden Dampfers hörte, ihn laut ankündigte und den richtigen Namen des Schiffes wußte, war ein kleiner Held in Ratona – bis der nächste Dampfer kam. Deshalb gab es unter der barfüßigen Jugend von Ratona viele Rivalitäten, und so mancher fiel den auf einer Muschel geblasenen Signalen der Schaluppen zum Opfer, die bei der Einfahrt in den Hafen dem Pfeifen eines entfernten Dampfers erstaunlich ähnlich klangen. Und einige konnten Ihnen schon den Namen des Schiffes nennen, wenn sein Pfiff Ihren weniger geübten Ohren nicht lauter klang als das Seufzen des Windes in den Zweigen der Kokospalmen.

Heute aber erntete der Junge, der die ‹Pajaro› ankündigte, seine Lorbeeren. Ratona spitzte die Ohren, und bald erklang der Baß der Dampfpfeife lauter und näher, und schließlich sah Ratona über dem Palmensaum des niedrigen Kaps die zwei schwarzen Schornsteine des Frachtdampfers langsam auf die Hafenmündung zukriechen.

Sie müssen wissen, Ratona ist eine Insel, die zwanzig Meilen vor der Südküste einer der südamerikanischen Republiken liegt. Sie ist ein Hafen dieser Republik, und ohne Plackerei oder Trubel schlummert sie sanft in der lächelnden See. Sie ernährt sich vom Überfluß der Tropen, wo alles ‹reift, welkt und ins Grab sinkt›.

Achthundert Menschen verträumen ihr Leben in einem grünumrankten Dorf, das der hufeisenförmigen Biegung seines schmucken Hafens folgt. Die meisten sind spanische und indianische Mestizen, dazu dunkelhäutige Neger aus San Domingo, reinblütige spanische Beamte und etwas Abschaum aus drei oder vier weißen Erobererrassen. Außer den Frachtdampfern, die auf dem Weg zur Küste hier ihre Plantagenaufseher an Bord nehmen, legt kein Schiff in Ratona an. Sie versorgen die Insel mit Sonntagszeitungen, Eis, Chinin, Speck, Wassermelonen und Impfstoffen, und das ist so ungefähr der ganze Kontakt, den Ratona mit der Welt hat.

Die ‹Pajaro› stoppte an der Hafenmündung und rollte

schwer in der Dünung, deren Wellenkämme bis in das ruhige Wasser des Hafenbeckens jagten. Zwei Fischerboote aus dem Dorf waren schon auf halbem Wege zum Dampfer, eins mit den Plantagenaufsehern an Bord, das andere, um zu holen, was zu holen war.
Das Boot der Aufseher wurde mitsamt seinem Inhalt an Bord genommen, und dann dampfte die ‹Pajaro› nach dem Festland davon, um dort Obst zu laden.
Das andere Boot kehrte nach Ratona zurück. Es enthielt eine Spende der ‹Pajaro› aus ihrem Eisvorrat, den üblichen Packen Zeitungen und einen Passagier: Taylor Plunkett, Sheriff von Chatham County in Kentucky.
Bridger, der Konsul der Vereinigten Staaten auf Ratona, war gerade dabei, in seiner Dienstbaracke unter einem Brotfruchtbaum, zwanzig Meter vom Ufer des Hafens, sein Gewehr zu putzen. Der Platz des Konsuls in der Prozession seiner Partei war ziemlich am Ende des Zuges. Die Marschmusik hörte er da hinten nur sehr aus der Ferne. Die Rosinen pickten sich andere aus dem Kuchen. Bridgers Anteil an der Beute, das Konsulat auf Ratona, war wenig mehr als eine Pflaume, eine gedörrte Pflaume aus der Staatskrippe. Aber neunhundert Dollar im Jahr bedeuteten auf Ratona üppigen Reichtum. Außerdem schoß er leidenschaftlich gern Alligatoren in den Lagunen in der Nähe des Konsulats, und er fühlte sich durchaus nicht unglücklich.
Als er nach einer sorgfältigen Prüfung des Gewehrschlosses aufsah, erblickte er einen breitschultrigen Mann, der die ganze Tür ausfüllte. Ein breitschultriger, ruhiger Mann mit langsamen Bewegungen und fast zu Vandykeschem Braun verbranntem Gesicht. Ein Mann

von fünfundvierzig Jahren, in sauberem Homespun-Anzug, mit spärlichem blondem Haar, einem kurzen graugesprenkelten Bart und blaßblauen Augen, aus denen Güte und Klarheit sprachen.

«Sie sind Mister Bridger, der Konsul», sagte der breitschultrige Mann. «Man hat mich hierhergewiesen. Können Sie mir sagen, was das für große, kürbisähnliche Dinger sind dort am Wasser in den Bäumen, die wie Staubwedel aussehen?»

«Nehmen Sie diesen Stuhl», sagte der Konsul und ölte seinen Putzlappen. «Nein, den andern, das Bambusding wird Sie nicht tragen. Ja, das sind Kokosnüsse, grüne Kokosnüsse. Die Schale ist immer hellgrün, ehe sie reif werden.»

«Vielen Dank», sagte der andere und setzte sich vorsichtig. «Ich hätte den Leuten zu Hause nicht gern erzählt, daß es Oliven sind, ohne es genau zu wissen. Mein Name ist Plunkett. Ich bin der Sheriff von Chatham County in Kentucky. Ich habe Auslieferungspapiere in der Tasche, die mich berechtigen, einen bestimmten Mann auf dieser Insel in Haft zu nehmen. Sie sind vom Präsidenten des Landes unterschrieben und völlig in Ordnung. Der Mann heißt Wade Williams. Er ist Kokosnußpflanzer. Gesucht wird er, weil er vor zwei Jahren seine Frau ermordet hat. Wo kann ich ihn finden?»

Der Konsul kniff ein Auge zu und sah durch den Lauf seines Gewehres.

«Es gibt niemand auf der Insel, der sich Williams nennt», bemerkte er.

«Das hab ich mir schon gedacht», sagte Plunkett ruhig. «Mir ist er auch mit jedem andern Namen recht.»

«Außer mir selbst», sagte Bridger, «gibt es nur noch zwei Amerikaner auf Ratona, Bob Reeves und Henry Morgan.»

«Der Mann, den ich suche, verkauft Kokosnüsse», bedeutete Plunkett.

«Sehen Sie die Reihe Kokospalmen, die bis zum Kap hinaufreicht?» sagte der Konsul und zeigte nach der offenen Tür. «Die gehört Bob Reeves. Henry Morgan gehört die andere Hälfte aller Bäume auf der Luvseite der Insel.»

«Vor einem Monat», sagte der Sheriff, «schrieb Wade Williams einen vertraulichen Brief an einen Mann in Chatham County und berichtete ihm, wo er steckt und wie es ihm geht. Der Empfänger verlor den Brief, und die Person, die ihn fand, meldete die Sache. Ich wurde losgeschickt und habe nun die Papiere. Ich glaube bestimmt, daß es einer von Ihren Kokosnußleuten ist.»

«Sie haben natürlich ein Bild von ihm», sagte Bridger. «Es könnte Reeves oder Morgan sein, aber ich kann mir das nicht vorstellen. Beide sind prächtige Kerle, wie sie weit und breit nicht zu finden sind.»

«Nein», antwortete Plunkett zweifelnd, «ich konnte kein Bild von Williams auftreiben. Und selber habe ich ihn auch noch nicht gesehen. Ich bin erst ein Jahr lang Sheriff. Aber ich habe eine ziemlich genaue Beschreibung von ihm. Zirka eins achtzig groß, dunkles Haar und dunkle Augen; Nase beinah römisch, breite Schultern, feste weiße Zähne ohne Lücke; er lacht und erzählt gern, trinkt viel, aber nie bis zur Trunkenheit; sieht einem beim Sprechen gerade in die Augen; Alter fünfunddreißig. Auf welchen von Ihren Leuchten paßt die Beschreibung?»

Der Konsul grinste breit.//
«Ich will Ihnen was sagen», meinte er, legte das Gewehr beiseite und zog seinen schäbigen schwarzen Wollrock an. «Kommen Sie mit, Mister Plunkett, ich bringe Sie zu den Jungens hoch. Wenn Sie sagen können, auf welchen von beiden die Beschreibung paßt, dann können Sie mehr als ich.»
Der Konsul führte den Sheriff hinaus und über den steinigen Strand, an den sich die winzigen Häuser des Dorfes drängten. Unmittelbar dahinter erhoben sich kleine, dichtbewaldete Hügel. Über Stufen, die in den harten Lehm geschnitten waren, führte der Konsul Plunkett auf einen dieser Hügel. Dicht am Fuß einer kleinen Anhöhe stand eine zweiräumige Holzhütte mit Strohdach. Eine karibische Frau wusch draußen Wäsche. Der Konsul geleitete den Sheriff zur Tür des Raumes, von dem man den Hafen überblicken konnte.
In dem Zimmer waren zwei Männer in Hemdsärmeln, die sich gerade an den gedeckten Tisch zum Essen setzen wollten. Im einzelnen sahen sie sich wenig ähnlich, aber die allgemeine Beschreibung, die Plunkett gegeben hatte, traf tatsächlich auf beide zu. Größe, Haarfarbe, Form der Nase, Körperbau und Umgangsformen stimmten bei beiden mit ihr überein. Sie waren gute Typen des umgänglichen, schlagfertigen, breitgebauten Amerikaners, die sich in einem fremden Land als Kameraden zusammengetan hatten.
«Hallo, Bridger!» riefen sie wie aus einem Mund, als sie den Konsul erblickten. «Kommen Sie und essen Sie mit uns!» Und dann bemerkten sie Plunkett hinter ihm und kamen mit gastfreundlicher Neugier näher.
«Meine Herren», sagte der Konsul, und seine Stimme

klang ungewöhnlich förmlich, «dies ist Mister Plunkett. Mister Plunkett – Mister Reeves und Mister Morgan.»

Die Kokosnußbarone begrüßten den Ankömmling freudig. Reeves schien etwa einen Zoll größer zu sein als Morgan, aber sein Lachen klang nicht ganz so laut. Morgans Augen waren dunkelbraun, die von Reeves schwarz. Reeves war Gastgeber und beeilte sich, Stühle herbeizuholen und der karibischen Frau zuzurufen, sie solle noch zwei Gedecke bringen. Es stellte sich heraus, daß Morgan in einer Bambushütte auf der Luvseite wohnte, daß aber die beiden Freunde täglich miteinander zu Mittag aßen. Während dieser Vorbereitungen stand Plunkett still da und schaute sich mit seinen hellblauen Augen freundlich um. Bridger sah verlegen, als wolle er um Entschuldigung bitten, vor sich hin.

Schließlich wurden die beiden Gedecke aufgelegt und den Gästen Plätze angewiesen. Reeves und Morgan standen ihren Besuchern gegenüber nebeneinander am Tisch. Reeves nickte heiter zum Zeichen, daß sich alle setzen sollten. Aber da hob Plunkett plötzlich mit gebieterischer Geste die Hand. Er sah geradeaus, an Reeves und Morgan vorbei ins Leere.

«Wade Williams», sagte er ruhig. «Sie sind wegen Mordes verhaftet.»

Reeves und Morgan wechselten sofort einen raschen, belustigten Blick, in dem sich Erstaunen mit Überraschung mischte. Dann wandten sie sich gleichzeitig mit einem verdutzten und freimütigen Blick der Entschuldigung dem Sprecher zu.

«Kann nicht sagen, daß wir Sie verstehen, Mister Plunkett», sagte Morgan heiter. «Sagten Sie ‹Williams›?»

61

«Was ist das für ein Witz, Bridgerchen?» fragte Reeves, sich lächelnd an den Konsul wendend. Ehe Bridger antworten konnte, sprach Plunkett weiter.

«Ich will es Ihnen erklären», sagte er ruhig. «Einer von Ihnen braucht keine Erklärung, aber ich richte meine Worte an den andern. Einer von Ihnen ist Wade Williams aus Chatham County, Kentucky. Sie haben am fünften Mai vor zwei Jahren Ihre Frau ermordet, nachdem Sie sie fünf Jahre lang ständig mißhandelt und beschimpft haben. Ich habe die ordnungsgemäßen Papiere für Ihren Rücktransport in der Tasche, und Sie werden mit mir zurückfahren. Wir werden den Frachtdampfer nehmen, der morgen zur Insel kommt, um die Aufseher zurückzubringen. Ich gebe zu, meine Herren, daß ich nicht ganz sicher bin, wer von Ihnen Williams ist. Aber Wade Williams fährt morgen nach Chatham County zurück. Ich möchte, daß Sie sich darüber im klaren sind.»

Ein belustigtes Gelächter von Morgan und Reeves dröhnte über den stillen Hafen. Zwei oder drei Fischer von der Flotte der Schaluppen, die dort vor Anker lag, schauten zu dem Haus der *diablos americanos* auf dem Hügel hinauf und wunderten sich.

«Mein lieber Mister Plunkett», rief Morgan, seine Heiterkeit bezähmend, «das Essen wird kalt. Setzen wir uns erst mal, und essen wir. Ich habe den dringenden Wunsch, meinen Löffel in diese Haifischflossensuppe zu tauchen. Von Geschäften später.»

«Setzen Sie sich, meine Herren, bitte», fügte Reeves vergnügt hinzu. «Mister Plunkett hat sicher nichts dagegen. Vielleicht kann er ein bißchen Zeit ganz gut brauchen, um den Herrn, den er verhaften möchte, zu identifizieren.»

«Hab nichts dagegen, ganz und gar nicht», sagte Plunkett und ließ sich schwer auf seinen Stuhl fallen. «Ich hab selber Hunger. Aber ich wollte Ihre Gastfreundschaft nicht annehmen, ohne Sie zu warnen, weiter nichts.»
Reeves setzte Flaschen und Gläser auf den Tisch.
«Hier ist Kognak», sagte er, «Anislikör, schottischer Whisky und Korn. Wählen Sie.»
Bridger nahm Korn, Reeves schenkte sich einen drei Finger hohen Whisky ein, und Morgan nahm dasselbe. Der Sheriff füllte sein Glas gegen den lebhaften Protest der andern aus der Wasserflasche.
«Ich trinke auf den Appetit von Mister Williams!» sagte Reeves, sein Glas hebend. Morgans Gelächter geriet mit seinem Whisky in Kollision, so daß er sich verschluckte und prustete. Alle begannen sich jetzt dem gutgekochten, schmackhaften Essen zu widmen.
«Williams!» rief Plunkett plötzlich scharf.
Alle sahen verwundert auf. Reeves bemerkte, daß die freundlichen Augen des Sheriffs auf ihm ruhten, und errötete ein wenig.
«Hören Sie», sagte er nicht ohne Schärfe, «ich heiße Reeves und möchte nicht, daß Sie –» Aber da kam ihm die Komik der Situation zu Hilfe, und er endete mit einem Lachen.
«Ich hoffe, Mister Plunkett», sagte Morgan, indem er sorgfältig eine Alligatorbirne würzte, «Sie sind sich darüber im klaren, daß Sie in Kentucky in beträchtliche Schwierigkeiten geraten können, wenn Sie den falschen Mann zurückbringen, das heißt, wenn Sie überhaupt jemand von hier mitnehmen.»
«Danke für das Salz», sagte der Sheriff. «Oh, ich werde

jemand mitnehmen, und es wird einer von Ihnen beiden sein, meine Herren. Ja, ich weiß, daß ich um den Schadenersatz nicht herumkomme, wenn ich mich irren sollte. Aber ich werde versuchen, den Richtigen zu erwischen.»
«Ich will Ihnen was sagen», meinte Morgan und beugte sich mit einem lustigen Blinzeln seiner Augen nach vorn, «nehmen Sie mich mit. Ich gehe mit, ohne Schwierigkeiten zu machen. Das Kokosnußgeschäft hat dies Jahr nicht viel abgeworfen, und ich möchte als Ihr Gefangener ganz gern noch ein bißchen dazuverdienen.»
«Das ist nicht fair», fiel Reeves ein. «Ich hab nur sechzehn Dollar pro tausend Stück für meine letzte Ladung bekommen. Nehmen Sie mich, Mister Plunkett.»
«Ich werde Wade Williams mitnehmen», sagte der Sheriff geduldig, «da können Sie ganz beruhigt sein.»
«Es ist, als ob man mit einem Gespenst äße», bemerkte Morgan mit gespieltem Schaudern. «Und noch dazu mit dem Gespenst eines Mörders! Will jemand so gut sein und dem Geist des verruchten Mister Williams die Zahnstocher reichen?»
Plunkett schien so unbekümmert, als ob er an seinem eigenen Tisch in Chatham County beim Mittagessen säße. Er war ein guter Esser, und die seltsamen tropischen Gerichte kitzelten seinen Gaumen. Schwerfällig, alltäglich aussehend, fast träge in seinen Bewegungen, schienen ihm die Schlauheit und Wachsamkeit des Kriminalisten völlig abzugehen. Er hörte sogar auf, die beiden Männer scharf zu beobachten, und versuchte auch nicht weiter, den Fall zu klären, obwohl er doch mit erstaunlicher Selbstsicherheit angekündigt hatte, daß er einen von ihnen unter der schwerwiegenden

Anklage des Gattenmordes festnehmen werde. Hier sah er sich in der Tat einem Problem gegenüber, das ihn, falls er es falsch löste, in arge Verlegenheit bringen konnte, und doch saß er da und richtete (allem Anschein nach) seine ganze Aufmerksamkeit auf den ungewöhnlichen Geschmack eines gebratenen Eidechsenkoteletts.

Der Konsul fühlte sich nicht wohl in seiner Haut. Reeves und Morgan waren seine Freunde und Kameraden; und doch hatte der Sheriff aus Kentucky ein gewisses Recht auf seine offizielle Hilfe und moralische Unterstützung. So saß Bridger sehr schweigsam am Tisch und versuchte, die seltsame Situation zu beurteilen. Er kam zu dem Schluß, daß sowohl Reeves als auch Morgan, schlagfertig wie sie waren, im selben Augenblick, in dem Plunkett seinen Auftrag enthüllt hatte, blitzartig der Gedanke gekommen war, der andere könnte der schuldige Williams sein, und daß sich jeder im gleichen Moment entschlossen hatte, den Freund kameradschaftlich gegen das Verhängnis, das ihm drohte, zu schützen. Das war die Theorie des Konsuls, und wenn er Buchmacher bei einem Wettkampf kluger Köpfe um Leben und Freiheit gewesen wäre, dann hätte er hohe Wetten gegen den schwerfälligen Sheriff aus Chatham County in Kentucky angeboten.

Als die Mahlzeit zu Ende war, kam die karibische Frau herein und räumte ab. Reeves streute ausgezeichnete Zigarren über den Tisch, und wie die anderen steckte sich auch Plunkett mit offensichtlichem Genuß eine davon an.

«Vielleicht bin ich ein Dummkopf», sagte Morgan mit einem Grinsen und Blinzeln zu Bridger hin, «aber ich lasse es darauf ankommen. Also meiner Meinung nach ist das alles nur ein Scherz von Mister Plunkett, um zwei nichtsahnende Hinterwäldler ins Bockshorn zu jagen. Ist die Sache mit diesem Williamson nun ernst gemeint oder nicht?»

«Williams», verbesserte Plunkett würdevoll. «Ich hab mich noch nie im Leben aufs Witzereißen verstanden, und ich würde schon gar nicht zweitausend Meilen weit fahren, um einen so schlechten Witz loszuwerden, wie dieser es wäre, falls ich Wade Williams nicht zurückbrächte. Meine Herren», fuhr der Sheriff fort, seine freundlichen Augen unbefangen von einem zum andern wandern lassend, «urteilen Sie doch selbst, ob Sie etwas Witziges an diesem Fall finden können. Wade Williams hört die Worte, die ich jetzt spreche, aber aus Höflichkeit will ich von ihm in der dritten Person reden. Fünf Jahre lang ließ er seine Frau wie einen Hund leben – nein, ich nehme das zurück. Kein Hund in Kentucky wurde je so behandelt. Er verpulverte das Geld, das sie mit in die Ehe gebracht hatte, beim Rennen, am Kartentisch, für Pferde und Jagden. Er war ein guter Kerl seinen Freunden gegenüber, aber ein gefühlloser, finsterer Teufel zu Hause. Und die fünf Jahre der Mißachtung krönte er, indem er sie mit der geballten Faust schlug – mit einer Faust, so hart wie Stein, als sie krank und durch ihr Leiden geschwächt war. Sie starb am nächsten Tag, und er machte sich aus dem Staube. Das ist alles. Es genügt. Ich habe Williams nie gesehen, aber ich kannte seine Frau. Ich bin nicht der Mann, der etwas nur halb erzählt. Sie und ich, wir waren eng befreundet, als sie ihn kennenlernte. Sie fuhr zu Besuch nach Louisville und traf ihn dort. Ich gebe zu, daß er mich im Handumdrehen aus dem Felde schlug. Damals wohnte ich am Rande des Cumberland-Gebirges. Ein Jahr nachdem Wade Williams seine Frau ermordet hatte, wurde ich zum Sheriff von Chatham County gewählt. Es sind die Pflichten meines Amtes, die mich hierherführen, aber ich gebe zu, daß auch persönliche Gefühle im Spiel sind. Und er wird mit mir zurückfahren. Mister – eh – Reeves, darf ich um Feuer bitten?»

«Ziemlich unklug von Williams», sagte Morgan, seine Füße gegen die Wand stemmend, «eine Dame aus Kentucky zu schlagen. Ich hab gehört, sie sollen alle Haare auf den Zähnen haben.»

«Elender, gemeiner Kerl, dieser Williams», sagte Reeves und goß sich noch einen Whisky ein.

Die beiden Männer sprachen leichthin, aber der Konsul sah und spürte die Spannung und Vorsicht in allem, was sie taten und sagten. ‹Gute Kerle›, sagte er sich, ‹sie sind alle beide in Ordnung. Sie halten zusammen wie Pech und Schwefel.›

Und dann kam ein Hund in das Zimmer herein, in dem sie saßen – ein schwarzer Köter mit hellbraunen Flecken, langohrig, träge, zutraulich.

Plunkett wandte den Kopf und sah auf den Hund, der ohne Scheu ein paar Schritte vor seinem Stuhl stehenblieb.

Plötzlich sprang der Sheriff auf und versetzte dem Hund mit seinem schweren Schuh einen boshaften, heftigen Tritt. Tief verletzt, verblüfft, mit hängenden Ohren und eingeklemmtem Schwanz stieß der Hund vor Schmerz und Überraschung ein durchdringendes Geheul aus.

Reeves und der Konsul blieben wortlos sitzen. Sie waren erstaunt darüber, daß der sonst so gutmütige Mann aus Chatham County sich so unerwartet intolerant benahm.

Morgan aber sprang plötzlich mit purpurrotem Gesicht auf und schüttelte drohend die Faust gegen den Gast.

«Sie – Rohling!» rief er leidenschaftlich. «Warum haben Sie das getan?»

Doch schnell beruhigte man sich. Plunkett murmelte eine undeutliche Entschuldigung und setzte sich wieder. Morgan bezwang mit deutlicher Anstrengung seine Entrüstung und kehrte zu seinem Stuhl zurück.

Und dann sprang Plunkett wie ein Tiger um die Tischecke und schnappte Handschellen um die Handgelenke des wie vom Donner gerührten Morgan.

«Hundefreund und Frauenmörder!» rief er. «Machen Sie sich bereit, vor Ihren Gott zu treten.»

Als Bridger geendet hatte, fragte ich ihn:

«Hat er den richtigen Mann erwischt?»

«Natürlich», sagte der Konsul.

«Aber wie hat er das rausgekriegt?» fragte ich verblüfft.

«Als dieser Plunkett am andern Morgen Morgan ins Boot schaffte, um ihn an Bord der ‹Pajaro› zu bringen», antwortete Bridger, «kam er bei mir vorbei, um sich zu verabschieden, und da habe ich ihm dieselbe Frage gestellt.

‹Mister Bridger›, sagte er, ‹ich bin aus Kentucky, und ich kenne die Menschen und Tiere dort genau. Aber ich habe noch nie einen Pferde- oder Hundenarren getroffen, der nicht grausam zu Frauen gewesen wäre.»

Ruf der Posaune

Die Hälfte dieser Geschichte kann man in den Akten der Polizei nachlesen, die andere Hälfte gehört hinter die Theke einer Zeitungsredaktion.
Zwei Wochen, nachdem der Millionär Norcross in seiner Wohnung ermordet vorgefunden worden war, schlenderte sein Mörder, ein Einbrecher, heiter den Broadway hinunter und stieß dort mit dem Inspektor Barney Woods zusammen.
«Bist du das, Johnny Kernan?» fragte Woods, der seit fünf Jahren für die Öffentlichkeit kurzsichtig war.
«Kein geringerer», rief Kernan herzlich. «Wenn das nicht Barney Woods ist, ehedem und immer noch aus Saint Jo! Laß dich anschauen! Was machst du hier im Osten?»
«Ich bin schon seit ein paar Jahren in New York», sagte Woods. «Ich bin bei der städtischen Kriminalbehörde.»
«Aber, aber!» sagte Kernan mit einem strahlenden Lächeln und streichelte den Arm des Inspektors.
«Komm, wir gehen zu Muller», sagte Woods, «und suchen uns einen ruhigen Tisch. Ich möchte mit dir sprechen.»
Es war ein paar Minuten vor vier. Die Flut des Berufsverkehrs war noch nicht hereingebrochen, und sie fanden in dem Café eine ruhige Ecke. Kernan, gut gekleidet, mit etwas prahlerischem Gehaben, voller Selbstvertrauen, setzte sich dem kleinen Kriminalbeamten mit dem blassen, sandfarbenen Schnurrbart, den ver-

kniffenen Augen und dem Cheviotanzug von der Stange gegenüber.

«Was machst du jetzt beruflich?» fragte Woods. «Du hast Saint Jo ja ein Jahr vor mir verlassen.»

«Ich verkaufe Aktien für eine Kupfermine», sagte Kernan. «Vielleicht mache ich hier ein Büro auf. Und du! Der alte Barney ist also ein New Yorker Kriminaler. Dahin hast du ja immer geneigt. Du warst auch in Saint Jo bei der Polizei, nachdem ich da weg war, nicht wahr?»

«Sechs Monate», sagte Woods. «Und jetzt habe ich noch eine Frage, Johnny. Seit du dieses Ding in dem Hotel in Saratoga gedreht hast, verfolge ich deine Akten genau; du hast nie von deinem Revolver Gebrauch gemacht. Warum hast du Norcross getötet?»

Kernan starrte einen Augenblick lang mit äußerster Konzentration auf die Zitronenscheibe in seinem Highball; dann blickte er plötzlich mit einem listigen, strahlenden Lächeln zu dem Inspektor auf.

«Wie hast du das erraten, Barney?» fragte er voller Bewunderung. «Ich hätte geschworen, daß das Ding so sauber und glatt gedreht war wie eine geschälte Zwiebel. Hab' ich irgendwo einen Bindfaden hängen lassen?»

Woods legte einen kleinen goldenen Bleistift auf den Tisch, wie man ihn sich an die Uhrkette hängt.

«Ich hab' ihn dir am letzten Weihnachtsfest, das wir in Saint Jo verbrachten, geschenkt. Deine Rasierschale benutze ich immer noch. Ich hab' das hier unter einer Ecke des Teppichs in Norcross' Zimmer gefunden. Sei vorsichtig mit dem, was du sagst. Ich kann es gegen dich verwenden, Johnny. Wir sind einmal Freunde gewesen, aber ich muß meine Pflicht tun. Die Sache mit Norcross wird dich auf den elektrischen Stuhl bringen.»

Kernan lachte.

«Ich hab' immer Glück», sagte er. «Wer hätte gedacht, daß der alte Barney auf meiner Spur ist.» Er schob eine Hand in seinen Rock. Eine Sekunde später drückte Woods ihm seinen Revolver in die Rippen.

«Steck ihn weg», sagte Kernan und rümpfte die Nase. «Ich wollte nur was nachprüfen. Aha! Es braucht neun Schneider, um einen Mann zu machen, aber nur einen, um einen Mann fertig zu machen. In meiner Westentasche ist ein Loch. Ich hab' den Bleistift von der Kette genommen und in die Westentasche gesteckt, für den Fall, daß es zu Handgreiflichkeiten käme. Steck die Kanone weg, Barney, dann erzähl' ich dir, warum ich Norcross erschießen mußte. Der alte Narr lief hinter mir her durch die Diele und ballerte mit einer elenden kleinen .22 auf die Knöpfe hinten auf meinem Mantel, und ich mußte ihn zwingen, damit aufzuhören. Die alte Dame war nett. Sie blieb im Bett liegen und sah ihr Brilliantenkollier, das 12000 Dollar wert ist, verschwinden, ohne einen Piepser zu tun, aber um einen kleinen dünnen Goldring mit einem Granat für drei Dollar bettelte sie. Ich vermute, daß sie den alten Norcross wegen seines Geldes geheiratet hat, trotzdem hängen die halt an den kleinen Andenken, die sie von dem verschmähten Liebhaber besitzen. Es waren sechs Ringe da, zwei Broschen und eine Uhrkette. Alles zusammen für etwa fünfzehntausend.»

«Ich hab' dich vor dem Reden gewarnt», sagte Woods.

«Oh, macht nichts», sagte Kernan. «Das Zeug ist in meinem Koffer im Hotel. Und jetzt will ich dir auch sagen, warum ich rede. Weil es ungefährlich ist. Ich rede zu einem Mann, den ich kenne. Du schuldest mir tausend Dollar, Barney Woods, und selbst wenn du den Wunsch hättest, mich eigenhändig zu verhaften, würdest du keinen Finger rühren.»

«Ich habe es nicht vergessen», sagte Woods. «Du hast ohne ein Wort zwanzig Fünfziger hingeblättert. Eines Tages werde ich sie zurückzahlen. Diese tausend haben mich gerettet – nun, als ich nach Hause kam, waren sie schon dabei, die Möbel auf dem Bürgersteig zu stapeln.»

«Und darum», fuhr Kernan fort, «da du Barney Woods bist, von Natur treu wie Gold und nicht anders kannst als das Spiel eines weißen Mannes zu spielen, kannst du keinen Finger rühren, um den Mann zu verhaften, dem du Geld schuldest. Oh, in meinem Beruf muß man Menschen studieren und nicht nur Sicherheitsschlösser und Fensterverschlüsse. Also bleib ruhig sitzen, während ich den Kellner rufe. Seit ein paar Jahren leide ich unter einem Durst, der mir etwas Kummer macht. Wenn jemals ein Schnüffler das Glück hat, mich zu schnappen, dann wird er sich die Ehre mit dem alten Bruder Schnaps teilen müssen. Aber während der Geschäftsstunden trinke ich nie. Nach der Arbeit kann ich mit gutem Gewissen mit meinem alten Freund Barney einen kippen. Was nimmst du?»

Der Kellner kam mit den kleinen Karaffen und dem Siphon und ließ sie dann wieder allein.

«Du hast es geschafft», sagte Woods, während er den

kleinen goldenen Stift nachdenklich mit dem Zeigefinger hin und her rollte. «Ich muß dich laufen lassen. Ich kann nicht Hand an dich legen. Wenn ich das Geld zurückgezahlt hätte – aber ich hab's nicht getan, und damit ist die Sache erledigt. Ich tue etwas Schlimmes, Johnny, aber ich kann nicht anders. Du hast mir einmal geholfen, und ich muß dir das vergelten.»

«Ich wußte es», sagte Kernan und hob das Glas mit einem selbstgefälligen Lächeln. «Ich verstehe mich auf Menschen. Auf dein Wohl, Barney – «for he is a jolly good fellow.»

«Ich glaube», sagte Woods ruhig, als denke er laut, «wenn die Rechnung zwischen dir und mir beglichen wäre, dann hätte alles Geld in allen Banken von New York dich heute abend nicht freikaufen können.»

«Das weiß ich», sagte Kernan. «Darum wußte ich auch, daß ich bei dir sicher bin.»

«Die meisten Menschen», fuhr der Kriminalbeamte fort, «betrachten meinen Beruf mit einem scheelen Blick. Sie rechnen ihn nicht zu den schönen Künsten und freien Berufen. Aber törichterweise bin ich immer stolz darauf gewesen. Und jetzt bin ich zu Fall gebracht worden. Vermutlich bin ich an erster Stelle ein Mensch und erst dann Kriminalbeamter. Ich muß dich laufen lassen, und danach muß ich meinen Dienst quittieren. Wahrscheinlich tauge ich zum Lastwagenfahrer. Deine tausend Dollar liegen in weiterer Ferne als je, Johnny.»

«Oh, das macht nichts», sagte Kernan mit Gönnermiene. «Ich würde dir die Schuld gern erlassen, aber ich weiß, davon hältst du nichts. Das war ein Glückstag für mich, als du mich anpumptest. Und jetzt laß uns von was anderem reden. Mit dem Morgenzug fahre ich

nach Westen. Ich kenne da einen Ort, wo ich die Norcross-Klunker verscheuern kann. Trink aus, Barney, und vergiß deinen Kummer. Wir wollen uns amüsieren, während sich die Polizei über den Fall die Köpfe zerbricht. Heute abend hab' ich einen Durst wie in der Wüste. Aber ich bin in den Händen – den amtlichen Händen – meines alten Freundes Barney, und ich denke nicht einmal im Traum an die Polizei.»
Und dann, als Kernan immer wieder die Klingel drückte und den Kellner in Atem hielt, begann sein schwacher Punkt zum Vorschein zu kommen: fürchterliche Eitelkeit und Arroganz. Eine Geschichte folgte der anderen: Geschichten seiner erfolgreichen Raubzüge, genialer Pläne und unverschämter Gesetzesübertretungen, bis Woods bei all seiner Vertrautheit mit dem Verbrechen spürte, wie in ihm ein kalter Abscheu vor diesem durch und durch lasterhaften Menschen wuchs, der einmal sein Wohltäter gewesen war.
«Von mir hast du natürlich nichts mehr zu fürchten», sagte Woods schließlich. «Aber ich rate dir, noch eine Zeitlang in Deckung zu bleiben. Die Zeitungen könnten den Fall Norcross aufgreifen. Diesen Sommer haben Einbrüche und Mord wie eine Epidemie in der Stadt gewütet.»
Dieses Wort versetzte Kernan in einen plötzlichen rasenden Wutanfall.
«Zum Teufel mit den Zeitungen», knurrte er, «die können doch nur in Druckerschwärze aufschneiden und keifen und Dampf machen. Und wenn sie den Fall aufgreifen – was soll das schon? Es ist leicht genug, die Polizei zum Narren zu halten; aber was tun die Zeitun-

gen? Sie schicken einen Schwarm aufgeblasener Reporter an den Tatort, und die verdrücken sich in die nächste Kneipe und trinken ihr Bier und machen dabei Photos von der ältesten Tochter des Wirts im Abendkleid, und die Zeitung bringt dann das Bild als das der Braut des jungen Mannes im zehnten Stock, der meint in der Nacht des Mordes unten etwas gehört zu haben. Und näher kommen die Zeitungen kaum je an den Herrn Einbrecher heran.»
«Nun, ich weiß nicht», sagte Woods nachdenklich. «Einige Zeitungen haben in solchen Fällen gute Arbeit geleistet. Zum Beispiel der ‹Morning Mars›. Er hat ein paar alte Spuren aufgewärmt und den Mann geschnappt, als die Polizei die Spuren schon hatte erkalten lassen.»
«Ich werde dir zeigen», sagte Kernan, stand auf und dehnte die Brust, «ich werde dir zeigen, was ich von Zeitungen im allgemeinen halte und von deinem ‹Morning Mars› im besonderen.»
Drei Meter von ihrem Tisch entfernt befand sich eine Telefonzelle. Kernan trat hinein, setzte sich bei offener Tür an den Apparat. Er fand die Nummer im Buch, nahm den Hörer ab und verlangte die Zentrale. Woods saß ganz still und beobachtete das höhnisch kalte, wachsame Gesicht, das dicht am Apparat wartete und horchte auf die Worte, die zwischen den dünnen grausamen Lippen hervorkamen, die jetzt zu einem verächtlichen Lächeln verzogen waren.
«Ist dort der ‹Morning Mars›?... Ich möchte den Chefredakteur sprechen... Sagen Sie ihm, es ist jemand, der mit ihm über den Norcross-Mord sprechen will.

Sie sind der Redakteur?... Gut... Ich bin der Mann, der den alten Norcott umgebracht hat... Warten Sie! Bleiben Sie am Apparat! Ich bin nicht der übliche Spinner... Oh, da besteht nicht die geringste Gefahr. Ich habe die Sache gerade mit einem befreundeten Kriminalbeamten durchgesprochen. Ich hab' den alten Mann um 2.30 morgens umgebracht, morgen vor zwei Wochen... Ich soll einen mit Ihnen trinken? Das Gerede sollten Sie lieber Ihrem Spaßmacher vom Dienst überlassen? Können Sie nicht unterscheiden, ob jemand Ihnen 'nen Bären aufbinden will, oder ob man Ihnen den größten Knüller anbietet, den Ihr langweiliger Spüllappen von 'nem Blättchen jemals gebracht hat?... Also so ist es, es ist 'n toller Knüller – aber Sie können kaum erwarten, daß ich Ihnen Namen und Adresse durchtelefoniere – Warum? Nun, weil ich von dem blöden Polizisten gehört hab', daß das Lösen von geheimnisvollen Kriminalfällen Ihre Spezialität ist... Nein, das ist nicht alles. Ich möchte Ihnen noch sagen, daß Ihr dreckiges, verlogenes Groschenblättchen einem intelligenten Mörder ebensowenig auf die Spur kommen wird wie ein blinder Pudel imstande wäre... Was?... Oh nein, dies ist kein Konkurrenzblatt; sie haben richtig verstanden. Ich hab' das Ding bei Norcott gedreht und hab' die Juwelen in meinem Koffer im – den Namen des Hotels konnte man nicht erfahren – Sie erkennen doch diese Phrase, nicht wahr? Ich dachte es mir. Sie haben Sie oft genug gebraucht. Das schlägt Ihnen doch ein, wie, daß der geheimnisvolle Schurke Ihr großes, erhabenes allmächtiges Organ des Rechts und der Gerechtigkeit und guten Regierung anruft und Ihnen sagt, was für ein hilfloser alter Windbeutel Sie sind?... Hören Sie damit auf; ein solcher Narr sind Sie gar nicht; nein, Sie denken gar nicht, daß ich schwindle. Das kann ich Ihrer Stimme anhören ... Hören Sie gut zu, ich werde Ihnen einen Hinweis geben, der es Ihnen beweist. Natürlich haben Sie Ihre Mannschaft von schlauen jungen Dummköpfen auf diesen Fall angesetzt. Der zweite Knopf am Nachthemd von Mrs. Norcross ist zur Hälfte abgebrochen. Ich sah es, als ich ihr den Granatring vom Finger zog. Ich dachte, es wäre ein Rubin ... Hören Sie auf! Es hat keinen Zweck.»

Kernan drehte sich mit einem teuflischen Lächeln zu Woods um.

«Ich hab' ihn in Fahrt gebracht. Er glaubt mir jetzt. Er hat die Muschel nicht ganz mit der Hand bedeckt, als er jemandem sagte, er soll die Zentrale von einem anderen Apparat aus anrufen. Ich will ihm nur noch einen Puff versetzen, dann machen wir uns davon.»

«Hallo!... Ja, da bin ich wieder. Sie haben doch nicht geglaubt, ich würde vor einem solchen kleinen subventionierten, wetterwendischen Blättchen davonlaufen?... Sie wollen mich innerhalb von achtundvierzig Stunden haben? Hören Sie doch auf, komisch zu sein! Also, lassen Sie erwachsene Männer in Frieden und wenden Sie sich wieder Ihren Ehescheidungen und Straßenunfällen zu und drucken Sie den Dreck und den Skandal, von dem Sie leben. Auf Wiedersehen, alter Junge – schade, daß ich keine Zeit habe, Sie zu besuchen. Ich würde mich in Ihrem sanctum asinorum völlig sicher fühlen. Tralala!»

«Er ist so wütend wie eine Katze, der die Maus durchgegangen ist», sagte Kernan, legte den Hörer auf und

kam heraus. «Und jetzt, mein lieber Barney, werden wir ins Theater gehen und uns amüsieren, bis es Schlafenszeit ist. Ich brauche vier Stunden Schlaf – dann geht es ab nach Westen!»
Die beiden aßen in einem Restaurant am Broadway zu Abend. Kernan war zufrieden mit sich. Er schmiß mit Geld um sich wie ein Märchenprinz. Und dann nahm ein schaurigschönes Musical ihre Aufmerksamkeit ganz in Anspruch. Anschließend nahmen sie noch einen späten Imbiß mit Champagner in einem Grill. Kernan war auf dem Gipfel seiner Selbstgefälligkeit.
Um halb vier morgens saßen sie in der Ecke eines Nachtcafés. Kernan schnitt immer noch in seiner vagen und weitschweifigen Art auf. Woods grübelte über das Ende nach, das seine nützliche Laufbahn als Vertreter von Recht und Ordnung gefunden hatte.
Aber als er so nachdachte, blitzte ihm plötzlich ein Gedanke auf.
«Ob das wohl möglich ist?» fragte er sich selbst, «ob das wohl möglich ist?»
Und dann wurde die frühmorgendliche Stille der Straße von schwachen unbestimmten Schreien durchbohrt, die wie bloße Glühwürmchen aus Schall waren, bald lauter, bald schwächer wurden und dann im Rumpeln der Milchwagen und gelegentlicher Autos erstarben. Wenn sie näher kamen, waren diese Schreie schrill – wohlbekannte Schreie, die für die Millionen von Ohren der großen Stadt vielerlei Bedeutungen hatten, wenn diese aufwachten und sie hörten. Schreie, die kurz und bedeutungsvoll waren, aber das Gewicht einer ganzen Welt von Schmerz, Gelächter, Freude und

Not trugen. Für manche, die sich unter dem vergänglichen Schutz der Nacht duckten, brachten sie Nachricht von der Häßlichkeit des hellen Tages; für andere, die in einen freundlichen Schlummer gehüllt waren, kündigten sie einen Morgen an, der schwärzer heraufkommen würde als die samtene Nacht. Für viele der Reichen brachten sie Besen mit, die wegfegten, was ihnen gehört hatte, solange die Sterne schienen; für die Armen brachten sie: einen neuen Tag.

Überall in der Stadt erhoben sich diese Schreie, scharf und durchdringend verkündeten sie die Chancen, die der Ruck eines Zahnrades in der Maschinerie der Zeit hatte entstehen lassen, und während die Schläfer da lagen, der Gnade des Schicksals ausgeliefert, teilten sie ihnen Rache, Vorteil, Kummer, Belohnung und Unglück zu, so wie das neue Blatt im Kalender sie für sie bereithielt. Diese Schreie waren schrill und doch klagend, als schmerzte es die jungen Stimmen, daß in ihren unschuldigen Händen soviel Böses und so wenig Gutes lag. So schallte durch die Straßen der hilflosen Stadt die Botschaft der letzten Beschlüsse der Götter, die Schreie der Zeitungsjungen – der Posaunenschall der Presse.

Woods warf dem Kellner einen Groschen hin und sagte:

«Holen Sie mir einen ‹Morning Mars›.»

Als die Zeitung kam, warf er einen Blick auf die erste Seite, dann riß er ein Blatt aus seinem Notizbuch und begann mit dem kleinen goldenen Bleistift darauf zu schreiben.

«Was gibt's Neues?» gähnte Kernan.

Woods schob ihm das Stück Papier hin:

«An den New Yorker ‹Morning Mars›
Bitte zahlen Sie an John Kernan die tausend Dollar, die mir für seine Ergreifung und Überführung zustehen.
Bernard Woods»

«Ich dachte mir, daß sie es tun würden», sagte Woods, «nachdem du ihnen so hart zugesetzt hattest. Also Johnny, du wirst jetzt mit mir auf die Polizeiwache kommen.»

Schuhe

John de Graffenreid Atwood aß den Lotos des Vergessens samt Wurzel, Stiel und Blüte. Die Tropen verschlangen ihn. Fieberhaft stürzte er sich in seine Arbeit, die darin bestand, Rosine zu vergessen.

Die den Lotos speisen, essen ihn selten ungewürzt. Es gibt eine *sauce au diable*, die dazu paßt, und die Küchenchefs, die sie zubereiten, sind die Schnapsbrenner. Auf Johnnys Speisekarte hieß sie Kognak. Eine Flasche zwischen sich, pflegten er und Billy Keogh nachts auf der Veranda des kleinen Konsulats zu sitzen und schöne unanständige Lieder zu singen, bis die Eingeborenen, die eilig vorbeiglitten, die Achseln zuckten und etwas über die *americanos diablos* vor sich hin brummelten.

Eines Tages brachte Johnnys Bursche die Post und knallte sie auf den Tisch. Johnny beugte sich aus der Hängematte und befühlte trübsinnig die vier, fünf Briefe. Keogh saß auf der Tischkante und hackte mit dem Papiermesser gedankenlos nach den Beinen eines Tausendfüßlers, der zwischen dem Schreibzeug herumkrabbelte. Johnny befand sich in einem Stadium des Lotosgenusses, wo einem alles und jedes einen bitteren Geschmack im Mund zurückläßt.

«Die alte Leier!» klagte er. «Dummköpfe, die um Auskünfte über das Land bitten. Sie wollen alles über den Obstanbau wissen und wie man ohne Arbeit ein Vermögen macht. Die Hälfte schickt nicht mal Briefmarken für die Rückantwort mit. Sie meinen, ein Konsul hat nichts weiter zu tun, als Briefe zu schreiben. Reiß mir die Umschläge auf, Alter, und sieh nach, was sie wollen. Ich fühle mich zu angegriffen, um mich zu rühren.»

Keogh, in einem Maße akklimatisiert, das schlechte Laune ausschloß, zog mit lächelnder Willfährigkeit auf dem rosigen Gesicht seinen Stuhl an den Tisch und öffnete die Briefe. Vier davon waren von Bürgern aus verschiedenen Teilen der Vereinigten Staaten, die den Konsul in Coralio für eine Art Enzyklopädie zu halten schienen. Sie stellten lange Listen von Fragen, die nach Nummern geordnet waren, über Klima, Erzeugnisse, Möglichkeiten, Gesetze, Geschäftsaussichten und Statistiken des Landes, in dem der Konsul die Ehre hatte, seine Regierung zu vertreten.

«Schreib ihnen bitte, Billy», sagte dieser träge Beamte, «nur eine Zeile, sie sollen sich den letzten Konsularbericht ansehen. Schreib ihnen, das Auswärtige Amt werde entzückt sein, die verlangten Perlen der Gelehrsamkeit zu liefern. Unterzeichne mit meinem Namen. Und kratze nicht mit der Feder, Billy, das stört mich beim Einschlafen.»

«Schnarch nicht», sagte Keogh freundlich, «dann mach ich dir deine Arbeit. Jedenfalls brauchst du ein ganzes Korps Gehilfen. Ich kann mir nicht vorstellen, wie du überhaupt je einen Bericht zustande bekommst. Wach mal einen Augenblick auf – hier ist noch ein Brief – noch dazu aus deiner Heimatstadt – aus Dalesburg.»

«Wirklich?» murmelte Johnny und offenbarte ein mäßig obligatorisches Interesse. «Was steht drin?»

«Der Postmeister schreibt», erklärte Keogh. «Ein Bürger der Stadt möchte ein paar Tatsachen und einen Rat von dir. Der Bürger, schreibt er, hat die Idee, hierher-

zukommen und einen Schuhladen aufzumachen. Er möchte wissen, ob du meinst, daß sich das Geschäft bezahlt machen würde. Er hat, schreibt er, von der Konjunktur an dieser Küste läuten hören und möchte den Rahm abschöpfen.»
Trotz der Hitze und seiner schlechten Laune mußte Johnny so lachen, daß seine Hängematte schaukelte. Auch Keogh lachte, und aus Sympathie keckerte auch der Hausaffe oben auf dem Bücherschrank gellend zu der spöttischen Aufnahme des Briefes aus Dalesburg.
«Heiliges Kanonenrohr!» rief der Konsul. «Einen Schuhladen! Möchte wissen, wonach sie noch fragen werden! Vermutlich nach einer Fabrik für Winterulster. Wie viele von unsern dreitausend Einwohnern haben wohl jemals ein Paar Schuhe angehabt, Billy?»
Keogh dachte scharf nach.
«Wart mal – du und ich und . . .»
«Ich nicht», unterbrach Johnny sofort und nicht ganz zu Recht, wobei er einen Fuß hochhielt, der in einem durchaus nicht reputierlichen Wildleder-Mokassin steckte. «Seit Monaten zähle ich nicht mehr zu den Schuhopfern.»
«Aber du hast wenigstens welche gehabt», fuhr Keogh fort. «Und dann noch Goodwin, Blanchard, Geddie, der alte Lutz, Doktor Gregg und dieser Italiener, der Agent der Bananengesellschaft, und der alte Delgado – nein, der trägt Sandalen. Ach ja, und Madame Ortiz, ‹wo das Hotel hat› – gestern abend beim Tanzen hatte sie ein Paar rote Slipper an. Und ihre Tochter, Miss Pasa, die in den Staaten zur Schule gegangen ist – und von dort etwas zivilisierte Vorstellungen über Fußbekleidung mitgebracht hat. Und dann die Schwester des

commandante, die an Festtagen ihre Füße bekleidet – und Mrs. Geedie, die ein Paar mit kastilischen Kreuzspangen trägt – und das sind schon alle Damen. Warte – sind nicht noch ein paar Soldaten in der Kaserne – nein, das ist so: Nur auf dem Marsch dürfen sie Schuhe tragen. In der Kaserne blecken sie die Zehen.»
«Stimmt ungefähr», nickte der Konsul. «Nicht mehr als zwanzig von den dreitausend haben je an ihren Gehwerkzeugen Leder gespürt. O ja, Coralio ist haargenau die Stadt für einen unternehmungslustigen Schuhladen – der sich von seinen Waren nicht trennen will. Möchte mal wissen, ob sich der alte Patterson ein Späßchen mit mir erlaubt! Er hat schon immer solche Sachen im Kopf gehabt, die er für Späße hielt. Schreib ihm einen Brief, Billy. Ich werde ihn diktieren. Wir werden ein bißchen zurückspaßen.»
Keogh tauchte seine Feder ein und schrieb nach Johnnys Diktat. Nach vielen Pausen, die mit Rauch und dem Wandern der Flasche und der Gläser ausgefüllt waren, hatten sie schließlich folgende Antwort auf das Schreiben aus Dalesburg verbrochen:
«Mr. Obadiah Patterson, Dalesburg, Alabama

Sehr geehrter Herr!
Auf Ihr Geschätztes vom 2. Juli beehre ich mich, Ihnen mitzuteilen, daß es meiner Meinung nach keinen Ort auf der bewohnbaren Erde gibt, der dem Auge einen deutlicheren Beweis für die Notwendigkeit eines erstklassigen Schuhgeschäftes bietet als Coralio. Wir haben dreitausend Einwohner und kein einziges Schuhgeschäft! Dieser Umstand spricht für sich. Die Küste nimmt einen rapiden Aufschwung als Ziel unterneh-

mungsfreudiger Geschäftsleute, doch das Geschäft mit Schuhen ist dabei bedauerlicherweise übersehen oder vergessen worden. Tatsächlich gibt es eine erhebliche Anzahl Bürger, die im Augenblick wirklich und wahrhaft ohne Schuhe sind.
Außer dem obenerwähnten Mangel besteht auch ein schreiendes Bedürfnis nach einer Brauerei, einer Lehranstalt für höhere Mathematik, einem Kohlenplatz und einem gekonnten, geistreichen Puppentheater.

Hochachtungsvoll
Ihr ergebener Diener
John de Graffenreid Atwood
US-Konsul in Coralio

PS – Hallo, Onkel Obadiah! Wie geht's denn in dem alten Städtchen? Was würde wohl die Regierung ohne Sie und mich anfangen! Erwarten Sie in Bälde einen Papagei mit grünem Schopf und eine Staude Bananen

von Ihrem alten Freund
Johnny.»

«Die Nachschrift füge ich hinzu, damit sich Onkel Obadiah nicht durch den offiziellen Ton des Briefes beleidigt fühlt!» erklärte der Konsul. «Und jetzt besorge die Korrespondenz, Billy, und schick Pancho damit weg. Die ‹Ariadne› nimmt morgen die Post mit, wenn sie heute ihre Ladung Obst unter Dach und Fach bekommt.»

Das Nachtprogramm in Coralio wechselte nie. Die Volksbelustigungen waren einschläfernd und matt. Barfüßig und ziellos wanderten die Bürger umher, sprachen leise und rauchten Zigarren oder Zigaretten. Wenn man auf die spärlich beleuchteten Wege hinun-

terblickte, schien man einen schiebenden und drängenden Wirrwarr brünetter Geister vor Augen zu haben, die einer Prozession wahnsinniger Leuchtkäfer ins Gehege kamen. Das aus einigen Häusern dringende klägliche Gitarrengeklimper verstärkte noch den deprimierenden Eindruck der tristen Nacht. Riesenlaubfrösche knarrten und rasselten so laut im Laubwerk wie eine Ratschen-und-Schnarren-Kapelle.
Gegen neun Uhr lagen die Straßen fast wie ausgestorben. Auch im Konsulat gab es häufig keine Abänderung des Programms. Jeden Abend kam Keogh zu dem einzig kühlen Ort in Coralio – der kleinen, zur See blickenden Veranda des Amtssitzes.
Der Kognak wurde in Bewegung gehalten, und vor Mitternacht pflegten sich im Herzen des freiwillig in die Verbannung gegangenen Konsuls Gefühle zu regen. Dann erzählte er Keogh die Geschichte seines ausgeträumten Liebesromans. Nacht für Nacht hörte Keogh geduldig zu und hielt sein unermüdliches Mitgefühl griffbereit.
«Aber glaub ja nicht, keine Minute lang», pflegte Johnny seine traurige Erzählung zu beenden, «daß ich mich um das Mädchen gräme, Billy. Ich habe sie vergessen. Sie kommt mir nie mehr in den Sinn. Wenn sie diesen Augenblick zur Tür hereintreten würde, so würde mein Herz nicht die Spur schneller schlagen. Das ist alles längst vorbei.»
«Als ob ich das nicht wüßte!» antwortete dann Keogh. «Natürlich hast du sie vergessen. Ist auch ganz richtig. War nicht ganz in Ordnung von ihr, sich anzuhören, was dieser – dieser Dink Pawson dauernd hinter deinem Rücken über dich redete.»

«Pink Dawson!» – Eine Welt voll Verachtung lag in Johnnys Stimme. «Ein nichtsnutziger armer Weißer! Das war er. Aber er hatte zweihundert Hektar Farmland, und das zählte. Vielleicht bietet sich eines Tages die günstige Gelegenheit, es ihm heimzuzahlen. Die Dawsons waren Nichtse. Aber jeder in Alabama kennt die Atwoods. Weißt du, Billy, daß meine Mutter eine de Graffenreid war?»
«Aber nein», sagte Keogh, «wirklich?» Er hatte es wohl schon an die dreihundertmal gehört.
«Tatsache. Die de Graffenreids aus dem Distrikt Hancock. Aber ich denke nicht mehr an das Mädchen, nicht wahr, Billy?»
«Keine Minute, mein Junge», war das letzte, was der Bezwinger Amors hörte. An diesem Punkt pflegte Johnny in sanften Schlummer zu sinken, und Keogh bummelte in seine Hütte unter dem Flaschenkürbisbaum an der Plaza.
Nach ein, zwei Tagen hatten die beiden Verbannten in Coralio den Brief des Postmeisters von Dalesburg und die Antwort darauf vergessen. Doch am 26. Juli zeigte sich die Frucht der Antwort am Baum der Ereignisse.
Die ‹Andador›, ein Bananendampfer, der regelmäßig Coralio anlief, drehte draußen auf See bei und ging vor Anker. Am Strand standen die Schaulustigen aufgereiht, während der Quarantänearzt und die Zollbeamten hinausruderten, um ihrer Pflicht nachzugehen.
Eine Stunde später kam Bill Keogh, frisch und sauber in seinem weißen Leinenanzug, in das Konsulat geschlendert und grinste wie ein zufriedener Haifisch.
«Rate mal, was ist», sagte er zu Johnny, der in seiner Hängematte faulenzte.

«Zu heiß zum Raten», sagte Johnny träge.
«Dein Schuhladenonkel ist gekommen», sagte Keogh und ließ den süßen Happen auf der Zunge zergehen, «mit einem Warenlager, das groß genug ist, den ganzen Kontinent bis runter nach Feuerland zu versorgen. Sie schaffen gerade seine Kisten aufs Zollamt. Sechs Frachtboote voll haben sie schon an Land gebracht und sind zurückgepaddelt, um den Rest zu holen. Oh, ihr Heiligen in eurer Glorie! Wie wird das die Luft auffrischen, wenn er hinter den Spaß kommt und dem Herrn Konsul auf den Zahn fühlt! Diesen herrlichen Augenblick mitzuerleben ist neun Jahre Tropen wert.»
Keogh hatte es gern bequem bei seinen Heiterkeitsausbrüchen. Er suchte sich eine saubere Stelle auf den Matten und legte sich auf den Fußboden. Die Wände wackelten, so freute er sich. Johnny drehte sich halb herum und blinzelte.
«Du willst mir doch nicht weismachen, daß jemand so behämmert gewesen ist, den Brief ernst zu nehmen?» sagte er.
«Ein Warenlager für viertausend Dollar!» keuchte Keogh entzückt. «Red mir noch einer von Sand in die Wüste tragen! Warum hat er nicht gleich eine Schiffsladung Palmwedel nach Spitzbergen gebracht, wo er schon einmal damit beschäftigt war? Hab den alten Knacker am Strand gesehn. Du hättest dabeisein sollen, wie er seine Brille rauskramte und verstohlen nach den etwa fünfhundert barfüßigen Bürgern schielte, die da rumstanden.»
«Sprichst du die Wahrheit, Billy?» fragte der Konsul schwach.
«Vielleicht nicht? Du hättest bloß die Tochter von dem

angeschmierten Gentleman sehen sollen, die er mitgebracht hat, Klasse! Gegen die sehen die Ziegelstaubseñoritas hier wie Negerbabys aus.»
«Weiter», sagte Johnny, «wenn du freundlicherweise mit dem blöden Gekicher aufhören würdest. Ich kann es nicht ausstehen, wenn sich ein erwachsener Mann wie eine hihilachende Hyäne aufführt.»
«Heißt Hemstetter», fuhr Keogh fort. «Er ist ... nanu, was ist denn nun los?»
Johnnys mokassinbeschuhte Füße dröhnten auf den Boden, als er sich aus der Hängematte wand.
«Steh auf, du Idiot», sagte er finster, «oder ich schlag dir das Schreibzeug über den Schädel. Das sind Rosine und ihr Vater. Heiliges Gewitter! Was für ein schwachsinniger Blödling ist doch dieser alte Patterson! Steh auf, Billy Keogh, und hilf mir! Was zum Teufel sollen wir machen? Ist denn alle Welt verrückt geworden?»
Keogh erhob sich und staubte sich ab. Er brachte es fertig, sich wieder anständig zu betragen.
«Man muß der Sache ins Auge sehn, Johnny», sagte er mit dem einigermaßen erfolgreichen Bemühen um Ernsthaftigkeit. «Ich bin gar nicht auf die Idee gekommen, daß es dein Mädchen sein könnte, bis du es gesagt hast. Als erstes muß man ihnen eine bequeme Unterkunft verschaffen. Geh runter und steh deinen Mann, ich werde zu den Goodwins traben und sehen, ob nicht Mrs. Goodwin sie aufnimmt. Sie haben das anständigste Haus in der Stadt.»
«Gott befohlen, Billy!» sagte der Konsul. «Ich wußte, du würdest mich nicht im Stich lassen. Das ist der Weltuntergang, aber vielleicht können wir ihn noch ein, zwei Tage aufhalten.»

Keogh spannte seinen Schirm auf und begab sich zu dem Haus der Goodwins. Johnny nahm Rock und Hut. Er hob die Kognakflasche auf, stellte sie aber wieder hin, ohne zu trinken, und marschierte tapfer hinunter zum Strand.

Im Schatten der Zollamtsmauern fand er Mr. Hemstetter und Rosine, die von einem Haufen gaffender Bürger umgeben waren. Die Zollbeamten verbeugten sich und machten Kratzfüße, während der Kapitän der ‹Andador› das Anliegen der Neuankömmlinge verdolmetschte. Rosine sah gesund und quicklebendig aus. Mit amüsiertem Interesse betrachtete sie die fremdartigen Kulissen ringsum. Eine leichte Röte flog über ihre runden Wangen, als sie von ihrem alten Verehrer begrüßt wurde. Mr. Hemstetter schüttelte Johnny freundlich die Hand. Er war ein altmodischer, lebensuntüchtiger Mann – einer von den unzähligen herumziehenden Geschäftsleuten, die ewig unzufrieden sind und eine Veränderung suchen.

«Freut mich sehr, Sie zu sehen, John – ich darf Sie doch John nennen?» sagte er. «Vielen Dank für Ihre prompte Antwort auf die Anfrage unseres Postmeisters. Er hatte sich freiwillig anerboten, Ihnen meinetwegen zu schreiben. Ich sah mich gerade nach einer anderen Beschäftigungsmöglichkeit um, die mehr abwirft. Aus den Zeitungen hatte ich ersehen, daß der Küste hier von den Geldleuten viel Aufmerksamkeit zuteil wird. Ich bin Ihnen außerordentlich dankbar für Ihren Rat. Ich habe alles, was ich besaß, verkauft und den Ertrag in einem Vorrat der elegantesten Schuhe angelegt, die ich im Norden bekommen konnte. Eine malerische Stadt haben Sie hier, John. Ich hoffe, das Geschäft läßt

sich so gut an, wie ich es nach Ihrem Brief erwarten darf.»
Johnnys Seelenpein wurde durch die Ankunft von Keogh abgekürzt, der mit der Nachricht gelaufen kam, Mrs. Goodwin werde sehr erfreut sein, Mr. Hemstetter und seiner Tochter Räumlichkeiten zur Verfügung zu stellen. So wurden Mr. Hemstetter und Rosine unverzüglich hingeführt und dortgelassen, um sich nach den Beschwernissen der Reise zu erfrischen, wohingegen Johnny hinunterging und nachsah, ob die Schuhkisten während der noch nicht abgeschlossenen Untersuchung durch die Beamten im Zollspeicher sicher untergebracht waren. Keogh, der wie ein Haifisch grinste, schwänzelte auf der Suche nach Goodwin herum, um ihm beizubringen, daß er Mr. Hemstetter ja nicht Coralios wahre Beschaffenheit als Schuhmarkt offenbare, bis Johnny eine Gelegenheit gefunden habe, die Situation zu retten, falls das überhaupt möglich sei.
Diese Nacht hielten der Konsul und Keogh auf der luftigen Veranda des Konsulats eine verzweifelte Beratung ab.
«Schick sie wieder nach Hause», begann Keogh, der Johnnys Gedanken las.
«Ich würde schon», sagte Johnny nach kurzem Schweigen, «aber ich hab dich belogen, Billy.»
«Schon gut», meinte Billy freundlich.
«Ich hab dir hundertmal erzählt», sagte Johnny langsam, «daß ich das Mädchen vergessen habe, nicht wahr?»
«Ungefähr dreihundertfünfundsiebzigmal», nickte das Denkmal unerschütterlicher Geduld.
«Ich habe gelogen», wiederholte der Konsul, «jedes-

mal. Keine Minute hab ich sie vergessen. Ich war ein bockbeiniger Esel, daß ich weglief, bloß weil sie einmal nein gesagt hatte. Und ich war ein zu stolzer Trottel, um zurückzufahren. Heute abend habe ich bei den Goodwins ein paar Minuten mit Rosine gesprochen. Dabei habe ich eine Sache herausgefunden. Du erinnerst dich an diesen Farmerburschen, der immer hinter ihr her war?»
«Dink Pawson?» fragte Keogh.
«Pink Dawson. Ja, der hat ihr rein nichts bedeutet. Sie sagt, sie hat kein Wort von all dem geglaubt, was er ihr über mich erzählt hat. Aber jetzt bin ich in einer schrecklichen Lage, Billy. Dieser blöde Brief, den wir geschickt haben, macht jede Aussicht, die mir noch blieb, zunichte. Sie wird mich verabscheuen, wenn sie herausbekommt, daß ihr alter Vater das Opfer eines Spaßes geworden ist, den sich kein anständiger Schuljunge hätte zuschulden kommen lassen. Schuhe! Keine zwanzig Paar Schuhe könnte er in Coralio verkaufen, und wenn er dreist zwanzig Jahre den Laden halten würde. Zieh einem von diesen karibischen oder spanischen braunen Kerlen ein Paar Schuhe an, was wird er tun? Auf dem Kopf stehn und schreien, bis er sie runtergestrampelt hat. Keiner von denen hat je Schuhe getragen und wird es nie. Wenn ich die beiden nach Hause zurückschicke, muß ich ihnen die ganze Geschichte erzählen, und was wird sie dann von mir denken? Mein Verlangen nach dem Mädchen ist schlimmer denn je, Billy, und jetzt, da sie in Reichweite ist, hab ich sie für immer verloren, weil ich ulkig zu sein versuchte, als das Thermometer auf hundertzwei Grad Fahrenheit stand.»

«Nimm's nicht so tragisch», sagte der optimistische Keogh. «Laß sie doch den Laden aufmachen. Ich bin heute nachmittag nicht untätig gewesen. Auf jeden Fall können wir eine zeitweilige Konjunktur in Fußbekleidung ankurbeln. Ich werde sechs Paar kaufen, sobald die Tür offen ist. Ich bin überall rumgegangen und hab all unsere Freunde besucht und ihnen die Katastrophe auseinanderklamüsert. Alle werden Schuhe kaufen, als wären sie Tausendfüßler. Frank Goodwin wird sie gleich kistenweise abnehmen. Die Geddies wollen an die elf Paar für sich. Clany wird die Ersparnisse von Wochen dransetzen, und sogar der alte Doktor Gregg will drei Paar Krokodillederslipper, wenn sie die Größe zehn dahaben. Blanchard hat einen Blick auf Miss Hemstetter werfen können, und da er Franzose ist, wird er's nicht unter einem Dutzend Paar Schuhen machen.»
«Ein Dutzend Kunden», sagte Johnny, «für ein Schuhlager im Wert von viertausend Dollar! Es wird nicht klappen. Das ist ein Riesenproblem und will überlegt sein. Geh nach Hause, Billy, und laß mich allein. Ich muß mich ganz für mich damit beschäftigen. Nimm die Flasche Dreistern mit – nein, mein Herr, keinen Tropfen Alkohol mehr für den Konsul der Vereinigten Staaten. Ich werde heute nacht hier sitzen bleiben und den Pfropfen aus meinem Denkapparat ziehen. Wenn diese Sache irgendwo eine weiche Stelle hat, werde ich sie finden. Wenn nicht, gibt es wieder einen Schiffbruch zum Ruhm der herrlichen Tropen.»
Keogh ging, weil er spürte, daß er nichts nützen konnte. Johnny legte eine Handvoll Zigarren auf den Tisch und streckte sich in einen Liegestuhl. Als unvermutet

das Tageslicht anbrach und die Kräuselwellen im Hafen versilberte, saß er immer noch da. Dann stand er auf, pfiff eine Melodie und nahm sein Bad.
Um neun Uhr ging er hinunter zu dem schmutzigen kleinen Telegraphenbüro und stand eine halbe Stunde über ein Formular gebeugt. Das Ergebnis seiner Anstrengung war folgende Mitteilung, die er unterschrieb und für dreiunddreißig Dollar absenden ließ:

« An Pinkey Dawson
Dalesburg, Alabama
Anweisung 100 Dollar mit nächster Post. Verladet an mich sofort 500 Pfund starre, trockene Kletten. Neue Verwendung hier für angewandte Kunst. Marktpreis 20 Cent pro Pfund. Weitere Bestellungen wahrscheinlich. Lebhafte Nachfrage.»

Schiffe

Innerhalb einer Woche war ein geeignetes Haus in der Calle Grande beschafft worden, und Mr. Hemstetters Schuhvorrat war in den Regalen untergebracht. Die Ladenmiete war niedrig, und das Lager machte mit den verlockend zur Schau gestellten weißen Kartons einen vornehmen Eindruck.
Johnny wurde von seinen Freunden getreulich unterstützt. Gleich am ersten Tag schlenderte Keogh wie zufällig ungefähr jede Stunde einmal in den Laden und kaufte Schuhe. Nachdem er je ein Paar Randgenähte, Halbschuhe mit Gummizügen, Knopfstiefel aus Ziegenleder, flache Kalbsledere, Tanzpumps, Gummistiefel, verschiedenfarbige Waschlederne, Tennisschuhe und geblümte Pantoffeln gekauft hatte, suchte er Johnny auf, um sich von ihm die Namen anderer Modelle vorsagen zu lassen, nach denen er fragen konnte. Auch die übrigen englisch sprechenden Bewohner spielten ihre Rolle hervorragend, indem sie oft und reichlich kauften. Keogh machte den Oberfestordner und teilte ihre Einkaufsbesuche so ein, daß der erwünschte Kundendrang ein paar Tage lang anhielt.
Mr. Hemstetter war mit dem bisherigen Geschäftsergebnis soweit ganz zufrieden, gab jedoch seiner Verwunderung Ausdruck, daß sich die Eingeborenen mit ihren Einkäufen zurückhielten.
«Ach, die sind schrecklich mißtrauisch», erklärte Johnny und wischte sich nervös die Stirn. «Sie werden sich schon bald genug daran gewöhnen. Und wenn sie kommen, gibt es einen Riesenansturm.»

Eines Nachmittags erschien Keogh, nachdenklich an einer nichtangezündeten Zigarre kauend, im Konsulat. «Hast du irgendwas in petto?» fragte er Johnny. «Wenn ja, ist es Zeit, damit rauszurücken. Wenn du dir von einem Herrn im Publikum einen Hut borgen und einen Haufen Kunden für einen wertlosen Schuhladen aus ihm herauszaubern kannst, solltest du losquasseln. Die Jungs haben durch die Bank genug Schuhzeug für zehn Jahre gespeichert, und in dem Schuhladen tut sich nur noch ein süßes Nichtstun. Ich bin eben vorbeigegangen. Dein ehrwürdiges Opfer stand in der Tür und blickte durch seine Brille nach den nackten Zehen, die an seinem Laden vorbeigingen. Die Eingeborenen hier haben eben die wahre Künstlernatur. Ich und Clancy haben heute vormittag in zwei Stunden achtzehn Schnellfotos auf Blech gemacht. Aber den ganzen Tag wurde bloß ein Paar Schuhe verkauft. Blanchard ging rein und kaufte ein Paar pelzbesetzte Haustreter, weil er zu sehen glaubte, daß Miss Hemstetter im Laden verschwand. Ich hab gesehen, wie er die Schlappen hinterher in die Lagune warf.»

«Morgen oder übermorgen kommt ein Bananendampfer aus Mobile», sagte Johnny. «Bis dahin können wir nichts machen.»

«Was hast du vor – eine Nachfrage zu schaffen?»

«Nationalökonomie ist wohl nicht deine starke Seite», sagte der Konsul anzüglich. «Man kann keine Nachfrage schaffen. Aber man kann die unumgängliche Notwendigkeit für eine Nachfrage schaffen. Und das habe ich vor.»

Zwei Wochen nachdem der Konsul das Telegramm abgeschickt hatte, brachte der Bananendampfer einen

geheimnisvollen, mächtigen braunen Ballen unbekannten Inhalts. Johnnys Einfluß bei den Leuten im Zollamt war groß genug, daß er die Ware ohne die übliche Untersuchung ausgehändigt bekam. Er ließ den Ballen ins Konsulat schaffen und heimlich im Hinterzimmer verstauen.
In der Nacht riß er eine Ecke auf und nahm eine Handvoll Kletten heraus. Er prüfte sie mit jener Sorgfalt, mit der ein Krieger seine Waffen prüft, bevor er für Minne und Leben in die Schlacht zieht. Die Kletten waren reife Augusternte, hart wie Haselnüsse und von nadelscharfen und -steifen Stacheln strotzend. Johnny pfiff leise eine kleine Melodie und machte sich auf die Suche nach Billy Keogh.
Später, in der Nacht, als ganz Coralio in Schlummer lag, gingen er und Billy durch die verlassenen Straßen, die Jacketts wie Ballons aufgebauscht. Wieder und wieder gingen sie die Calle Grande hinauf und hinunter und streuten die scharfen Kletten sorgfältig in den Sand, auf die engen Bürgersteige und in jeden Fußbreit Gras zwischen den schweigenden Häusern. Und dann nahmen sie sich die Seitenwege und Nebenstraßen vor und ließen keine aus. Keine Stelle, auf die Mann, Frau oder Kind den Fuß setzen konnte, wurde vergessen. Viele Male machten sie den Weg zu ihrem stachligen Schatz. Als fast schon der Morgen heraufzudämmern begann, legten sie sich zu friedlicher Ruhe nieder wie große Generäle, die ihre Taktik geändert und einen Sieg vorbereitet haben, und schliefen in dem Bewußtsein, daß sie ihren Samen gesät hatten mit der Sorgfalt des Teufels, der da Unkraut säte, und mit der Beharrlichkeit des Pflanzgärtners Paulus.

Mit der aufgehenden Sonne kamen die Obst- und Fleischhändler und legten ihre Waren in der kleinen Markthalle und in ihrem Umkreis aus. Die Markthalle stand nahe der Küste am Stadtrand, und so weit waren die Kletten nicht verstreut. Die Händler warteten lange über die Stunde hinaus, da sonst der Verkauf begann. Niemand kam, um zu kaufen. *«Qué hay?»* riefen sie einander zu.

Zur gewohnten Stunde glitten aus den Lehmziegelhäusern, Palmenhütten, grasgedeckten Kabusen und dem dunklen Patio die Frauen – schwarze Frauen, braune Frauen, zitronenblasse Frauen, schwarzbraune, gelbe und gelbbraune Frauen. Sie waren die Kunden, die sich auf den Weg zum Markt machten, um den Familienproviant an Maniok, Früchten, Fleisch, Geflügel und Tortillas einzukaufen. Sie waren dekolletiert, hatten bloße Arme und nackte Füße und trugen nur einen Rock, der bis übers Knie reichte. Nichtsahnend und kuhäugig kamen sie aus ihren Türen heraus und traten auf die engen Wege oder in das weiche Gras auf den Straßen.

Die ersten, die auftauchten, quiekten ungläubig und hoben schnell einen Fuß hoch. Noch ein Schritt, und sie hockten sich unter gellendem Angstgeschrei nieder, um nach den neuen peinigenden Insekten zu schlagen, die sie in die Füße gestochen hatten. *«Qué picadores diablos!»* kreischten sie sich über die schmalen Wege zu. Manche versuchten im Gras statt auf den Wegen zu gehen, aber auch sie wurden von den sonderbaren stachligen kleinen Bällchen gestochen und gebissen. Sie plumpsten ins Gras, und ihr Wehgeschrei vereinigte sich mit dem ihrer Schwestern auf den Sandwegen.

Durch die ganze Stadt war das klagende Weibergeschnatter zu hören. Die Händler auf dem Markt wunderten sich immer noch, warum keine Käufer kamen.
Dann kamen die Männer, die Herren der Erde. Auch sie fingen an zu hüpfen, zu tanzen, zu springen und zu fluchen. Sie standen verdattert und verdutzt oder bückten sich, um an der Geißel zu zupfen, die es auf ihre Füße und Fußgelenke abgesehen hatte. Manche erklärten diese Plage lauthals für eine unbekannte Art von Giftspinnen.
Und dann kamen die Kinder zu ihrer Morgentoberei gelaufen. Und nun mischte sich in den Lärm das Geheul humpelnder Knirpse, von Kletten gepiekter Kinder. Mit jeder Minute des fortschreitenden Tages vergrößerte sich die Zahl der Opfer.
Doña Maria Castillas y Buenventura de las Casas trat wie jeden Tag aus ihrer hochachtbaren Tür, um aus der Bäckerei auf der anderen Straßenseite frisches Brot zu holen. Sie trug einen Rock aus gelber, geblümter Glanzseide, ein gefälteltes Leinenhemd und eine purpurne Mantilla von den Webstühlen Spaniens. Ihre zitronengelben Füße waren leider nackt. Sie schritt majestätisch, denn waren nicht ihre Ahnen Hidalgos aus Aragón? Drei Schritte ging sie über das samtene Gras und setzte ihren aristokratischen Fuß auf ein ganzes Büschel von Johnnys Kletten. Doña Maria Castillas y Buenventura de las Casas jaulte auf wie ein Wildkatze. Sie drehte sich um, fiel auf Hände und Knie und kroch – ja, kroch wie ein Feld-und-Wiesen-Tier zu ihrer hochachtbaren Türschwelle zurück.
Don Señor Ildefonso Federico Valdazar, Friedensrichter, zweieinhalb Zentner Lebendgewicht, wollte ge-

rade seinen Wanst in die Kneipe an der Ecke der Plaza befördern, um seinen Morgendurst zu stillen. Der erste Tritt seines unbeschuhten Fußes in das kühle Gras traf eine versteckte Mine. Don Ildefonso stürzte wie eine geknickte Kathedrale und schrie, ein giftiger Skorpion habe ihm einen tödlichen Stich beigebracht. Überall hüpften, strauchelten und hinkten die schuhlosen Bürger und zogen sich die bösartigen Insekten aus den Füßen, die in einer einzigen Nacht gekommen waren, sie zu plagen.

Der erste, dem ein Mittel dagegen einfiel, war der Barbier Estebán Delgado, ein gereister und gebildeter Mann. Er saß auf einem Stein und zupfte Kletten aus seinen Zehen und redete eine Rede: «Seht dieses Satansviehzeug, meine Freunde! Ich kenne es gut. Es fliegt in Schwärmen durch den Himmel wie die Tauben. Dies hier sind die toten, die in der Nacht runtergefallen sind. In Yukatan habe ich welche so groß wie Orangen gesehen. Jawohl! Da zischen sie wie Schlangen und haben Flügel wie Fledermäuse. Schuhe – Schuhe braucht man! *Zapatos – zapatos* für mich!»

Estebán humpelte zu Mr. Hemstetters Laden und kaufte sich Schuhe. Als er herauskam, stolzierte er ungestraft die Straße hinunter und schimpfte laut auf das Satansviehzeug. Die Leidenden saßen oder standen auf einem Fuß und starrten den immun gewordenen Barbier an. Und Männer, Frauen und Kinder nahmen den Ruf auf: «*Zapatos! Zapatos!*»

Die unumgängliche Notwendigkeit für die Nachfrage war geschaffen. Als nächstes kam die Nachfrage. An diesem Tag verkaufte Mr. Hemstetter dreihundert Paar Schuhe.

«Es ist wirklich erstaunlich», sagte er zu Johnny, der abends kam, um ihm beim Aufräumen des Lagers zu helfen, «wie sich das Geschäft erholt. Gestern habe ich nur drei Verkäufe getätigt.»

«Ich habe Ihnen gesagt, daß sie ein Riesengeschrei machen würden, wenn sie erst mal soweit wären», sagte der Konsul.

«Ich glaube, ich sollte noch ein Dutzend Kisten bestellen, um den Vorrat nicht ausgehen zu lassen», meinte Mr. Hemstetter und strahlte durch seine Brillengläser.

«Ich würde jetzt noch keine Bestellungen aufgeben», riet Johnny. «Warten Sie ab, ob der Verkauf so bleibt.»

Jede Nacht streuten Johnny und Keogh die Saat aus, die bei Tag zu Dollars heranreifte. Nach zehn Tagen waren zwei Drittel des Schuhvorrats verkauft, und der Klettenvorrat war erschöpft. Johnny telegrafierte an Pink Dawson um weitere fünfhundert Pfund zu dem bisherigen Preis von zwanzig Cent pro Pfund. Mr. Hemstetter bestellte vorsorglich für eintausendfünfhundert Dollar Schuhe bei Firmen im Norden. Johnny lungerte im Laden herum, bis die Bestellung zum Abschicken fertig war, und es gelang ihm, sie zu vernichten, ehe sie das Postamt erreichte.

An diesem Abend zog er Rosine unter den Mangobaum an Goodwins Veranda und gestand ihr alles. Sie blickte ihm in die Augen und sagte: «Du bist ein sehr böser Mensch. Vater und ich werden zurückfahren. Ein Spaß soll das gewesen sein? Ich glaube, es ist eine sehr ernste Sache.»

Doch nach einem halbstündigen Streit hatte sich die Unterhaltung bereits einem andern Gegenstand zugewandt. Die beiden jungen Leute erwogen die besonderen Vorzüge blaßblauer und rosaroter Tapeten, mit der das alte, im Kolonialstil gehaltene Herrenhaus der Atwoods in Dalesburg nach der Hochzeit verschönt werden sollte.

Am nächsten Morgen beichtete Johnny Mr. Hemstetter. Der Schuhhändler setzte seine Brille auf und sagte: «Ich habe den Eindruck, Sie sind ein ganz außergewöhnlicher junger Taugenichts. Wenn ich das Unternehmen nicht mit gesundem Geschäftssinn geführt hätte, wäre vielleicht mein gesamtes Warenlager in die Binsen gegangen. Und was soll nun Ihrer Meinung nach mit dem Rest geschehen?»

Als die zweite Sendung Kletten ankam, lud sie Johnny mitsamt dem Restposten Schuhe in einen Schoner und segelte die Küste hinunter nach Alazan.

Dort wiederholte er seinen Erfolg auf dieselbe heimliche und teuflische Weise und kehrte mit einem Sack voll Geld und ohne auch nur einen Schnürsenkel zurück.

Und dann richtete er ein Gesuch an seinen großen Onkel mit dem wehenden Ziegenbart und der Sternenweste, seinen Rücktritt zu genehmigen, da ihn der Lotos nicht mehr reize. Er sehne sich nach dem Spinat und der Kresse Dalesburgs.

Mr. William Terence Keogh wurde als amtierender Konsul vorgeschlagen und genehmigt, und Johnny segelte mit den Hemstetters in seine heimatlichen Gefilde zurück.

Keogh schlüpfte mit der Zwanglosigkeit, die ihn nicht einmal in so hohen Stellungen verließ, in die Sinekure der amerikanischen Konsulwürde. Das Schnellfotografieretablissement gehörte bald der Vergangenheit an, obwohl sein mörderisches Werk an dieser friedlichen und wehrlosen Küste nie erlosch. Die ruhelosen Geschäftspartner wollten wieder fort, als Späher an der Spitze der trägen Glücksritter. Aber jetzt wollten sie verschiedene Wege gehen. Gerüchte über einen vielversprechenden Aufstand in Peru schwirrten herum, und dorthin wollte der kriegerische Clancy seinen Abenteurerschritt lenken. Was Keogh betraf, so entwarf er erst in seinem Kopf und dann auf dem Papier mit dem Regierungsbriefkopf einen Plan, der die Kunst, das Menschenantlitz auf Blech zu verschimpfieren, in den Schatten stellte.

«Die Masche, die mir im Geschäftlichen zusagt», pflegte Keogh zu erklären, «ist etwas Abwechslungsreiches, das nach mehr aussieht, als es ist – so was wie ein nobles Geschäftchen, und nicht oft genug betrieben, daß es in Briefkursen per Post gelehrt würde. Ich gebe Vorgabe, aber zumindest möchte ich ebenso gute Aussicht haben zu gewinnen wie einer, der auf einem Ozeandampfer Poker lernt oder sich als Republikaner um den Gouverneursposten in Texas bewirbt. Und wenn ich meinen Gewinn kassiere, möchte ich keine Nieten darunter haben.»

Der grasbewachsene Erdball war der grüne Tisch, an dem Keogh spielte. Es waren selbsterfundene Spiele. Er wühlte nicht nach dem zaghaften Dollar. Er hetzte ihn auch nicht mit Hörnern und Hunden. Er hatte mehr Freude daran, ihn mit ungewöhnlichen, blitzenden Fliegen aus seinen Schlupfwinkeln in den Wassern unbekannter Ströme herauszulocken. Und doch war Keogh ein Geschäftsmann, und seine Pläne waren ungeachtet ihrer Eigentümlichkeit so gründlich durchdacht wie die

Pläne eines Bauherrn. Zu Artus' Zeiten wäre Sir William Keogh ein Ritter der Tafelrunde gewesen. Heutigentags zieht er nicht nach dem wundertätigen Gral, sondern nach dem wundertätigen Kapital aus.

Drei Tage nach Johnnys Abreise erschienen draußen vor Coralio zwei kleine Schoner. Eine Weile später stieß ein Boot von einem der Schiffe ab und brachte einen sonnengebräunten jungen Mann an Land. Der junge Mann hatte schlaue, berechnende Augen und blickte voll Staunen auf die seltsamen Dinge, die er sah. Am Strand fand er jemand, der ihm den Weg zum Konsulatsbüro wies, und dorthin machte er sich mit kräftigen Schritten auf.

Keogh rekelte sich in dem Armstuhl und zeichnete auf einen Wust Amtspapiere Karikaturen von Onkel Sams Kopf. Er sah zu seinem Besucher auf.

«Wo ist Johnny Atwood?» fragte der sonnengebräunte junge Mann in geschäftlichem Ton.

«Weg», sagte Keogh und zeichnete fein säuberlich Onkel Sams Halsbinde.

«Das sieht ihm ähnlich», bemerkte der Nußbraune und lehnte sich an den Tisch. «Er gehörte schon immer zu denen, die herumscharwenzeln, statt sich um die Arbeit zu kümmern. Wird er bald zurück sein?»

«Kaum», sagte Keogh nach ziemlich langem Überlegen.

«Wahrscheinlich läuft er irgendwelchen Dummheiten nach», vermutete der Besucher mit dem Brustton der Überzeugung. «Johnny konnte nie so lange bei einer Sache bleiben, um Erfolg zu haben. Ich möchte mal wissen, wie er es fertigbringt, sein Amt auszufüllen, wenn er nicht da ist, um es zu versehen.»

«Das Amt versehe ich jetzt», räumte der Konsul ein.
«So? Dann erzählen Sie mir mal, wo die Fabrik ist.»
«Welche Fabrik?» fragte Keogh mit maßvoll höflichem Interesse.
«Na, die Fabrik, wo sie die Kletten verwenden. Weiß der Himmel, wofür sie die brauchen! Ich habe beide Schiffe damit vollgeladen. Ich mache Ihnen ein günstiges Angebot für den Posten. Einen Monat lang habe ich alle Männer, Frauen und Kinder in Dalesburg, die nichts zu tun hatten, zum Sammeln angehalten. Ich habe diese Schiffe gemietet, um sie herzubringen. Alle haben gedacht, ich bin verrückt. Sie können den ganzen Posten für fünfzehn Cent pro Pfund frei Hafen haben. Und wenn Sie mehr wollen, wird das alte Alabama wohl die Nachfrage befriedigen können. Johnny hat mir damals, als er wegging, gesagt, daß er mich einsteigen läßt, wenn er hier unten auf eine Sache stößt, bei der Geld zu machen ist. Soll ich die Schiffe hereinfahren und festmachen lassen?»
Ein Ausdruck höchsten, fast ungläubigen Entzückens dämmerte auf Keoghs rotem Gesicht. Er ließ den Bleistift fallen. Seine Augen richteten sich mit heller Freude auf den sonnengebräunten jungen Mann, in die sich jedoch ein wenig Angst mischte, seine jubelnde Begeisterung könnte sich als ein bloßer Traum erweisen.
«Sagen Sie mir um Gottes willen», fragte Keogh ernst, «sind Sie Dink Pawson?»
«Mein Name ist Pinkey Dawson», antwortete der Spekulant auf dem Klettenmarkt.
Hingerissen glitt Billy Keogh sacht von seinem Stuhl auf seine Lieblingsstelle am Boden.
An diesem drückendheißen Nachmittag waren nur we-

nig Geräusche in Coralio zu vernehmen. Unter diesen ist das jauchzende, sündhafte Gelächter erwähnenswert, das ein auf der Erde liegender Irischamerikaner ausstieß, während ein sonnengebräunter, junger Mann mit schlauen Augen erstaunt und verwundert auf ihn niedersah. Und das Trapp-trapp-trapp vieler wohlbeschuhter Füße draußen auf den Straßen. Und der einsame Wellenschlag an dem historischen Strand des Karibischen Meeres.

Das Gold, das glänzte

Eine Geschichte mit angehängter Moral ist wie der Stachel eines Moskitos. Er bohrt sich in dich und verspritzt dann einen schmerzenden Tropfen, um dein Gewissen zu beunruhigen. Also wollen wir die Moral voranstellen, damit wir sie hinter uns haben. Es ist nicht alles Gold, was glänzt, aber ein kluges Kind läßt den Stöpsel auf der Säureflasche.

Wo der Broadway den Platz streift, den George Washington der Wahrhaftige beherrscht, ist der kleine Rialto. Hier stehen die Schauspieler jenes Viertels, und das ist ihr Losungswort: «‹Nix!› sagte ich zu Frohman. ‹Mich kriegen Sie für zwei fünfzig pro Abend, und keine Kopeke weniger›, und weg war ich.»

Westlich und südlich von Thespias blendendem Glanz gibt es ein paar Straßen, wo sich eine spanisch-amerikanische Kolonie eng zusammenkuschelt, um im rauhen Norden ein wenig tropische Wärme zu haben. Der Mittelpunkt des Lebens in dieser Gegend ist ‹El Refugio›, Café und Restaurant für die unsteten Verbannten aus dem Süden. Von Chile, Bolivien, Kolumbien, den rollenden Republiken Zentralamerikas und der zornigen Zone der Westindischen Inseln kommen sie gehuscht, die Señores mit Mantel und Sombrero, die von den politischen Eruptionen ihrer Länder wie glühende Lava verstreut werden. Hierher kommen sie, um Gegenrevolutionen auszuhecken, ihre Zeit abzuwarten, Gelder zu erbitten, Söldner anzuheuern, Waffen und Munition hinauszuschmuggeln, das Spielchen

aus der Entfernung zu betreiben. Im ‹El Refugio› finden sie die Atmosphäre, in der sie gedeihen.
Im Restaurant ‹El Refugio› werden Speisen aufgetischt, die dem Gaumen der Leute vom Wendekreis des Krebses und dem des Steinbocks köstlich munden. Aus Altruismus müssen wir hier ein wenig verweilen. Oh, du Esser, der du müde bist der kulinarischen Ausflüchte des französischen Kochs, mache dich auf nach ‹El Refugio›! Dort allein findest du einen Fisch – Blaufisch, Alse oder Pompano aus dem Gold –, der nach spanischer Art gebacken ist. Tomaten geben ihm Farbe, Individualität und Seele. Spanischer Pfeffer gibt ihm Würze, Originalität und Leidenschaft; unbekannte Kräuter das Pikante und Geheimnisvolle, und – aber seine schönste Zier verdient einen neuen Satz. Um ihn, über ihm, unter ihm, in seiner Nähe – aber nie in ihm – schwebt ein himmlisches Aroma, ein Fluidum, so verfeinert und zart, daß nur die Physikalische Forschungsgesellschaft seinen Ursprung feststellen könnte. Man sage nicht, daß in dem Fisch im ‹El Refugio› Knoblauch sei. Es ist nicht anders, als ob der Geist des Knoblauchs im Vorüberflattern einen Kuß darübergehaucht habe, der in dem petersiliengekrönten Gericht verweilt, schmerzlich wie jene Küsse im Leben, ‹von hoffnungsloser Liebe auf Lippen hingedichtet, die anderen gehören› Und wenn dir dann Conchito, der Kellner, eine Platte mit braunen *Frijoles* bringt und eine Karaffe mit Wein, der zwischen Oporto und ‹El Refugio› nie gelagert wurde – ah, *Dios*!
Eines Tages setzte ein Schiff der Hamburg-Amerika-Linie den General Perrico Ximenes Villablanca Falcon, Passagier aus Cartagena, auf Pier Nr. 55 ab. Die Haut-

farbe des Generals lag zwischen Lehmgrube und braunem Roß, er hatte 105 Taillenweite und war mit seinen Du-Barry-Absätzen 160 Zentimeter groß. Er hatte den Schnurrbart eines Schießbudenbesitzers, trug die volle Montur eines Kongreßmitgliedes aus Texas und sah so wichtigtuerisch aus wie ein Delegierter ohne Instruktionen.

General Falcon hatte genügend Englisch unter seinem Hut, daß er sich nach der Straße, in der ‹El Refugio› lag, durchfragen konnte. Als er diese Gegend erreichte, sah er ein Schild an einem ansehnlichen Ziegelhaus mit den Worten ‹Hotel Español›. Im Fenster stand auf einer Karte auf spanisch ‹*Aqui se habla Español*›. Der General trat ein, eines sympathischen Hafens gewiß.

In dem behaglichen Büro saß Mrs. O'Brien, die Inhaberin. Sie hatte blondes – oh, untadelig blondes Haar. Ansonsten war sie die Liebenswürdigkeit selbst und von großem Leibesumfang. General Falcon wischte mit seinem breitrandigen Hut über den Fußboden und gab eine Menge Spanisch von sich; die Silben klangen wie Knallfrösche, wenn in einem Bündel allmählich einer nach dem anderen losgeht.

«Spanier oder Italiener?» fragte Mrs. O'Brien freundlich.

«Ich bin Kolumbianer, Madam», sagte stolz der General. «Ich spreche den Spanisch. Die Anzeuge in Ihre Fenster sagen, der Spanisch werden hier gesprochen. Wie ist das?»

«Na ja, Sie haben es doch gesprochen, nicht wahr?» sagte die Madame. «Ich kann es nicht.»

Im ‹Hotel Español› nahm sich General Falcon Zimmer und richtete sich ein. In der Abenddämmerung schlenderte er auf die Straßen hinaus, um die Wunder dieser lärmenden Großstadt des Nordens zu schauen. Beim Gehen dachte er an das wunderschöne goldene Haar von Madame O'Brien. ‹Hier›, sagte der General bei sich, zweifellos in seiner eigenen Sprache, ‹findet man nun die schönsten Señoras der Welt. In meinem Kolumbien habe ich unter unseren Schönen keine gesehen, die so blond war. Doch es ziemt sich nicht für General Falcon, an Schönheit zu denken. Mein Land erheischt meine Hingabe.›

An der Ecke Broadway – Kleiner Rialto verheddelte sich der General. Die Straßenbahnwagen verwirrten ihn, und die Stoßstange von einem von ihnen warf ihn gegen einen mit Apfelsinen beladenen Schiebekarren. Ein Taxifahrer verfehlte ihn nur um Zentimeter mit der Achse und überschüttete ihn mit barbarischen Verwünschungen. Er schlug sich durch nach dem Bürgersteig und tat dann wieder vor Schreck einen Satz, als ihm die Pfeife eines Erdnußbrenners einen heißen Schrei ins Ohr stieß. «*Valgame Dios!* Was ist das für eine Teufelsstadt?»

Als der General wie eine angeschossene Schnepfe aus dem Strom der Passanten flatterte, wurde er gleichzeitig von zwei Jägern als jagdbares Wild ausgemacht. Der eine war ‹Bulle› McGuire, dessen Jagdmethode den Gebrauch eines starken Armes und den Mißbrauch eines acht Zoll langen Bleirohres erforderte. Der andere Asphaltnimrod war ‹Spinne› Kelley, ein Sportsmann mit raffinierteren Methoden.

Beim Herabstoßen auf ihre offensichtliche Beute war Mr. Kelley eine Idee schneller. Sein Ellbogen fing die Attacke Mr. McGuires genau ab.

«Hau ab!» befahl er grob. «Ich hab ihn zuerst gesehen.» McGuire schlich davon, voller Ehrfurcht vor dem größeren Verstand.

«Entschuldigen Sie», sagte Mr. Kelley zum General, «aber Sie sind da ins Gedränge geraten, wie? Gestatten Sie, daß ich Ihnen helfe.» Er hob den Hut des Generals auf und staubte ihn ab.

Mr. Kelleys Methoden mußten zwangsläufig zum Erfolg führen. Verwirrt und erschreckt vom Lärm der Straßen, begrüßte der General seinen Retter als einen *caballero* von höchst uneigennütziger Gesinnung.

«Ich habe ein Bedürfnis», sagte der General, «zu dem Hotel von O'Brien zurückzukehren, wo ich wohne. *Caramba, Señor*, es ist eine Lautheit und Schnelligkeit bei Hin und Her in dieser Stadt Nueva York.»

Mr. Kelleys Höflichkeit konnte es nicht zulassen, daß der berühmte Kolumbianer den Gefahren des Rückwegs allein gegenüberstand. An der Tür des ‹Hotel Español› verhielten sie. Ein Stückchen weiter leuchtete auf der anderen Straßenseite die bescheidene Lichtreklame von ‹El Refugio›. Mr. Kelley, dem nur wenige Straßen fremd waren, kannte die Lokalität äußerlich als ‹Italienerkneipe›. Mr. Kelley teilte alle Ausländer in die zwei Kategorien Italiener und Franzosen ein. Er machte dem General den Vorschlag, sich dorthin zu begeben und ihre Bekanntschaft mit einer flüssigen Grundlage zu bekräftigen.

Eine Stunde später saßen General Falcon und Mr. Kelley an einem Tisch in der Verschwörerecke von ‹El Refugio›. Zwischen ihnen standen Flaschen und Gläser. Zum zehnten Male vertraute ihm der General das Geheimnis seiner Mission in die *Estados Unidos* an. Er sei hier, erklärte er, um Waffen – zweitausend komplette Armeegewehre – für die kolumbianischen Revolutionäre zu kaufen. Er habe Wechsel der Bank von Cartagena auf ihre New Yorker Geschäftspartner in Höhe von fünfundzwanzigtausend Dollar bei sich. An anderen Tischen schrien andere Revolutionäre ihre politischen Geheimnisse ihren Mitverschworenen zu; aber keiner so laut wie der General. Er haute auf den Tisch, er rief laut nach Wein, er brüllte seinem Freund zu, daß sein Auftrag geheim sei und keiner Menschenseele auch nur angedeutet werden dürfe. Mr. Kelley wurde selbst zu mitfühlender Begeisterung angeregt. Er ergriff über den Tisch hinweg die Hand des Generals.

«Musjöh», sagte er ernst, «ich weiß nicht, wo Ihr Ländchen liegt, aber ich bin dafür. Ich schätze aber, es muß eine Filiale der Vereinigten Staaten sein, denn die Dichterbrüder und die Pauker nennen uns manchmal auch Columbia. Sie haben großes Glück gehabt, daß Sie heute abend mir in die Quere gekommen sind. Ich bin der einzige in ganz New York, der Ihnen dieses Waffengeschäft unter Dach und Fach bringen kann. Der Kriegsminister der Vereinigten Staaten ist mein bester Freund. Er ist gerade in der Stadt, und ich werde morgen in Ihrer Sache mit ihm sprechen. Und, Musjöh, halten Sie die Wechsel inzwischen schön warm in Ihrer Innentasche. Ich hole Sie morgen ab und bringe Sie zu ihm. He, das ist doch nicht etwa der Distrikt Columbia, von dem Sie da reden, wie?» schloß Mr. Kelley mit plötzlichem Zweifel. «Den kann man nicht mit zweitausend Gewehren erobern – man hat es schon mit mehr versucht.»

«Nein, nein, nein», rief der General aus. «Es ist die

Republik Kolumbien, es ist eine grrroße Republik ganz oben in Südamerika. *Yes, yes.*»
«Na schön», sagte Mr. Kelley beruhigt. «Wie wär's, wenn wir jetzt nach Hause wandern und in die Heia gehen? Ich werde noch heute dem Minister schreiben und eine Zeit vereinbaren. Es ist eine kitzlige Sache, Gewehre aus New York herauszubekommen. Das bringt noch nicht einmal McClusky fertig.»
Sie trennten sich an der Tür des ‹Hotel Español›. Der General rollte seine Augen mondwärts und seufzte.
«Es ist ein großes Land, ihr Nueva York», sagte er. «Wirklich, die Wagen auf den Straßen machen einen ganz kaputt, und die Maschine, die die Nüsse kocht, macht schrecklich einen Schrei in das Ohr. Aber, ah, Señor Kelley – die Señoras mit Haar wie viel Gold und schön fett – sie sind *magnificas! Muy magnificas!*»
Kelley ging zur nächsten Telefonzelle und rief in McCrarys Café weiter oben am Broadway an. Er fragte nach Jimmy Dunn.
«Ist dort Jimmy Dunn?» fragte Kelley.
«Ja», war die Antwort.
«Du lügst», jauchzte Kelley freudig zurück, «du bist der Kriegsminister. Warte, bis ich hinkomme. Ich habe hier den schönsten Fisch an der Angel, den man je angeködert hat. Das ist eine pikobello Sache mit Goldrand, Bauchbinde und genug bunten Lappen, daß du dir eine rote Flurlampe und eine Statue von Psyche im Bach plätschernd kaufen kannst. Ich komme mit der nächsten Bahn rauf.»
Jimmy Dunn war ein Doktor der Gaunerei. Er war ein Künstler im Betrügen. Er hatte in seinem Leben noch keinen Totschläger gesehen; und er wies Betäubungsmittel weit von sich.

Er hätte in der Tat seinem zukünftigen Opfer nichts als die reinsten Getränke vorgesetzt, wenn man in New York so etwas hätte bekommen können. ‹Spinne› Kelleys Ehrgeiz bestand darin, sich zu Jimmys Rang emporzuarbeiten.

Diese beiden Herren hatten an jenem Abend eine Besprechung bei McCrary. Kelley erklärte:

«Er ist leichtgläubig wie eine Jungfer. Er kommt von der Insel Kolumbien, wo gerade Streik oder Krawall oder so etwas Ähnliches ist, und man hat ihn hierhergeschickt, um zweitausend Armeegewehre zu kaufen, mit denen man die Sache schlichten will. Er hat mir zwei Wechsel für zehntausend und einen für fünftausend Dollar auf eine hiesige Bank gezeigt. Verdammt, Jimmy, ich nahm es ihm direkt übel, daß er es nicht in Tausenddollarscheinen hatte und mir auf einem silbernen Tablett überreichte. Jetzt müssen wir eben warten, bis er zur Bank geht und uns das Geld holt.»

Sie besprachen sich zwei Stunden lang, dann sagte Dunn: «Bringe ihn morgen nachmittag um vier nach Broadway Nummer —»

Kelley holte den General rechtzeitig im Hotel ab. Er traf diesen schlauen Kriegshelden in ergötzlicher Unterhaltung mit Mrs. O'Brien an.

«Der Kriegsminister erwartet uns», sagte Kelley.

Der General riß sich widerstrebend los.

«Ah, Señor», sprach er seufzend, «die Pflicht ruft an. Aber, Señor, die Señoras Ihrer *Estados Unidos* — was Schönheiten! Zum Beispielen, nehmen Sie la Madame O'Brien — *que magnifica*! Sie ist Göttin — Juno — was man nennt Juno von reinstem Wasser.»

Nun war aber Mr. Kelley ein Witzbold; bessere Män-

ner als er haben sich schon am Feuer ihres eigenen Geistes verbrannt.
«Klar!» sagte er grinsend. «Aber Sie meinen wohl eine Juno vom reinsten Wasserstoff, wie?»
Mrs. O'Brien hörte das und hob ihr goldenes Köpfchen. Ihr Geschäftsauge ruhte einen Augenblick lang auf der abgehenden Gestalt des Mr. Kelley. Außer in der Straßenbahn sollte man einer Dame gegenüber nie unnötigerweise unhöflich sein.
Als der tapfere Kolumbianer und sein Begleiter an jener Broadway-Adresse ankamen, ließ man sie eine halbe Stunde lang in einem Vorzimmer warten und dann in ein gut eingerichtetes Büro eintreten, wo ein distinguiert aussehender Mann mit glattem Gesicht an einem Schreibtisch saß.
General Falcon wurde dem Kriegsminister der Vereinigten Staaten von seinem alten Freund Kelley vorgestellt, der auch die Mission des Generals vortrug.
«Ah – Kolumbien!» sagte der Minister bedeutungsvoll, als man ihm die Angelegenheit erklärte. «Ich fürchte, es wird sich in diesem Falle eine kleine Schwierigkeit ergeben. Der Präsident und ich sind da verschiedener Meinung. Er sympathisiert mit der gegenwärtigen Regierung, ich hingegen –» Der Minister schenkte dem General ein rätselhaftes, aber ermutigendes Lächeln. «Sie, General Falcon, wissen natürlich, daß nach dem Tammany-Krieg ein Gesetz vom Kongreß erlassen wurde, das verlangt, daß alle Waffen- und Munitionsexporte über das Kriegsministerium gehen. Wenn ich also etwas für Sie tun kann, dann werde ich es gerne meinem alten Freunde, Mister Kelley, zuliebe tun. Es muß aber unter strengster Geheimhaltung ge-

schehen, da der Präsident, wie gesagt, der Tätigkeit Ihrer revolutionären Partei in Kolumbien nicht wohlwollend gegenübersteht. Ich werde meine Ordonnanz eine Liste der jetzt im Magazin verfügbaren Waffen bringen lassen.»

Der Minister drückte auf eine Klingel, und eine Ordonnanz, mit den Initialen einer Telegrafengesellschaft an der Mütze, trat prompt ins Zimmer.

«Bringen Sie mir Liste B des Handfeuerwaffeninventars», sagte der Minister.

Die Ordonnanz kam schnell mit einem bedruckten Blatt zurück. Der Minister studierte es genau.

«Ich sehe da», sagte er, «daß im Magazin neun des Regierungslagers eine Sendung von zweitausend kompletten Armeegewehren liegt, die vom Sultan von Marokko bestellt waren, der aber vergaß, mit der Bestellung das Bargeld zu schicken. Wir haben die Vorschrift, daß zum Zeitpunkt des Kaufs mit gesetzlichen Zahlungsmitteln bar beglichen werden muß. Mein lieber Kelley, Ihr Freund, General Falcon, soll, wenn er sie haben will, diese Waffensendung zum Herstellungspreis bekommen. Und Sie werden sicher entschuldigen, wenn ich nun unsere Unterredung beenden muß. Ich erwarte jeden Moment den japanischen Minister und Charles Murphy.»

Ein Ergebnis dieser Unterredung war, daß der General seinem geschätzten Freund Mr. Kelley äußerst dankbar war. Ein zweites, daß der flinke Kriegsminister während der nächsten zwei Tage außerordentlich eifrig leere Gewehrkisten kaufte, sie mit Ziegelsteinen füllte und dann in einem speziell für diesen Zweck gemieteten Speicher aufstapelte. Ein weiteres Ergebnis war,

daß, als der General ins ‹Hotel Español› zurückkehrte, Mrs. O'Brien zu ihm trat, ihm einen Faden vom Rockaufschlag zupfte und sprach:
«Sagen Sie, Señor, ich will mich ja nicht einmischen, aber was will denn dieser affengesichtige, katzenäugige, gummihalsige Hintertreppengangster von Ihnen?»
«*Sangre de mi vida!*» schrie der General. «Unmöglich ist es, daß Sie sprechen von meine gute Freund Señor Kelley.»
«Kommen Sie mit in den Sommergarten», sagte Mrs. O'Brien. «Ich möchte mit Ihnen reden.»
Nehmen wir an, daß eine Stunde vergangen ist.
«Und Sie sagen», sprach der General, «daß für die Summe von achtzehntausend Dollar kann man kaufen das Mobilium des Hauses und Pacht für ein Jahr mit diese schöne Garten – so ähnlich den *Patios* von meine *cara Colombia?*»
«Und noch dazu spottbillig», seufzte die Dame.
«Ah, *Dios*», hauchte General Falcon. «Was sein für mich Krieg und Politik? Dieser Platz ist Paradies. Mein Land haben andere tapfere Helden, um weiterzukämpfen. Was soll sein für mich Ehre und zu erschießen Menscher? Ah, nein. Hier habe ich gefunden ein Engel. Wir wollen das ‹Hotel Español› kaufen, und du sollst sein mein, und das Geld soll nicht verschwendet sein für Gewehre.»
Mrs. O'Brien lehnte ihre blonde Frisur an die Schulter des kolumbianischen Patrioten.
«Oh, Señor», seufzte sie glücklich. «Sie sind mir einer!»
Zwei Tage später war der Termin für die Auslieferung

der Waffen an den General. Die Kisten mit den angeblichen Gewehren waren in dem gemieteten Speicher gestapelt, und der Kriegsminister saß auf ihnen und wartete darauf, daß sein Freund Kelley den General holte.

Mr. Kelley eilte zu dieser Stunde ins ‹Hotel Español›. Er fand den General hinter einem Schreibtisch, wie er gerade Zahlen addierte.

«Ich habe beschließen», sagte der General, «zu kaufen keine Gewehr. Ich habe heute kaufen das Innerei von diesen Hotel, und es wird sein Hochzeit von General Perrico Ximenes Villablanca Falcon mit la Madame O'Brien.»

Mr. Kelley blieb fast die Luft weg.

«Sagen Sie mal, Sie alte glatzköpfige Wichsschachtel», sprudelte er los, «Sie sind ein Schwindler! Sie haben ein Hotel gekauft mit dem Geld, das Ihrem verfluchten Land gehört, wer weiß, wo es liegt.»

«Ah», sagte der General und schrieb eine Endsumme hin, «das ist, was man Politik nennt. Krieg und Revolution, sie sind nicht schön. Es ist nicht das beste, daß man immer folgt Minerva. Nein. Es ist ganz von angenehm, Hotels zu haben und mit der Juno zu sein – der Juno von reinstem Wasser. Ah, was für ein Haar von Gold, das sie hat!»

Mr. Kelley verschlug es wieder den Atem.

«Ah, Señor Kelley!» sagte der General schließlich gefühlvoll. «Sie haben nie gegessen von dem Rinderhaschee, das die Madame O'Brien machen?»

« Die Rose von Dixie »

Als die Zeitschrift «Die Rose von Dixie» in Toombs City, Georgia, von einer Aktiengesellschaft gegründet wurde, hatten die Gründer einen einzigen Kandidaten für den Posten des Herausgebers im Sinn. Colonel Aquila Telfair war der Mann für diese Position. Seine Bildung, seine Familie, sein Ruf und die Tradition des Südens machten ihn logischerweise zu dem vorbestimmten, geeigneten Herausgeber. Daher suchte eine Abordnung der patriotischen Bürger von Georgia, die das Kapital von 100 000 Dollar gezeichnet hatten, Colonel Telfair in seiner Residenz Cedar Heights auf, ängstlich besorgt, daß das Unternehmen und der Süden durch seine mögliche Weigerung Schaden nehmen könnten.

Der Colonel empfing sie in seiner großen Bibliothek, wo er den größten Teil seiner Tage verbrachte. Diese Bibliothek war ihm von seinem Vater überkommen. Sie enthielt zehntausend Bände, von denen einige erst im Jahr 1861 herausgekommen waren. Als die Delegation eintraf, saß Colonel Telfair an dem massiven Mitteltisch aus Weißkiefer und las in Burtons «Anatomie der Melancholie». Er erhob sich und schüttelte jedem Mitglied der Abordnung förmlich die Hand. Wenn Ihnen die «Rose von Dixie» bekannt ist, werden Sie sich an das Porträt des Colonels erinnern, das von Zeit zu Zeit darin erschien. Man könnte es nicht vergessen: das lange, sorgfältig gebürstete weiße Haar, die gebogene hochrückige Nase, die leicht nach links geknickt war, die scharfen Augen unter den ruhigen schwarzen

Augenbrauen; den klassisch geschnittenen Mund unter dem hängenden weißen Schnurrbart, der an den Enden ein wenig zerzaust war.

Die Abordnung bot ihm mit ängstlichem Eifer die Stellung des leitenden Herausgebers an, umschrieb in demütigen Worten die Gebiete, mit denen die Publikation sich befassen sollte, und erwähnte ein beachtliches Honorar. Die Ländereien des Colonels warfen jedes Jahr weniger ab und wurden von roten Bachbetten durchfurcht. Außerdem konnte man die Ehre nicht ablehnen.

In einer vierzigminütigen Rede nahm Colonel Telfair die Stellung an, gab einen Abriß der englischen Literatur von Chaucer bis Macaulay, schlug noch einmal die Schlacht von Chancellorsville und sagte, daß er mit Gottes Hilfe die «Rose von Dixie» so leiten werde, daß ihr Duft und ihre Schönheit die ganze Welt durchdringen sollten, und er werde es den Schurken aus dem Norden zeigen, die glaubten, daß nichts Geniales, nichts Gutes aus den Hirnen und Herzen der Menschen kommen könne, deren Eigentum sie zerstört und deren Rechte sie beschnitten hatten.

Büroräume für die Zeitschrift wurden im zweiten Stock des Gebäudes der Ersten Nationalbank eingerichtet, und es lag in der Hand des Colonels, die «Rose von Dixie» zum Gedeihen und Blühen zu bringen oder sie verwelken zu lassen.

Der Stab von Angestellten und Mitarbeitern, den der Herausgeber und Colonel Telfair um sich versammelten, war dem Land entsprossen. Es war ein ganzer Korb voll von Georgiapfirsichen. Der zweite Herausgeber, Tolliver Lee Fairfax, hatte einen Vater, der bei dem berühmten Angriff unter Pickett gefallen war. Der zweite Assistent, Keats Unthank, war der Neffe von einem der «Morgan's Raiders». Der Buchrezensent, Jackson Rockingham, war der jüngste Soldat der Konföderierten Armee gewesen und war mit dem Schwert in der einen Hand und der Milchflasche in der anderen auf dem Schlachtfeld erschienen. Der Redakteur für Kunst, Roncesvalles Sykes, war ein Vetter dritten Grades eines Neffen von Jefferson Davis. Miss Lavinia Terhune, die Stenotypistin des Colonels, hatte eine Tante, die einmal von Stonewall Jackson geküßt worden war. Tommy Webster, der erste Bürogehilfe, bekam seinen Posten, weil er bei der Abschlußfeier der Toombs City High School die gesamten Gedichte von Pater Ryan aufgesagt hatte. Die Mädchen, die die Zeitschrift verpackten und adressierten, waren Mitglieder alter Südstaaten-Familien in beschränkten Verhältnissen. Der Kassierer war ein kleiner Kerl namens Hawkins von Ann Arbor, Michigan, der von einer Garantiegesellschaft, die mit den Eigentümern einen Kontrakt hatte, empfohlen und beauftragt war. Sogar Aktiengesellschaften in Georgia sind sich gelegentlich darüber klar, daß es Lebende braucht, um die Toten zu begraben.

Nun, mein Herr, Sie können mir glauben oder nicht, die «Rose von Dixie» erblühte fünfmal, bevor irgend jemand davon Notiz nahm außer den Leuten, die in Toombs City ihre Haken und Ösen kaufen. Dann kletterte Hawkins von seinem Schemel und berichtete an seine Gesellschaft. Sogar in Ann Arbor war er gewohnt gewesen, daß man seine geschäftlichen Vorschläge mindestens bis nach Detroit hörte. Also wurde ein Werbefachmann engagiert, Beauregard Fitzhugh Banks, ein junger Mann mit einer violetten Krawatte, dessen Großvater das «Erhabene Kopfkissen» des Ku-Klux-Klans gewesen war.

Trotzdem kam die «Rose von Dixie» jeden Monat heraus. Obgleich in jeder Ausgabe Photos des Taj Mahal oder des Jardin de Luxembourg oder der Carmencita oder der La Folette gebracht wurden, gab es eine gewisse Anzahl von Leuten, die sie kauften und subskribierten. Um die Auflage zu steigern, brachte Herausgeber Colonel Telfair in derselben Nummer drei verschiedene Ansichten von Andrew Jacksons elterlichem Haus «die Einsiedelei», einen ganzseitigen Stich der zweiten Schlacht von Manasses mit dem Titel «Lee zur Nachhut», und eine Biographie von fünftausend Wörtern von Belle Boyd. Die Abonnentenzahl stieg in diesem Monat auf 118. In derselben Ausgabe standen auch Gedichte von Leonina Vashti Haricot (Künstlername), die mit den Haricots von Charleston, Süd-Carolina, und mit Bill Thompson, dem Neffen eines Aktionärs, verwandt war. Hinzu kam noch der Artikel eines speziellen Gesellschaftskolumnisten, der eine Teegesellschaft der eleganten Bostoner englischen Kreise beschrieb, bei der von einigen Gästen, die sich als Indianer maskiert hatten, eine Menge Tee verschüttet wurde.

Eines Tages betrat ein Mensch das Büro der «Rose von Dixie», dessen Atem leicht einen Spiegel hätte trüben können, so lebendig war er. Er war ein Mann von der ungefähren Größe eines Grundstücksmaklers mit einem Selbstbinder und Manieren, die er sich von W. J. Beyan, Hackenschmidt und Hatty Green gleichzeitig ausgeborgt haben muß. Man führte ihn in den Pons asinorum des Herausgeber-Colonels. Colonel Telfair erhob sich und setzte zu einer Prinz-Albert-Verbeugung an.

«Ich bin Thacker», sagte der Eindringling und nahm sich den Stuhl des Herausgebers, «T.T.Thacker aus New York.»

Hastig blätterte er ein paar Karten auf den Tisch des Colonels, einen dicken gelben Umschlag und einen Brief von den Eigentümern der «Rose von Dixie». Dieser Brief führte Mr. Thacker ein und enthielt die höfliche Bitte, Colonel Telfair möge ihm eine Unterredung gewähren und ihm alle Informationen über die Zeitschrift geben, um die er bitten würde.

«Ich korrespondiere seit einiger Zeit mit dem Sekretariat der Eigentümer der Zeitschrift», sagte Thacker in munterem Ton. «Ich habe selber praktisch mit Zeitschriften zu tun und bin, das können Sie mir glauben, einer der besten Spezialisten für die Steigerung der Auflage. Ich garantiere eine Steigerung von zehntausend bis hunderttausend pro Jahr für jede Publikation, die nicht in einer toten Sprache herauskommt. Ich habe mein Auge auf der «Rose von Dixie» gehabt, seit ihren Anfängen. Ich kenne jede Sparte des Geschäfts, angefangen von der Redaktion bis zum Einordnen von Kleinanzeigen. Ich bin jetzt hergekommen, um, sobald ich klar sehe, ein gutes Bündel Geld in die Zeitschrift zu stecken. Man sollte etwas Lohnendes daraus machen können. Der Sekretär sagt mir, daß Sie Geld daran verlieren. Ich sehe nicht ein, warum eine Zeitschrift des Südens, wenn man es richtig anfaßt, nicht auch im Norden eine gute Verbreitung finden sollte.»

Colonel Telfair lehnte sich in seinem Sessel zurück und polierte seine goldgefaßte Brille.

«Mr. Thacker», sagte er höflich aber fest, «die ‹Rose von Dixie› ist eine Publikation, die sich der Pflege und der Artikulation des Geistes der Südstaaten widmet. Ihr Motto, das Sie gewiß auf dem Titelblatt gesehen haben, lautet: ‹Von, für und durch den Süden›.»

«Aber gegen eine Verbreitung im Norden hätten Sie doch nichts einzuwenden?» fragte Thacker.

«Ich vermute», sagte der Herausgeber-Colonel, «daß es gebräuchlich ist, die Abonnementslisten für alle zu öffnen. Ich weiß es allerdings nicht. Ich habe mit der kaufmännischen Seite der Zeitschrift nichts zu tun. Man hat mich beauftragt, die Zeitschrift als Herausgeber zu kontrollieren, und ich habe das bescheidene literarische Talent, das ich besitzen mag, und den Fundus an Bildung, den ich erworben haben mag, ganz in den Dienst dieser Aufgabe gestellt.»

«Gewiß», sagte Thacker, «aber ein Dollar ist überall ein Dollar, im Norden, Süden oder Westen – ob man nun Kabeljau kauft, Erdnüsse oder Rocky Ford-Melonen. Nun, ich habe mir Ihre November-Nummer angesehen. Ich sehe, Sie haben hier eine auf dem Tisch liegen. Hätten Sie etwas dagegen, sie mit mir durchzugehen?

Also Ihr Leitartikel ist ganz in Ordnung. Ein guter Bericht über den Baumwoll-Gürtel mit vielen Photographien ist immer eine gute Sache. New York interessiert sich immer für die Baumwollernte. Und dieser sensationelle Bericht über die Familienfehde zwischen den Hatfields und McCoys, von einem Mitschüler einer Nichte des Gouverneurs von Kentucky geschrieben, ist auch keine schlechte Idee. Es ist schon so lange her, dass die meisten Leute die Geschichte vergessen haben. Und dann haben wir da ein drei Seiten langes Gedicht ‹Der Fuß des Tyrannen› von Lorella Lascelles. Ich habe ziemlich viel Manuskripte gewälzt, habe aber ihren Namen nie auf einem Ablehnungszettel gefunden.»

«Miss Lascelles», sagte der Herausgeber, «ist eine der anerkanntesten Dichterinnen des Südens. Sie ist eng verwandt mit den Lascelles aus Alabama und hat mit eigenen Händen das seidene Banner der Konföderation genäht, das dem Gouverneur jenes Staates bei seiner Inauguration überreicht wurde.»

«Aber warum», insistierte Thacker, «ist das Gedicht mit einer Ansicht des Eisenbahndepots in Tuscaloosa illustriert?»

«Die Illustration», sagte der Colonel mit Würde, «zeigt eine Ecke der Umzäunung des alten Familiensitzes, auf dem Miss Lascelles geboren wurde.»

«Also gut», sagte Thacker, «ich habe das Gedicht gelesen, aber ich konnte nicht feststellen, ob es von dem Depot handelte oder von der Schlacht bei Bull Run. Und hier ist eine Kurzgeschichte mit dem Titel ‹Rosies Versuchung› von Fosdyke Piggott. Sie ist einfach schlecht. Was kann auch an einem Piggott schon sein?»

«Mr. Piggott», sagte der Herausgeber, «ist ein Bruder des größten Aktionärs der Zeitschrift.»

«Soll mir recht sein – Piggott soll durchgehen», sagte Thacker. «Und dieser Artikel über die Erforschung der Arktis und der über Heringsfischerei mögen angehen. Aber was soll dieses Geschreibsel über die Brauereien in Atlanta, New Orleans, Nashville und Savannah? Es scheint hauptsächlich aus statistischen Angaben über den Ausstoß und die Qualität des Biers zu bestehen. Wo liegt da der Hund begraben?»

«Wenn ich Ihre blumige Ausdrucksweise richtig verstehe», antwortete Colonel Telfair, «dann ist es folgendes: der Artikel, auf den Sie sich beziehen, wurde mir von den Eigentümern der Zeitschrift überreicht mit der Anweisung, ihn zu drucken. Die literarische Qualität sagte mir nicht zu. Aber in gewissen Grenzen fühle ich mich verpflichtet, in gewissen Angelegenheiten den Wünschen der Herren nachzukommen, die an der finanziellen Seite der ‹Rose› interessiert sind.»

«Ich verstehe», sagte Thacker. «Als nächstes haben wir hier zwei Seiten mit Abschnitten aus ‹Lalla Rookh› von Thomas Moore. Nun, aus welchem Bundesgefängnis ist Moore entkommen oder welches ist der Name der berühmten Virginia-Familie, den er mit sich herumschleppen muß?»

«Moore ist ein irischer Dichter, der 1852 gestorben ist», sagte Colonel Telfair mitleidig. «Er ist ein Klassiker. Ich habe daran gedacht, seine Übersetzung des Anacreon in Fortsetzungen in der Zeitschrift abzudrucken.»

«Nehmen Sie sich vor dem Copyright-Gesetz in acht», sagte Thacker bissig. «Und wer ist Bessie Belleclair, die den Beitrag über das eben fertiggestellte Wasserwerk in Milledgeville geschrieben hat?»

«Der Name, Sir», sagte Colonel Telfair, «ist der Nom de guerre von Miss Elvira Simpkins. Ich habe nicht die Ehre, die Dame zu kennen, aber ihr Beitrag wurde uns vom Mitglied des Kongresses Brower geschickt, der aus dem Staat kommt, in dem sie beheimatet ist. Die Mutter des Kongreßmitgliedes Brower war mit den Polks aus Tennessee verwandt.»

«Jetzt hören Sie mal, Colonel», sagte Thacker und knallte die Zeitschrift auf den Tisch. «So geht das nicht. Man kann nicht mit Erfolg eine Zeitschrift für einen kleinen Landesteil machen. Sie müssen sich an die Allgemeinheit wenden. Sehen Sie doch, wie die Publikationen des Nordens auch für den Süden geschrieben sind und die Schriftsteller des Südens ermutigen. Sie müssen sich Ihre Mitarbeiter von überallher holen. Sie müssen den Stoff nach seiner Qualität kaufen, ohne jede Rücksicht auf den Stammbaum seines Verfassers. Ich möchte doch einen Eimer Tinte wetten, daß diese südliche Salonorgel, die Sie gespielt haben, noch nie einen Ton von sich gegeben hat, der von nördlich der Mason-&-Hamlin-Linie kam. Habe ich recht?»

«Ich habe sorgfältig und gewissenhaft alle Beiträge aus jenem Landesteil zurückgewiesen – wenn ich Ihre blumige Ausdrucksweise recht verstehe», erwiderte der Colonel.

«Nun gut. Aber jetzt will ich Ihnen etwas zeigen.»

Thacker griff nach dem dicken gelben Umschlag und schüttelte einen Haufen maschinengeschriebener Manuskriptseiten auf den Schreibtisch des Herausgebers.

«Hier ist Ware», sagte er, «die ich bar bezahlt und Ihnen mitgebracht habe.» Er nahm ein Manuskript nach dem anderen und zeigte dem Colonel die Titelseiten.

«Hier sind vier Kurzgeschichten der vier höchstbezahlten Autoren der Vereinigten Staaten – drei davon wohnen in New York, und einer kommt täglich aus der Umgebung herein. Hier ist ein besonderer Bericht über die Wiener Gesellschaft von Tom Vampson. Hier ist ein Bericht über Italien in Fortsetzungen von Capitän Jack – nein – von dem anderen Crawford. Hier sind drei gesonderte Exposés über Stadtverwaltungen von Sniffings, und hier ein Modeartikel mit dem Titel ‹Was Frauen in ihren Koffern haben› – eine Journalistin aus Chicago verdingte sich fünf Jahre lang als Zofe, um an die Informationen zu kommen. Und hier ist eine Synopsis der vorangegangenen Kapitel von Hall Caines neuem Fortsetzungsroman, der nächsten Juni erscheinen soll. Und hier sind ein paar Pfund vers de société, die ich für eine Pauschale von den besseren Zeitschriften bekommen habe. Das ist der Kram, den die Leute überall wollen. Und hier ist ein Artikel über George McClellan, mit Photographien von ihm im Alter von vier, zwölf, zweiundzwanzig und dreißig. Es ist eine Prognose. Es ist fast sicher, daß er zum Bürgermeister von New York gewählt wird. Das wird man im ganzen Land sensationell finden. Er –»

«Verzeihen Sie bitte», sagte Colonel Telfair und richtete sich steif in seinem Sessel auf. «Wie war noch der Name?»

«Ich verstehe», sagte Thacker mit einem halben Grinsen. «Ja, er ist ein Sohn des Generals. Wir wollen das Manuskript beiseite legen. Aber, wenn ich das sagen darf, Colonel, wir wollen eine Zeitschrift starten – nicht die erste Kanone von Fort Sumter abfeuern. Also hier ist etwas, das Ihnen bestimmt zusagen wird. Ein Originalgedicht von James Whitcomb Riley, von J. W. persönlich. Sie wissen, was das für eine Zeitschrift bedeutet. Ich brauche Ihnen nicht zu sagen, wieviel ich für dieses Gedicht bezahlen musste, aber eins will ich Ihnen sagen – Riley kann mehr Geld verdienen, wenn er mit einer Füllfeder schreibt, als Sie oder ich mit einem Federhalter, aus dem die Tinte nur so rausläuft. Ich lese Ihnen die beiden letzten Stanzen vor:

Den ganzen Tag hängt Pa so rum
un lies un will sei Ruh
mich läß er machen was ich will
und wenn ich bös bin lacht er nur
un wenn ich Krach mach und sag
schlimme Worte dann un tu
die katze ärgern, lacht pa nur, ma wird wild
un legt mich übers knie un gibt mirn heiligen Geist
ich habe mich immer gefragt
warums sis tut
ich glaub sie tut's
weil Paps' nie tut
un wenns dann dunkel wird
tuts mir leid, un ich krieche
aus meiner falle zu ma
un sag ihr daß ich sie riesig lieb hab
un küss' sie un umarme sie fest
un s'is zu dunkel ihre augen zu sehen
un doch weiß immer, wenn ichs tue
sie weint un weint un weint
un ich hab mich immer gefragt
warum sie's tut
ich glaub sie tuts
weil Pa's nie tut

Das ist genau das Richtige», fuhr Thacker fort. «Was halten Sie davon?»

«Die Werke des Mr. Riley sind mir nicht ganz unbekannt», sagte der Colonel mit Nachdruck. «Ich glaube, er lebt in Indiana. Während der letzten zehn Jahre bin ich so etwas wie ein literarischer Einsiedler gewesen und habe mich mit fast allen Büchern der Bibliothek in Cedar Heights vertraut gemacht. Auch ich bin der Ansicht, daß eine Zeitschrift einen gewissen Anteil an Poesie enthalten sollte. Viele der süßesten Sänger des Südens haben schon zu den Seiten der ‹Rose von Dixie› beigetragen. Ich persönlich habe daran gedacht, für die Veröffentlichung in der Zeitschrift die Werke des großen italienischen Dichters Tasso aus dem Original zu übersetzen. Haben Sie schon an der Quelle der Zeilen dieses unsterblichen Dichters getrunken, Mr. Thacker?»

«Nicht einmal einen Demi-Tasso», sagte Thacker. «Aber lassen Sie uns jetzt zur Sache kommen, Colonel Telfair. Ich habe in diese Sache schon allerhand investiert. Dieser Stapel Manuskripte hat mich viertausend Dollar gekostet. Mein Vorschlag war, es mit einer Reihe davon in der nächsten Nummer zu versuchen – ich glaube, Sie machen die Zusammenstellung weniger als einen Monat im voraus –, und abzuwarten, welche Wirkung das auf die Verbreitung hat. Ich glaube, wenn wir das beste Zeug drucken, das wir im Norden, Süden, Westen und Osten bekommen können, können wir der Zeitschrift auf die Beine helfen. Hier ist ein Brief der Gesellschaft der Eigentümer, in dem man Sie bittet, mit mir in dieser Sache zusammenzuarbeiten. Wir wollen etwas von diesem langweiligen Kram herausschmeißen, den Sie immer veröffentlicht haben, nur weil die Autoren mit den Skoopdoodles aus Skoopdoodleland verwandt sind. Sind sie einverstanden?»

«Solange ich noch der Herausgeber der ‹Rose› bin», sagte Colonel Telfair würdevoll, «werde ich der Herausgeber bleiben. Aber ich möchte auch den Wünschen der Eigentümer entsprechen, wenn ich dies mit gutem Gewissen tun kann.»

«So ist's recht», sagte Thacker munter. «Also wieviel von dem Zeug, das ich Ihnen gebracht habe, können wir in der Januar-Nummer unterbringen? Wir wollen uns gleich an die Arbeit machen.»

«In der Januar-Nummer», sagte der Herausgeber, «ist, grob geschätzt, noch Platz für etwa achttausend Wörter.»

«Großartig!» sagte Thacker. «Es ist nicht viel, aber es wird den Lesern mal was anderes bringen als Gartenbau, Gouverneure und Gettysburg. Ich überlasse die Auswahl aus den Sachen, die ich mitgebracht habe, Ihnen, da alles davon gut ist. Ich muß zurück nach New York, und in ein paar Wochen bin ich wieder hier.»

Colonel Telfair ließ seinen Kneifer langsam an dem breiten schwarzen Band kreisen.

«Der offene Raum in der Januar-Nummer, von dem ich gesprochen habe», sagte er gemessen, «ist mit Absicht frei gehalten worden, da ich noch eine Entscheidung fällen muß. Vor kurzer Zeit wurde der ‹Rose von Dixie› ein Beitrag vorgelegt, bei dem es sich um eine der bemerkenswertesten literarischen Arbeiten handelt, die mir je unter die Augen gekommen sind. Nur der Geist und das Talent eines Meisters können es hervorgebracht haben. Es würde ungefähr den Raum füllen, den ich für den eventuellen Abdruck reserviert hatte.»

Thacker machte ein besorgtes Gesicht.

«Was für ein Zeug ist es denn?» fragte er. «Achttausend Wörter klingt verdächtig. Die ältesten Familien müssen sich zusammengetan haben. Soll es eine neue Spaltung geben?»

«Der Verfasser des Artikels», fuhr der Colonel fort, ohne auf die Anspielungen Thackers einzugehen, «ist ein Schriftsteller von einigem Ruf. Er hat sich auch auf andere Weise hervorgetan. Ich fühle mich nicht berechtigt, Ihnen seinen Namen zu enthüllen – jedenfalls nicht, bevor ich nicht entschieden habe, ob wir seinen Beitrag bringen.»

«Hören Sie mal», sagte Thacker nervös, «ist es denn eine zusammenhängende Geschichte oder ein Bericht über die Enthüllung der neuen Stadtpumpe in Whitmire, South Carolina, oder eine verbesserte Liste der persönlichen Bediensteten des Generals Lee oder was sonst?»

«Sie neigen zum Scherzen», sagte Colonel Telfair ungerührt. «Der Artikel kommt aus der Feder eines Denkers, eines Philosophen, eines Menschenfreundes, eines Gelehrten und eines Redners von hohen Graden.»

«Dann muß er von einem Syndikat geschrieben worden sein», sagte Thacker. «Aber, Hand aufs Herz, Colonel, Sie wollen die Sache in die Länge ziehen. Ich kenne keine Einzeldosis von achttausend Wörtern, die jemand heutzutage lesen würde, es müßte sich denn um einen Erlaß des Obersten Gerichtshofes handeln oder um den Bericht über einen Mordprozeß. Sie ha-

ben wohl nicht zufällig eine Kopie einer von Daniel Websters Reden in die Hand bekommen?»
Colonel Telfair schaukelte ein wenig in seinem Stuhl und schaute den Zeitschriftenmanager unter den buschigen Augenbrauen hervor fest an.
«Mr. Thaker», sagte er ernst, «ich bin bereit, den etwas groben Ausdruck Ihres Humors von der Besorgnis zu trennen, die offenbar mit Ihren geschäftlichen Investitionen zusammenhängt. Aber ich muß Sie bitten, Ihre Sticheleien und Ihre verächtlichen Kommentare über den Süden und die Menschen des Südens zu unterlassen. Solches, mein Herr, werden wir in den Räumen der ‹Rose von Dixie› nicht einen Augenblick dulden. Und bevor Sie mit den versteckten Anspielungen fortfahren, ich, der Herausgeber der Zeitschrift, wäre für die Beurteilung des Materials, das Sie mir vorlegen, nicht zuständig, bitte ich Sie, mir einen Beweis dafür zu liefern, daß Sie mir auf irgendeine Weise, Form oder in irgendeiner Beziehung, die vorliegende Frage betreffend, überlegen sind.»
«Aber, aber Colonel», sagte Thacker gutmütig, «ich habe doch nichts Derartiges sagen wollen. Das hört sich ja an wie eine Verfügung des vierten Assistenten des Oberstaatsanwaltes. Lassen wir zum Geschäftlichen zurückkommen. Worum handelt es sich bei diesem 8000-zu-1-Treffer?»
«Der Artikel», sagte Colonel Telfair und akzeptierte die Entschuldigung mit einer leichten Verneigung, «erstreckt sich über eine weite Skala des Wissens. Er befaßt sich mit Theorien und Fragen, die die Welt seit Jahrhunderten beschäftigen, und löst sie auf präzise und logische Weise. Die Mißstände der Welt werden

einer nach dem anderen vorgezeigt, dann wird ein Weg beschrieben, wie man sie abschaffen kann, und zuletzt wird gewissenhaft und ins Detail gehend das Gute empfohlen. Es gibt kaum eine Phase des menschlichen Lebens, die der Verfasser nicht weise, ruhig und gerecht diskutiert. Die große Politik der Regierungen, die Pflichten des einfachen Bürgers, die Notwendigkeiten des häuslichen Lebens, Ethik, Moral – alle diese wichtigen Gegenstände werden mit einer so überzeugenden Weisheit und Ruhe behandelt, daß sie, ich muß gestehen, mir Bewunderung abnötigten.»

«Das muß aber ein Knallbonbon sein», sagte Thacker beeindruckt.

«Es ist ein großartiger Beitrag zur Weisheit der Welt», sagte der Colonel. «Der einzige Zweifel, den ich noch habe, den ungeheuren Vorteil betreffend, den es für uns bedeuten würde, wenn wir ihn in der ‹Rose von Dixie› veröffentlichen, ist, daß ich noch nicht genügend Informationen über den Autor habe, um sein Werk in unserer Zeitschrift der Öffentlichkeit vorzustellen.»

«Haben Sie nicht gesagt, er sei ein bedeutender Mann?»

«Das ist er auch», erwiderte der Colonel, «sowohl auf literarischem wie auch auf anderen verschiedenartigen und ganz andersartigen Gebieten. Aber in bezug auf das Material, das ich zur Publikation annehme, bin ich äußerst vorsichtig. Meine Mitarbeiter sind Menschen von untadeligem Ruf und untadeligen Verbindungen, diese Tatsache kann jederzeit nachgeprüft werden. Wie ich schon sagte, halte ich diesen Artikel fest, bis ich weitere Informationen über den Autor habe. Ich weiß noch nicht, ob ich ihn veröffentlichen werde oder nicht. Wenn ich mich dagegen entscheide, Mr. Thakker, so werde ich statt dessen sehr gern auf das Material zurückgreifen, das Sie mir überlassen.»

Thacker war etwas unsicher.

«Mir scheint», sagte er, «ich habe den eigentlichen Inhalt dieses inspirierten Stücks Literatur noch nicht begriffen. Mir kommt es eher wie ein dunkles Pferd als wie ein Pegasus vor.»

«Es ist ein menschliches Dokument», sagte der Colonel und Herausgeber mit Zuversicht in der Stimme, «von einem hochgebildeten Menschen verfaßt, der meiner Meinung nach die Welt und ihre Probleme fester im Griff hat als irgendein anderer lebender Mensch.»

Thacker sprang aufgeregt auf.

«Sagen Sie», rief er, «es ist wohl nicht möglich, daß Sie die Memoiren von John D. Rockefeller erwischt haben? Sagen Sie mir nicht alles auf einmal, besser stückweise.»

«Nein, mein Herr», sagte Colonel Telfair. «Ich spreche von Geist und Literatur, nicht von den niedrigen Gefilden des Handels.»

«Also warum ist es denn so schwierig, den Artikel zu bringen», fragte Thacker ein wenig ungeduldig, «wenn der Mann allgemein bekannt ist und was kann?»

Colonel Telfair seufzte.

«Mr. Thacker», sagte er, «diesmal bin ich wirklich in Versuchung gewesen. Bis jetzt ist noch nichts in der ‹Rose von Dixie› erschienen, das nicht aus der Feder eines Sohnes oder einer Tochter des Landes stammte.

Von dem Verfasser dieses Artikels weiß ich nur, daß er in einem Teil des Landes Berühmtheit erlangt hat, der meinem Herzen und meinem Sinn immer zuwider gewesen ist. Aber ich erkenne seine Genialität, und wie ich Ihnen schon gesagt habe, habe ich Nachforschungen über seine Persönlichkeit eingeleitet. Vielleicht werden sie ergebnislos sein. Aber ich werde in meinen Forschungen fortfahren. Bevor diese nicht abgeschlossen sind, muß ich die Frage, wie wir den leeren Raum in unserer Januar-Ausgabe füllen, offenlassen.»
Thacker erhob sich, um zu gehen.
«Also gut, Colonel», sagte er so herzlich er konnte. «Tun Sie, was Sie für richtig halten. Wenn Sie wirklich einen Knüller haben oder etwas, das die Leute aufhorchen läßt, so bringen Sie's statt meines Zeugs. In zwei Wochen komme ich noch mal wieder. Viel Glück!»
Der Colonel und der Zeitschriftenmanager schüttelten sich die Hand.
Vierzehn Tage später sprang Thacker in Toombs City wieder von dem schlingernden Pullman-Zug. Er fand, daß die Januar-Nummer fertig und schon umbrochen war.
Der leere Raum, der beim vorigen Mal noch gegähnt hatte, war mit einem Artikel gefüllt, der folgende Überschrift trug:

Zweite Botschaft an den Congress
Geschrieben für
DIE ROSE VON DIXIE
von einem Mitglied der wohlbekannten
Familie Bulloch aus Georgia
T. Roosevelt.

Unschuldslämmer des Broadway

«Ich hoffe, mich eines Tages aus dem Geschäft zurückziehen zu können», sagte Jeff Peters, «und dann soll keiner sagen können, ich hätte jemals einem auch nur einen Dollar abgenommen, ohne ihm einen Gegenwert dafür zu geben. Wenn ein Handel abgeschlossen war, hatte mein Kunde immer einen kleinen Flitter, den er sich ins Album kleben oder zwischen Wanduhr und Wand stecken konnte.
Einmal hätte ich diese Regel beinahe gebrochen und etwas Schlechtes und Unrühmliches getan, aber die Gesetze und Statuten unseres großen und gewinnträchtigen Landes haben mich davor bewahrt.
Einmal fuhren mein Partner Andy Tucker und ich im Sommer nach New York, um uns für das ganze Jahr mit Kleidern und Herrenartikeln auszustatten. Wir zogen uns immer modisch an und sparten nicht an der Kleidung, denn in unserem Beruf bringt einen nichts so weit wie ein gepflegtes Äußeres, ausgenommen vielleicht unsere Kenntnis der Eisenbahnfahrpläne und eine mit einem Autogramm versehene Photographie des Präsidenten, die Loeb uns, wahrscheinlich irrtümlicherweise, geschickt hatte. Andy hatte einmal einen Naturbericht geschrieben und eingeschickt. Er handelte von Tieren, die sich in Drahtschlingen gefangen hatten. Loeb muß statt Drahtschlinge Drillinge gelesen haben. Daraufhin schickte er uns das Photo. Wie auch immer, es hat uns gute Dienste geleistet. Wir konnten es den Leuten als Beweis für unsere Vertrauenswürdigkeit zeigen.

Wir beide, Andy und ich, haben nie gern in New York gearbeitet. Es glich zu sehr dem Wildern. In dieser Stadt ein Opfer zu fangen ist so leicht, wie in einem See in Texas mit Dynamit nach Brassen zu fischen. Alles was man zwischen dem North und East River tun muß: sich mit einem offenen Sack an die Straße stellen, an dem ein Schild befestigt ist: ‹Bitte Geldbündel hier einwerfen. Schecks oder lose Banknoten werden nicht angenommen.› Es wird sich leicht ein Polizist finden, der bereit ist, jeden Geizkragen niederzuknüppeln, der Postanweisungen oder kanadisches Geld einzuwerfen versucht. Und mehr ist für einen Jäger, der sein Handwerk liebt, in New York nicht zu machen. Darum haben Andy und ich immer so getan, als wäre die Stadt ein Stück Natur. Wir holten unsere Ferngläser heraus und beobachteten die Auerhähne auf den Broadway-Sümpfen. Wir sahen, wie sie sich die gebrochenen Beine in Gipsverbände legten und schlichen uns davon, ohne einen Schuß abgegeben zu haben.

Eines Tages saßen wir unter den Papiermachépalmen einer Chlorhydrat- und Hopfen-Agentur in einer Seitenstraße des Broadway, etwa zwanzig Zentimeter von diesem entfernt, als ein New Yorker uns seine Gesellschaft aufdrängte. Wir tranken zusammen Bier, bis wir entdeckten, daß wir alle einen Mann namens Hellsmith, den Vertreter für eine Ofenfabrik in Duluth, kannten. Dies veranlaßte uns zu der Bemerkung, wie klein die Welt doch sei, und dann sprengt dieser New Yorker seine Verschnürung, reißt seine Verpackung, Zinnfolie und alles, herunter und fängt an, uns seine Geschichte zu erzählen, angefangen von der Zeit, da er auf der Stelle, wo jetzt die Tammany-Halle steht, den Indianern Schuhsenkel verkauft hat.

Dieser New Yorker hatte sein Geld in einem Zigarrenladen in der Beekmanstreet gemacht, und er war in den letzten zehn Jahren nicht mehr über die Vierzehnte Straße hinausgekommen. Dazu hatte er noch einen Schnurrbart, und die Zeiten sind vorüber, da ein Sportsmann mit einem Mann mit Schnurrbart alles machen kann, was er will. Höchstens ein Junge, der Abonnenten für die Illustrierte wirbt, weil er damit ein Luftgewehr gewinnen kann, oder eine Witwe hätte das Herz, sich an einen Mann heranzumachen, der über das Rasieren altmodische Ansichten hat. Er war ein typischer Stadt-Hinterwäldler – ich wette, daß er seit fünfundzwanzig Jahren nicht außer Sichtweite der Wolkenkratzer gewesen war.

Also, dieser Weltstadt-Hinterwäldler zieht eine Rolle Banknoten aus der Tasche, die mit einem alten Gummi-Ärmelhalter umwickelt ist, und öffnet sie.

‹Hier sind fünftausend Dollar, Mr. Peters›, sagt er und schiebt das Bündel über den Tisch auf mich zu. ‹In fünfzehn Arbeitsjahren gespart. Stecken Sie sie in die Tasche und verwahren Sie sie für mich, Mr. Peters. Ich freue mich, daß ich die beiden Gentlemen aus dem Westen getroffen habe, und es könnte sein, daß ich ein Tröpfchen zuviel trinke. Ich möchte, daß sie mein Geld für mich aufheben. Nun wollen wir noch einen trinken›.

‹Sie sollten es lieber selber verwahren›, sage ich. ‹Wir sind Ihnen doch fremd, man kann nicht jedem, dem man begegnet, vertrauen. Gehen Sie lieber nach Hause, bevor irgendein Bauernlümmel aus dem Kaw-

River-Tal hier hereingeschlendert kommt und Ihnen eine Kupfermine verkauft.›
‹Oh, ich weiß nicht›, sagt der Schnauzbart, ‹ich glaube, das kleine alte New York kann auf sich selbst aufpassen. Ich denke, ich erkenne einen rechtschaffenen Mann auf den ersten Blick. Ich habe immer die Erfahrung gemacht, daß die Leute aus dem Westen in Ordnung sind. Mr. Peters›, sagt er, ‹bitte, tun Sie mir den Gefallen, stecken Sie die Rolle in die Tasche und heben Sie sie für mich auf. Ich erkenne einen Gentleman auf den ersten Blick. Und jetzt wollen wir noch einen trinken.›
Nach zehn Minuten lag dieser Mannaregner in seinem Sessel und schnarchte. Andy sieht mich an und sagt: ‹Ich bleibe besser noch fünf Minuten hier, für den Fall, daß der Kellner kommt.›
Ich ging zur Seitentür hinaus und ging einen halben Block weit die Straße hinunter. Dann kam ich zurück und setzte mich wieder an den Tisch.
‹Andy›, sage ich, ‹ich kann nicht. Es gleicht zu sehr einem Steuerbetrug. Ich kann nicht mit dem Geld dieses Mannes in der Tasche davongehen, ohne daß ich etwas getan habe, um es zu verdienen, etwa ihm die Möglichkeit zu geben, das Konkursgesetz auszunutzen, oder eine Flasche Hautbalsam in seiner Tasche zu hinterlassen, damit es mehr nach ehrlichem Geschäftsgebaren aussieht.›
‹Nun›, sagt Andy, ‹ich verstehe schon, daß es gegen deine Berufsehre ist, dich mit dem Vermögen des bärtigen Kumpels davonzumachen, besonders da er dich im sträflichen Leichtsinn seiner städtischen Dummheit zum Wächter seines Bündels ernannt hat. Sollen wir

ihn aufwecken und uns irgendeine kommerzielle Sophisterei ausdenken, die uns beides verschafft: sein Geld und einen guten Vorwand?›

Wir wecken den Schnauzbart. Er streckt sich und kommt gähnend mit der Hypothese zum Vorschein, daß er einen Augenblick geschlafen haben müsse. Und dann sagt er, er hätte nichts gegen ein Spielchen Poker unter Ehrenmännern. Er hatte, als er noch in Brooklyn die höhere Schule besuchte, manchmal gespielt, aber er war jetzt lange aus der Übung – usw.

Andys Gesicht erhellt sich ein wenig, denn es sieht so aus, als wäre hier eine Lösung unserer finanziellen Probleme in Sicht. Wir gehen also alle drei in unser Hotel, das etwas weiter unten am Broadway liegt, und lassen uns Karten und Chips in Andys Zimmer bringen. Ich versuchte noch einmal, diesem im botanischen Garten verirrten Kind seine Fünftausend wieder aufzudrängen. Aber nein.

‹Verwahren Sie mir dieses Röllchen, Mr. Peters›, sagt er. ‹Seien Sie so gut. Wenn ich's brauche, werd' ich's Ihnen schon sagen. Ich werde doch wohl wissen, wo ich unter Freunden bin. Ein Mann, der zwanzig Jahre lang ein Geschäft in der Beekman-Street gehabt hat, im Herzen des schlauesten Dörfchens auf Erden, sollte doch wissen, was er tut. Ich denke doch, daß ich einen Ehrenmann von einem Schwindler oder einem Kriminellen unterscheiden kann. Ich habe noch etwas Kleingeld in meinen Taschen – genug, um ein Spielchen damit anzufangen, denke ich.›

Er durchsucht seine Taschen, und zwanzig Golddollars regnen auf den Tisch, bis es aussieht wie das Bild von Turner im Museum, das 10 000 Dollar wert ist und

‹Herbsttag in einem Zitronenhain› heißt. Andy hätte beinahe gelächelt.
Bei der ersten Runde machte der Boulevardier kleine, mittlere und große Bank und rechte die ganzen Chips zu sich hinüber.
Andy war immer stolz auf sein Pokerspiel gewesen. Er stand vom Stuhl auf, trat ans Fenster und blickte traurig auf die Straßenbahnen hinunter.
‹Nun, Gentlemen›, sagt der Mann mit der Zigarre, ‹ich kann verstehen, daß Sie keine Lust mehr haben zu spielen. Ich habe wohl die Feinheiten des Spiels vergessen, es ist schon so lange her, daß ich mir gelegentlich ein Spielchen geleistet habe. Wie lang werden Sie denn noch in der Stadt bleiben, meine Herren?›
Ich sagte, etwa eine Woche. Er sagt, das passe ihm gut. Sein Vetter komme am Abend von Brooklyn herüber und sie wollten sich zusammen die Sehenswürdigkeiten von New York ansehen. Sein Vetter handle mit künstlichen Gliedern und Zinksärgen und habe die Brücke seit acht Jahren nicht überquert. Sie würden sich bestimmt gut amüsieren. Und zum Schluß bittet er mich noch, ihm die Geldrolle bis zum nächsten Tag aufzuheben. Ich versuchte sie ihm zurückzugeben, aber er war ganz beleidigt.
‹Ich komme mit dem Kleingeld, das ich bei mir habe, aus›, sagt er, ‹verwahren Sie mir den Rest. Ich schaue morgen nachmittag gegen sechs oder sieben herein›, sagt er, ‹dann gehen wir zusammen essen. Seien Sie so gut.›
Nachdem der Schnauzbart gegangen war, sah Andy mich fragend und voller Zweifel an.
‹Hör mal, Jeff›, sagt er, ‹mir scheint, daß die Raben

sich solche Mühe geben, uns zwei Eliasse zu füttern; wenn wir weiter versuchen, sie abzuweisen, sollte uns eigentlich der Naturschutzbund belangen. Man darf die Krone nicht allzuoft beiseiteschieben. Ich weiß, ich bin jetzt ein wenig patriarchalisch, aber glaubst du nicht, daß das Glück sich die Knöchel lange genug an unserer Tür wundgeklopft hat?›

Ich legte meine Füße auf den Tisch und schob die Hände in die Taschen, eine Haltung, die frivole Gedanken nicht aufkommen läßt.

‹Andy›, sage ich, ‹dieser Kerl mit dem struppigen Schnurrbart hat uns in eine mißliche Lage gebracht. Wir können mit seinem Geld überhaupt nichts anfangen. Wir beide haben ein Gentleman-Agreement mit dem Glück geschlossen, das können wir nicht brechen. Wir haben im Westen unsere Geschäfte gemacht, wo es ein faireres Spiel ist. Die Leute, denen wir da das Fell über den Kopf ziehen, versuchen auch uns das Fell über den Kopf zu ziehen, sogar die Farmer und die Einwanderer, die von zu Hause unterstützt werden, und die die Zeitschriften losschicken, damit sie Reportagen über Goldfields machen. Aber in New York City ist wenig Raum zum Jagen, weder mit Angelrute noch mit Netz oder Flinte. Hier wird nur mit zwei Dingen gejagt – mit dem Totschläger oder dem Empfehlungsbrief. Die Stadt ist so überfüllt mit Karpfen, daß die Edelfische alle verschwunden sind. Wenn man hier sein Netz auswirft, fängt man nicht die richtigen Schelme, von denen der Herr will, daß sie gefangen werden – freche Kerle, die alles wissen, Gauner mit einem bißchen Geld in der Tasche und Mut genug, das Spiel eines anderen zu spielen, Menschen die auf der

Straße sind, um ein paar Dollars loszuwerden und schlaue Bäuerchen, die wissen, wo's was zu holen gibt. Nein mein Lieber›, sage ich, ‹die Schurken hier leben von Witwen und Waisen und Ausländern, die einen Sack Geld zusammensparen, den sie dann am ersten besten Schalter mit einem Eisengitter davor abgeben, von Fabrikmädchen und kleinen Ladeninhabern, die nie über den Block hinauskommen, in dem ihr Geschäft liegt. Sowas nennt sich hier Beute. Es sind eigentlich nur Ölsardinen, und um die zu fangen, braucht man nur ein Taschenmesser und ein Stück Brot.
Und nun zu diesem Zigarrenmann›, fuhr ich fort, ‹das ist auch so einer. Er hat zwanzig Jahre in derselben Straße gewohnt und hat nicht einmal soviel erfahren, wie man bei einer schnellen Rasur von einem einsilbigen Barbier in einem kleinen Ort an einer Straßenkreuzung in Kansas erfährt. Aber er ist ein New Yorker, und damit brüstet er sich die ganze Zeit, wenn er nicht gerade zufällig einen Draht, der unter Strom steht, anfaßt oder vor eine Straßenbahn läuft oder Geld für falsche Renntips zahlt oder unter einem Geldschrank steht, der gerade in ein Hochhaus hinaufgehievt wird. Wenn ein New Yorker einmal redselig wird›, sag' ich, ‹dann ist es wie die Eisschmelze auf dem Allegheny-River im Frühling. Wenn du dich nicht vorsiehst, überspült er dich mit Eisschollen und schmutzigem Wasser.
Wir haben mächtiges Glück gehabt, Andy›, sag' ich, ‹daß diese Zigarre mit Petersilie garniert sich in der Lage sah, uns mit ihrem kindlichen Vertrauen und ihrer Menschenliebe zu überschütten. Denn›, sage ich, ‹denn dieses sein Geld ist ein Dorn im Auge meines Gerechtigkeitsgefühls und meiner Ethik. Wir können

es nicht nehmen, Andy, das weißt du genau›, sage ich, ‹denn wir haben nicht den Schatten eines Anspruchs darauf – nicht einen Schatten. Wenn es nur die geringste Möglichkeit gäbe, einen Anspruch darauf zu erheben, dann hätte ich nichts dagegen, ihn die nächsten zwanzig Jahre neu beginnen zu sehen, in denen er sich wieder 5000 Dollar sparen könnte. Aber wir haben ihm nichts verkauft, wir sind nicht in einen Handel oder sonst etwas Geschäftliches mit ihm verwickelt gewesen. Er ist uns freundlich entgegengekommen›, sag' ich, ‹und hat mit blinder und reizender Idiotie seinen Zaster in unsere Hand gelegt. Wenn er es verlangt, werden wir ihn ihm zurückgeben müssen.›
‹Deine Argumente sind über jede Kritik und jedes Verständnis erhaben›, sagt Andy. ‹Nein, so wie die Dinge jetzt stehen, können wir uns nicht mit seinem Geld davonmachen. Ich bewundere deine Gewissenhaftigkeit in Geschäften, Jeff›, sagt Andy, ‹und ich will nichts vorschlagen, was nicht mit deinen Theorien bezüglich Moral und Initiative übereinstimmt.
Aber heute abend und den größten Teil des morgigen Tages werde ich nicht dasein, Jeff›, sagt Andy, ‹ich habe da ein paar geschäftliche Dinge zu regeln. Wenn dieser Inflationspolitiker morgen nachmittag kommt, dann halte ihn hier, bis ich da bin. Wie du weißt, sind wir alle zum Essen verabredet.›
Also, am nächsten Tag gegen fünf stolpert der Zigarrenmann herein, die Augen nur halb offen.
‹Habe mich herrlich amüsiert, Mr. Peters›, sagt er, ‹habe alles besichtigt, was es zu besichtigen gibt. Ich sag' Ihnen, New York ist nun mal einmalig. Und nun, wenn Sie nichts dagegen haben›, sagt er, ‹leg' ich mich

ein bißchen auf Ihre Couch und mach' für'n Moment die Augen zu, bis Mr. Tucker kommt. Ich bin's nicht gewohnt, die ganze Nacht aufzusein. Und morgen, wenn Sie nichts dagegen haben, Mr. Peters, nehm' ich die fünftausend zurück. Ich hab' gestern abend 'nen Mann getroffen, der hat 'nen sicheren Tip für das Rennen morgen. Entschuldigen Sie, daß ich so unhöflich bin und jetzt schlafe, Mr. Peters.›

Dieser Einwohner der zweitgrößten Stadt der Welt legt sich also zurecht und beginnt zu schnarchen, und ich sitze da und denke nach und wünsche, ich wäre wieder im Westen, wo man sich immer darauf verlassen kann, daß ein Kunde so hart darum kämpft, sein Geld zu behalten, daß man keine Gewissensbisse hat, es ihm abzunehmen.

Um halb sechs kommt Andy herein und sieht die schlafende Gestalt.

‹Ich bin drüben in Trenton gewesen›, sagt Andy und zieht ein Dokument aus der Tasche. ‹Ich glaube, ich habe die Sache jetzt geregelt, Jeff. Sieh dir das an.›

Ich entfalte das Papier und sehe, daß es ein Gesellschaftsvertrag ist, ausgestellt vom Staat New Jersey auf ‹Peters und Tucker, konsolidierte und amalgamierte Gesellschaft zur Entwicklung der Luftgerechtsame, GmbH›.

‹Es ist eine Gesellschaft, die Wegrechte für Luftschiffe aufkauft›, erklärte Andy. ‹Die Legislative tagte gerade nicht, aber an einem Postkartenstand in der Lobby fand ich einen Mann, der die Formulare verkaufte. Wir geben 100 000 Aktien aus›, sagt Andy, ‹die einen Gegenwert von 1 Dollar erreichen sollen. Ich habe ein Blankozertifikat drucken lassen.›

Andy holt das Blankozertifikat heraus und fängt an, es mit seiner Füllfeder auszufüllen.

‹Das ganze Paket›, sagt er, ‹geht für 5000 Dollar an unseren Freund im Traumland. Weißt du jetzt, wie er heißt?›

‹Schreib es auf Überbringer aus›, sage ich.

Wir steckten das Aktienzertifikat dem Zigarrenmann in die Hand und gingen unsere Koffer packen.

Auf der Fähre sagt Andy zu mir: ‹Hat sich dein Gewissen jetzt wegen des Geldes beruhigt, Jeff?›

‹Warum auch nicht›, sage ich, ‹sind wir etwa besser als irgendeine andere Holdinggesellschaft?›»

Wie dem Wolf das Fell gegerbt wurde

Jeff Peters wurde immer beredt, wenn es um die Ethik seines Berufs ging.
«Ich und Andy Tucker», sagte er, «hatten nur dann mal Differenzen in unseren freundschaftlichen Beziehungen, wenn wir uns über die moralische Seite unserer Geschäfte nicht einig waren. Andy hatte seine Grundsätze, und ich hatte meine. Ich billigte keineswegs alle seine Tricks zur Erhebung von Kontributionen von der Öffentlichkeit, und er dachte, daß ich mich zu oft mit meinem Gewissen einmischte, und zwar zum finanziellen Schaden der Firma. Manchmal gerieten wir uns mächtig in die Haare. Einmal gab ein Wort das andere, bis er schließlich behauptete, ich erinnere ihn an Rockefeller.
‹Ich weiß schon, wie du das meinst, Andy›, sage ich, ‹aber wir kennen uns schon zu lange, als daß ich dir eine Beleidigung krummnehmen könnte, die dir sowieso leid tut, sobald du dich abgeregt hast. Bis jetzt habe ich jedenfalls noch nichts mit dem Gericht zu tun gehabt.›
Einmal im Sommer beschlossen ich und Andy, uns erst mal 'ne Weile in Grassdale, einer hübschen kleinen Stadt in den Bergen von Kentucky, auszuruhen. Man hielt uns für Pferdehändler und für ordentliche, anständige Bürger, die sich einen Sommerurlaub leisten. Wir gefielen den Leuten von Grassdale, und so entschlossen wir uns zu einer zeitweiligen Einstellung der Feindseligkeiten, die so weit ging, daß wir, solange wir dort waren, nicht mal das Vorsatzblatt irgendeines

Gummikonzessionspapiers vertrieben oder einen brasilianischen Diamanten auf den Markt warfen.

Eines Tages kommt der größte Eisenwarenhändler von Grassdale zu uns ins Hotel, und wir setzen uns gemütlich auf die Veranda und rauchen. Wir kannten ihn ziemlich gut vom Wurfringspiel, das nachmittags immer im Hof des Gerichtsgebäudes stattfand. Er war ein lärmender, dicker, schwer atmender Mann mit rotem Gesicht, der geachteter war, als er es verdiente.

Nachdem wir uns über alles mögliche unterhalten haben, zieht dieser Murkison – so lautet nämlich sein Name – mit einstudierter Nachlässigkeit einen Brief aus der Rocktasche und gibt ihn uns zu lesen.

‹Was sagen Sie nun dazu?› sagt er lachend. ‹So ein Brief ausgerechnet an mich!›

Ich und Andy sehen mit einem Blick, worum es sich handelt, aber wir tun so, als ob wir ihn durchlesen.

Es war einer von diesen altbekannten, maschinegeschriebenen Briefen, in denen erklärt wird, wie man für tausend Dollar fünftausend kriegen kann, und zwar in Scheinen, die auch der Fachmann nicht von echten unterscheiden kann; und dann wird behauptet, daß sie von Druckplatten hergestellt worden sind, die ein Angestellter des Schatzamtes in Washington gestohlen hat.

‹Stellen Sie sich das vor, so einen Brief schicken die ausgerechnet an mich!› sagt Murkison wieder.

‹'ne Menge ehrlicher Männer kriegen solche Briefe›, sagt Andy. ‹Wenn Sie auf den ersten nicht reagieren, dann melden die Leute sich nicht wieder. Wenn Sie aber antworten, dann schreiben sie einen zweiten Brief und fordern Sie auf, mit Ihrem Geld irgendwohin zu kommen und das Geschäft zu machen.›

‹Aber daß die ausgerechnet an mich schreiben!› sagt Murkison.
Ein paar Tage später kommt er wieder vorbei.
‹Jungens›, sagt er, ‹ich weiß, ihr seid in Ordnung, sonst würde ich euch nicht ins Vertrauen ziehen. Ich habe diesen Schuften wiedergeschrieben, nur so zum Spaß. Sie haben geantwortet; ich soll nach Chicago kommen. Wenn ich abfahre, soll ich an J. Smith telegrafieren. In Chicago soll ich an einer Straßenecke warten, bis ein Mann in grauem Anzug vorbeikommt und vor mir eine Zeitung fallen läßt. Den soll ich fragen, wie tief das Wasser des Sees ist, und dann weiß er, daß ich's bin, und ich weiß, daß er's ist.›
‹Ja, ja›, sagt Andy gähnend, ‹das alte Spiel. Hab oft in der Zeitung davon gelesen. Dann führt er Sie in den Privatschlachthof im Hotel, wo Mister Jones schon wartet. Sie zeigen Ihnen funkelnagelneues richtiges Geld und verkaufen Ihnen, soviel Sie wollen, im Verhältnis fünf zu eins. Sie sehen zu, wie sie Ihnen das Geld in eine Tasche packen, und wissen, daß es da drin ist. Natürlich ist es nur braunes Papier, wenn Sie später nachsehen.›
‹Oh, aber nicht mit mir!› sagt Murkison. ‹Ich hab mir nicht das beste Geschäft hier in Grassdale aufgebaut, ohne selbst ein paar Tricks auf Lager zu haben. Sie sagen, Mister Tucker, es ist richtiges Geld, was sie einem zeigen?›
‹Ich hab immer – das heißt, in den Zeitungen steht's wenigstens so›, sagt Andy.
‹Jungens›, sagt Murkison, ‹ich hab so 'n Gefühl, daß die Kerle mich nicht reinlegen können. Ich denke, ich werde mir ein paar Tausender in die Tasche stecken und

da hochfahren und denen mal Beine machen. Wenn Bill Murkison die Scheine, die sie ihm zeigen, erst mal gesehen hat, dann läßt er sie nicht mehr aus den Augen. Sie bieten fünf Dollar für einen, und dabei werden sie bleiben müssen, wenn sie's mit mir zu tun haben. Das ist so die Art, wie Bill Murkison Geschäfte macht! Jawoll, ich glaube, ich mache mich nach Chicago auf und zapfe diesen J. Smith mal zum Kurs fünf zu eins an. Ich denke, das Wasser wird tief genug sein.›
Andy und ich versuchen, ihm diese finanzielle Fehlspekulation auszureden, aber wir hätten ebensogut versuchen können, den Mann, der die Hosen mit der Kneifzange zumacht, daran zu hindern, auf Bryans Wahl zum Präsidenten zu wetten. Nein, er wollte partout seine Pflicht gegenüber der Öffentlichkeit erfüllen, indem er diese Geldscheinschwindler bei ihrem eigenen Spiel reinlegte. Vielleicht würden sie sich das eine Lehre sein lassen.
Als Murkison fort war, saßen ich und Andy noch eine Weile da und gaben uns schweigend unseren stillen Betrachtungen und geistigen Ketzereien hin. In unseren Mußestunden pflegten wir unser besseres Ich durch geistige Übungen und Denkarbeit zu veredeln.
‹Jeff›, sagt Andy nach einer ganzen Weile, ‹ich hab es ziemlich oft für richtig gehalten, dir eins draufzugeben, wenn wir uns wegen deiner Gewissensbisse über unsere Geschäftsmethoden in den Haaren lagen. Vielleicht hab ich oft unrecht gehabt. Aber ich denke, in diesem Fall können wir einer Meinung sein. Ich fühle, daß es nicht richtig ist, wenn wir Mister Murkison allein zu diesen Geldscheinleuten nach Chicago fahren lassen. Es ist doch klar, wie das endet. Meinst du nicht,

daß uns wohler wäre, wenn wir uns da irgendwie einmischten und diese Tat verhinderten?›
Ich sprang auf und schüttelte Andy Tucker fest und lange die Hand.
‹Andy›, sage ich, ‹ich mag ja manchmal den einen oder anderen unfreundlichen Gedanken über die Herzlosigkeit deiner Geschäftsführung gehabt haben, aber jetzt nehme ich alles zurück. Inwendig von deinem Äußeren hast du doch einen guten Kern. Das ehrt dich. Ich hab mir nämlich genau dasselbe gedacht. Es wäre weder ehrenhaft noch lobenswert›, sage ich, ‹wenn wir Murkison seine Absichten ausführen ließen. Falls er unbedingt fahren will, dann fahren wir einfach mit und versalzen ihm den Braten.›
Andy stimmte zu, und ich war froh, daß es ihm ernst war mit dieser Geldscheinsache.
‹Ich bin kein religiöser Mensch›, sage ich, ‹und kein moralischer Fanatiker, aber ich kann nicht einfach dastehen und zugucken, wie ein skrupelloser Gauner, der eine Gefahr für die Öffentlichkeit darstellt, einen Mann ausraubt, der sich mühevoll mit seinem eigenen Köpfchen und Risiko ein Geschäft aufgebaut hat.›
‹Richtig, Jeff›, sagt Andy. ‹Wir gehen dem Murkison nicht von der Pelle, wenn er dies hübsche Geschäftchen tatsächlich auffliegen lassen will. Es ginge mir genauso wie dir gegen den Strich, wenn ich zusehen müßte, wie die Leute ihr Geld verlieren.›
Also gingen wir zu Murkison.
‹Nein, Jungens›, sagt er, ‹ich kann's nicht zulassen, daß diese Chicagoer Sirenenklänge in der Sommerbrise an mir vorbeitreiben. Ich werde dies Irrlicht entweder ausblasen oder in die Pfanne hauen. Aber ich würde

mich mächtig freuen, wenn ihr mitführet. Vielleicht könnt ihr ein bißchen helfen, wenn's soweit ist und der Zaster fünf zu eins einkassiert wird. Jawoll, es soll mir wirklich ein Vergnügen und 'ne Freude sein, wenn ihr mitkommt.›

Murkison läßt in Grassdale verlauten, daß er mit Mister Peters und Mister Tucker ein paar Tage wegfährt, um sich in West Virginia einen Eisenerzbesitz anzusehen. Er telegrafiert an J. Smith, daß er an einem bestimmten Tag seinen Fuß in das Netz der Spinne setzen wird, und dann machen wir uns zu dritt auf nach Chicago.

Unterwegs schwelgt Murkison in der Vorfreude auf die kommenden Ereignisse.

‹In einem grauen Anzug›, sagt er, ‹an der Südweststrecke von Wabash Avenue und Lake Street. Er läßt eine Zeitung fallen, und ich frage, wie tief der See ist. Du meine Güte!› Und dann will er sich fünf Minuten lang totlachen.

Manchmal war Murkison ernst und versuchte sich diese Gedanken – oder was er sonst im Kopf hatte – selbst auszureden.

‹Jungens›, sagt er, ‹ich möchte nicht, daß diese Sache in Grassdale bekannt wird, nicht für zehnmal zehntausend Dollar. Ich wäre erledigt. Aber ich weiß, ihr seid in Ordnung. Ich glaube, als Bürger hat man direkt die Pflicht›, sagt er, ‹diesen Räubern, die die Leute ausplündern, das Handwerk zu legen. Ich will denen schon zeigen, daß manche Wasser tief sind. Fünf Dollar für einen, das bietet J. Smith an, und dabei bleibt's, wenn er mit Bill Murkison Geschäfte macht.›

Wir kamen abends um sieben in Chicago an. Murkison sollte den Grauen um halb zehn treffen. Wir aßen im

Hotel Abendbrot und gingen dann in Murkisons Zimmer, um zu warten.
‹Also, Jungens›, sagt Murkison, ‹da wollen wir mal unsern Grips zusammennehmen und einen Plan aushecken, wie wir dem Feind zu Leibe rücken. Ich schlage vor, während ich mit dem grauen Halunken fromme Sprüche tausche, kommt ihr Herren vorbei, zufällig, wißt ihr, und schüttelt mir mit allen Anzeichen der Überraschung und Freundschaft die Hand. Dann nehme ich den Grauen zur Seite und sage ihm, daß ihr Jenkins und Brown, Materialwaren und Lebensmittel, aus Grassdale seid, verläßliche Leute, die vielleicht eine günstige Gelegenheit ausnützen möchten, während sie von zu Hause fort sind.
‚Bringen Sie sie mit, wenn sie einsteigen wollen‘, wird er natürlich sagen. Na, wie findet ihr meinen Plan?›
‹Was sagst du dazu, Jeff?› sagt Andy und sieht mich an.
‹Das will ich dir sagen›, antworte ich. ‹Laß uns die Sache jetzt gleich hier erledigen. Ich sehe nicht ein, warum wir noch mehr Zeit vergeuden sollen.› Ich ziehe einen vernickelten Achtunddreißiger aus der Tasche und lasse die Trommel ein paarmal herumschnappen.
‹Sie gemeiner, verworfener, hinterhältiger Kerl›, sage ich zu Murkison, ‹raus mit den zweitausend und auf den Tisch damit. Aber ein bißchen dalli, sonst knallt's. Ich bin im allgemeinen ein sanftmütiger Mensch, aber hin und wieder werde ich bis zum Äußersten getrieben. Solche Männer wie Sie›, fuhr ich fort, als er das Geld auf den Tisch gelegt hatte, ‹halten die Gefängnisse und Gerichte im Gange. Sie kommen hierher, um diesen Männern ihr Geld abzunehmen. Ist es etwa eine Entschuldigung›, frage ich, ‹daß Sie auch reingelegt wer-

den sollten? Keine Spur! Sie wollten kleine Leute ausplündern und selbst den großen Mann markieren. Sie sind zehnmal schlimmer›, sage ich, ‹als dieser Geldscheinmann. Zu Hause, da gehen Sie in die Kirche und spielen den anständigen Bürger, aber dann kommen Sie nach Chicago und beklauen Männer, die sich ein solides und einträgliches Gewerbe aufgebaut haben, indem sie mit solchen zweifelhaften Halunken, wie Sie heute einer sein wollten, Geschäfte machen. Sie wissen ja gar nicht›, sage ich, ‹ob dieser Geldscheinmann nicht eine große Familie hat, die auf seine Geschäfte angewiesen ist. Es sind gerade solche ehrenwerte Bürger wie Sie, die immer auf der Lauer liegen, um etwas zu ergattern›, sage ich, ‹und die in unserm Land die Glücksspiele und die Schwindelunternehmen und die Börsen und die Schnüffler begünstigen. Ohne solche wie Sie wären die längst bankrott. Der Geldscheinmann, den Sie ausplündern wollten›, sage ich, ‹hat vielleicht Jahre gebraucht, um sein Handwerk zu lernen. Wenn er sich nur rührt, riskiert er schon Geld, Freiheit und vielleicht sogar das Leben. Sie kreuzen hier auf, scheinheilig und respektabel und mit einer gefälligen Postanschrift ausgerüstet, um ihn reinzulegen. Kriegt er das Geld, dann können Sie ihn bei der Polizei verpfeifen. Kriegen Sie's, dann versetzt er seinen grauen Anzug, um sich was zu futtern zu kaufen, und sagt gar nichts. Mister Tucker und ich haben Sie erkannt›, sage ich, ‹und wir sind mitgekommen, damit Sie kriegen, was Sie verdienen. Her mit dem Geld›, sage ich, ‹Sie grasfressender Heuchler.›
Ich steckte die zweitausend, alles in Zwanzigdollarscheinen, in die Innentasche meines Rockes.

‹Und jetzt holen Sie Ihre Uhr raus›, sage ich zu Murkison. ‹Nein, ich will sie nicht haben›, sage ich. ‹Legen Sie sie auf den Tisch, und dann bleiben Sie eine Stunde lang auf dem Stuhl da sitzen. Dann können Sie gehen. Schlagen Sie Lärm oder hauen Sie eher ab, dann werden wir Sie in Grassdale unmöglich machen. Ich denke, Ihr Ansehen dort ist Ihnen mehr als zweitausend Dollar wert.›

Dann machten ich und Andy uns davon.

Im Zug war Andy lange Zeit still. Dann sagt er: ‹Jeff, hast du was dagegen, wenn ich dir 'ne Frage stelle?›

‹Von mir aus zwei›, sage ich, ‹oder vierzig.›

‹Hattest du das von Anfang an vor›, sagt er, ‹als wir mit Murkison losfuhren?›

‹Na klar›, sage ich, ‹was denn sonst? Du etwa nicht?›

Nach ungefähr einer halben Stunde fing Andy wieder an. Ich glaube, manchmal versteht Andy mein System der Ethik und Moralhygiene nicht ganz.

‹Jeff›, sagt er, ‹mach doch mal 'ne Zeichnung mit Anmerkungen von deinem Gewissen, wenn du mal Zeit hast. Ich möchte mich gelegentlich darauf beziehen.›»

Die exakte Wissenschaft von der Ehe

«Wie ich Ihnen schon erzählt habe», sagte Jeff Peters, «hatte ich nie viel Zutrauen zu der Falschheit der Frauen. Als Partner oder Schülerinnen sind sie nicht mal beim unschuldigsten Schwindel vertrauenswürdig.»
«Das Kompliment verdienen sie», sagte ich. «Ich glaube, sie können den Anspruch erheben, das ehrliche Geschlecht genannt zu werden.»
«Und warum auch nicht?» sagte Jeff. «Sie lassen ja das andere Geschlecht für sich die krummen Sachen oder die Überstunden machen. Im Geschäft sind sie in Ordnung, bis sie sich mal ihre Gefühle oder ihr Haar zu sehr ondulieren lassen. Dann muß man irgendeinen plattfüßigen, kurzatmigen Mann mit strohblondem Backenbart, fünf Kindern und einer Gebäude- und Darlehenshypothek in Bereitschaft haben, der ihren Platz als Ersatzmann einnimmt. Da war doch mal eine Witwe, die ich und Andy Tucker engagiert hatten. Sie sollte uns bei unserm kleinen Ehevermittlungsschwindel helfen, den wir in Cairo von Stapel ließen.
Hat man genug Kapital für Inserate – sagen wir mal eine Rolle Scheine so dick wie das schmale Ende einer Wagendeichsel –, dann steckt Geld in Ehevermittlungen. Wir hatten etwa sechstausend Dollar und hofften, sie innerhalb von zwei Monaten zu verdoppeln. Das ist so ungefähr die Zeit, in der man solch ein Geschäft abwickeln kann, ohne daß man sich dafür in New Jersey einen offiziellen Freibrief besorgt.
Wir verfaßten ein Inserat, das ungefähr so lautete:
‹Reizende Witwe, hübsch, häuslich, zweiunddreißig

Jahre, mit zweitausend Dollar in bar und wertvollem
Landbesitz, wünscht sich wieder zu verheiraten. Sie
würde armen Mann mit herzlicher Zuneigung zu einer
Bemittelten bevorzugen, da sie erkannt hat, daß echte
Tugenden am häufigsten in bescheidenen Lebensumständen zu finden sind. Auch älterer Herr oder Herr
mit schlichtem Äußeren angenehm, wenn er zuverlässig, treu und in der Lage ist, ein Vermögen zu verwalten und Geld mit Sachkenntnis zu investieren.

In Einsamkeit
z. Hd. v. Peters & Tucker,
Ehevermittlung, Cairo Ill.

‹So weit, so schlau›, sage ich, als wir das Elaborat
fertig haben. ‹Und nun›, sage ich, ‹wo ist die Dame?›
Andy betrachtet mich mit stillem Ärger.
‹Jeff›, sagt er, ‹ich dachte, du hättest solche Vorstellungen von Realismus in deiner Kunst verloren. Wozu
brauchen wir eine Dame? Wenn sie in der Wallstreet
Grundstücke verkaufen, die in Wirklichkeit unter Wasser stehen, erwartest du dann, daß sich eine Seejungfrau darin findet? Was hat eine Heiratsannonce mit
einer Dame zu tun?›
‹Jetzt hör mal zu›, sage ich. ‹Du kennst doch meinen
Grundsatz, Andy, daß bei allen meinen illegalen Attacken gegen den Buchstaben des Gesetzes der verkaufte Artikel immer vorhanden, sichtbar und vorzeigbar sein muß. Auf diese Weise und durch sorgfältiges
Studium der städtischen Verordnungen und der Fahrpläne habe ich mich immer aus solchen Schwierigkeiten
mit der Polizei herausgehalten, die nicht durch einen

Fünfdollarschein und eine Zigarre zu erledigen waren. Wenn wir das Ding hier drehen wollen, dann müssen wir unbedingt in der Lage sein, eine reizende Witwe leiblich vorzuzeigen, oder etwas Ähnliches mit oder ohne Schönheit, Liegenschaften und Zubehör, wie dargetan in Katalog und Revisionsbefehl oder später zu entscheiden von einem Friedensrichter.›
‹Na gut›, sagt Andy, sich anders besinnend, ‹vielleicht ist das wirklich sicherer, falls die Post oder die Kriminalpolizei versuchen sollten, unsere Vermittlung unter die Lupe zu nehmen. Aber wo›, sagt er, ‹willst du eine Witwe finden, die ihre Zeit mit einem Eheanbahnungsschwindel verplempert, ohne daß dabei eine Ehe herausspringt?›
Ich sagte Andy, daß ich eine wüßte, die genau richtig für uns wäre. Ein alter Freund von mir, Zeke Trotter, der in einer Jahrmarktsbude Flaschenkorken und Zähne zog, hatte vor einem Jahr seine Frau zur Witwe gemacht, indem er eine Verdauungsmedizin des alten Doktors trank statt des Einreibemittels, mit dem er sich sonst immer vollaufen ließ. Ich hatte sie früher oft besucht und glaubte, wir könnten sie überreden, für uns zu arbeiten.
Es waren nur sechzig Meilen bis zu der kleinen Stadt, in der sie wohnte. So fuhr ich also schnell mal raus und fand sie noch im selben Häuschen mit denselben Sonnenblumen und den Haushähnen auf dem Waschfaß. Mrs. Trotter paßte glänzend zu unserer Annonce, mit Ausnahme vielleicht von Schönheit, Alter und Eigentumswerten. Aber sie sah passend und auf den ersten Blick angenehm aus, und es war eine gute Tat in Zekes Gedenken, ihr den Job zu geben.

‹Ist das auch keine krumme Sache, die Sie da vorhaben, Mister Peters?› fragt sie mich, als ich ihr erzähle, was wir von ihr wollen.
‹Aber, Mrs. Trotter›, sage ich, ‹Andy Tucker und ich haben berechnet, daß in diesem großen und schönen Land durch unser Inserat etwa dreitausend Männer versuchen werden, Ihre schöne Hand und vermeintliches Geld und Vermögen zu gewinnen. Davon gedenken so etwa dreißighundert, Ihnen als Gegenwert, falls sie bei Ihnen Erfolg haben sollten, den Kadaver eines faulen und habgierigen Bummlers, einer verkrachten Existenz, eines Schwindlers und zweifelhaften Glücksritters zu geben.
Ich und Andy›, sage ich, ‹haben vor, diesen Schmarotzern der Gesellschaft mal die Leviten zu lesen. Nur mit Mühe haben ich und Andy uns zurückgehalten, einen Konzern mit dem Namen ‚Große moralische, milleniale, mißgünstige Ehevermittlung‘ zu gründen. Genügt Ihnen das?›
‹Das tut es, Mister Peters›, sagt sie, ‹ich hätte gleich wissen sollen, daß Sie sich auf nichts einlassen, was unpassend ist. Aber was habe ich zu tun? Muß ich diesen dreitausend Schurken, von denen Sie sprechen, einzeln einen Korb geben, oder kann ich sie gleich dutzendweise rauswerfen?›
‹Ihr Job, Mrs. Trotter›, sage ich, ‹besteht praktisch nur darin, ein Anziehungspunkt zu sein. Sie werden in einem ruhigen Hotel wohnen und gar nichts zu tun haben. Andy und ich werden die ganze Post und die geschäftlichen Sachen erledigen.
Natürlich›, sage ich, ‹ist es möglich, daß einige besonders feurige und ungestüme Freier, die das Fahrgeld aufbringen können, nach Cairo kommen, um persön-

lich Dampf hinter ihre Werbung zu machen. In dem Falle werden Sie wahrscheinlich die lästige Aufgabe haben, sie eigenhändig vor die Tür zu setzen. Wir zahlen Ihnen fünfundzwanzig Dollar die Woche und die Hotelkosten.›
‹Geben Sie mir fünf Minuten›, sagt Mrs. Trotter, ‹ich hole nur meine Puderdose und lasse den Haustürschlüssel bei einer Nachbarin, dann können Sie mein Gehalt ab heute rechnen.›
Ich verfrachte also Mrs. Trotter nach Cairo und bringe sie in einem Familienhotel unter, das leicht erreichbar, aber doch weit genug von meinem und Andys Quartier entfernt ist, um keinen Argwohn zu erregen; und dann berichte ich Andy.
‹Großartig›, sagt Andy. ‹Und jetzt, wo dein Gewissen in bezug auf Greifbarkeit und Nähe des Köders beruhigt ist, mal das Kalbfleisch beiseite; wie wär's, wenn wir uns mit den Fischen befaßten?›
So begannen wir, unser Inserat in Zeitungen aufzugeben, die im ganzen Lande erschienen. Wir benutzten nur dies eine Inserat. Wir hätten auch gar nicht mehr brauchen können, wenn wir nicht so viele Schreiber und dämliches Drum und Dran einstellen wollten, daß das Geräusch des Kaugummikauens den Postminister belästigt hätte.
Wir ließen Mrs. Trotter in einer Bank zweitausend Dollar gutschreiben und gaben ihr das Buch, damit sie es vorzeigen konnte, falls jemand die Ehrlichkeit und lauteren Absichten unserer Vermittlung in Frage stellen sollte. Ich wußte, Mrs. Trotter war ehrlich und verläßlich, und wir gingen sicher, wenn wir das Geld auf ihren Namen schreiben ließen.

Durch dies einzige Inserat hatten Andy und ich jeden Tag zwölf Stunden zu tun, Briefe zu beantworten. Ungefähr hundert kamen täglich an. Ich hätte nie gedacht, daß es in dieser Gegend so viele hochherzige, wenn auch bedürftige Männer gab, die bereit waren, eine reizende Witwe zu ehelichen und die Last auf sich zu nehmen, ihr Geld zu investieren.
Die meisten gaben zu, daß sie nicht mehr aufzuweisen hätten als Backenbärte und verlorene Jobs und daß sie von der Welt mißverstanden würden; alle aber behaupteten sie, so randvoll von Zuneigung und männlichen Qualitäten zu sein, daß die Witwe mit ihnen die Wahl ihres Lebens träfe.
Jeder Bewerber bekam von Peters & Tucker ein Antwortschreiben, in dem ihm mitgeteilt wurde, die Witwe sei tief beeindruckt von seinem ehrlichen und interessanten Brief und bitte um einen weiteren, ausführlicheren Brief, möglichst mit Foto. Ferner unterrichteten Peters & Tucker den Bewerber, daß die Gebühr für die Weitergabe des zweiten Briefes an ihre schöne Klientin zwei Dollar betrage, die als Anlage beizufügen seien.
Da haben Sie nun die einfache Schönheit unseres Planes. Etwa neunzig Prozent dieser einheimischen fremden Ritter trieben irgendwie das Geld auf und schickten es. Ja, und das war eigentlich alles. Außer daß ich und Andy mächtig klagten über die Mühe, die Briefumschläge aufzuschlitzen und das Geld herauszunehmen. Einige wenige Klienten kamen persönlich. Wir schickten sie zu Mrs. Trotter, und die besorgte den Rest, abgesehen von dreien oder vieren, die zurückkamen und uns um das Fahrgeld anpumpten.

Als die Briefe aus den entfernteren Bezirken eintrudelten, nahmen Andy und ich etwa zweihundert Dollar pro Tag ein.
Eines Nachmittags, wir hatten gerade schwer zu tun – ich stopfte die Ein- und Zweidollarscheine in Zigarrenkisten, und Andy pfiff ‹Keine Hochzeitsglocken für sie› –, da kommt ein kleiner, eleganter Mann herein und beguckt sich die Wände, als ob er hinter ein paar verschwundenen Gainsborough-Bildern her wäre. Sobald ich ihn ansah, fühlte ich Stolz in mir, weil wir unser Geschäft ohne Risiko betrieben.
‹Ich sehe, Sie haben heute viel Post›, sagte der Mann.
Ich griff nach meinem Hut.
‹Kommen Sie›, sage ich. ‹Wir haben Sie erwartet. Ich zeige Ihnen, was Sie sehen wollen. Wie ging's Teddy, als Sie in Washington abfuhren?›
Ich führte ihn ins Hotel ‹Flußblick› und ließ ihn Mrs. Trotter die Hand schütteln. Dann zeigte ich ihm ihr Sparbuch mit den zweitausend Dollar.
‹Scheint in Ordnung zu sein›, sagt der Geheimkriminale.
‹Ganz recht›, sage ich. ‹Und wenn Sie nicht verheiratet sind, dann können Sie sich gern mal ein Weilchen mit der Dame unterhalten. Die zwei Dollar wollen wir dabei nicht erwähnen.›
‹Danke›, sagt er. ‹Wenn ich nicht verheiratet wäre, vielleicht. Guten Tag, Mister Peters.›
Nach etwa drei Monaten hatten wir einiges über fünftausend Dollar eingenommen, und wir sahen ein, daß es Zeit war, abzuhauen. Eine Menge Leute hatten sich bei uns beschwert, und Mrs. Trotter schien auch keine Lust mehr zu haben. Viele Bewerber hatten sie persönlich sprechen wollen, und das schien ihr gar nicht zu gefallen.

Also beschließen wir, uns davonzumachen, und ich gehe zu Mrs. Trotter ins Hotel, um ihr den letzten Wochenlohn auszuzahlen, auf Wiedersehen zu sagen und den Scheck über die zweitausend Dollar zu holen. Als ich hinkomme, finde ich sie in Tränen aufgelöst wie ein Kind, das nicht zur Schule gehen will.
‹Aber, aber›, sage ich, ‹hat Sie jemand beleidigt, oder haben Sie Heimweh?›
‹Nein, Mister Peters›, sagt sie. ‹Ich will's Ihnen erzählen. Sie sind immer ein Freund von Zeke gewesen, und es ist ja auch egal. Mister Peters, ich habe mich verliebt. Ich liebe einen Mann so sehr, daß ich es einfach nicht ertragen kann, wenn ich ihn nicht kriege. Er ist genau das Ideal, das mir schon immer vorgeschwebt hat.›
‹Dann nehmen Sie ihn›, sage ich, ‹das heißt, wenn es auf Gegenseitigkeit beruht. Erwidert er Ihr Gefühl genauso tiefgründig und schmerzlich, wie Sie es beschrieben haben?›
‹Freilich›, sagt sie. ‹Aber er ist einer von den Herren, die mich wegen des Inserats besucht haben, und er will mich nicht heiraten, wenn ich ihm nicht die zweitausend Dollar gebe. Er heißt William Wilkinson.› Und wieder verfällt sie in Gefühlsausbrüche und hysterische Zustände, wie das bei Verliebten so ist.
‹Mrs. Trotter›, sage ich, ‹es gibt keinen Menschen, der mehr Verständnis für die Gefühle einer Frau hat, als mich. Außerdem waren Sie einst der Lebenspartner von einem meiner besten Freunde. Wenn es auf mich allein ankäme, dann würde ich sagen, nehmen Sie die zweitausend Dollar und den Mann Ihrer Wahl, und werden Sie glücklich. Wir könnten uns das leisten, weil wir diesen Schmarotzern, die Sie heiraten wollten, über

fünftausend Dollar abgeknöpft haben. Aber›, sage ich, ‹ich muß erst Andy Tucker fragen. Er ist ein guter Mensch, aber sehr geschäftstüchtig. Finanziell ist er mein gleichberechtigter Partner. Ich will mit Andy sprechen›, sage ich, ‹und sehen, was sich machen läßt.›

Ich gehe ins Hotel zurück und erkläre Andy den Fall.

‹Auf so was war ich schon die ganze Zeit gefaßt›, sagt Andy. ‹Du kannst eben von einer Frau nicht erwarten, daß sie bei einem Ding mit dir durch dick und dünn geht, wenn ihre Gefühle und Wünsche mit im Spiel sind.›

‹Es ist traurig, Andy›, sage ich, ‹wenn ich bedenke, daß wir die Schuld haben, wenn einer Frau das Herz bricht.›

‹Du hast recht›, sagt Andy, ‹deshalb will ich dir sagen, was ich tun will, Jeff. Du bist immer schon ein gutmütiger und großzügiger Mensch gewesen. Vielleicht war ich zu rauhbeinig und nüchtern und mißtrauisch. Diesmal will ich dir entgegenkommen. Geh hin zu Mrs. Trotter, und sage ihr, sie soll die zweitausend Dollar bei der Bank abheben und sie diesem Mann geben, in den sie vernarrt ist, und glücklich werden.›

Ich mache einen Luftsprung und schüttele Andy fünf Minuten lang die Hand.

Dann gehe ich zurück zu Mrs. Trotter und sage Bescheid, und sie heult nun vor Freude so sehr wie vorher vor Kummer.

Zwei Tage später packen Andy und ich zusammen, um zu verduften.

‹Möchtest du nicht wenigstens einmal zu Mrs. Trotter gehen und sie begrüßen, bevor wir abfahren?› frage ich ihn. ‹Sie würde sich mächtig freuen, dich kennenzulernen und dir ihre Hochachtung und ihren Dank auszusprechen.›

‹Lieber nicht›, sagt Andy. ‹Ich denke, es ist besser, wir beeilen uns, damit wir den Zug noch erwischen.›

Ich schnalle gerade unser Geld in einem Andenkengürtel um, in dem wir es immer trugen, als Andy einen dicken Packen großer Scheine aus der Tasche zieht und mich auffordert, sie zu den andern zu stecken.

‹Was ist denn das?› sage ich.

‹Das sind die zweitausend von Mrs. Trotter›, sagt Andy.

‹Wieso hast du sie?›

‹Sie hat sie mir gegeben›, sagt Andy. ‹Über einen Monat lang habe ich sie an drei Abenden der Woche besucht.›

‹Dann bist du William Wilkinson?› sage ich.

‹War ich›, sagt Andy.»

Gummikomödie für zwei Spanner

Man kann, den Metaphorikern zum Trotz, darauf hoffen, dem Hauch des tödlichen Upasbaums zu entgehen; man kann, bei erheblichem Glück, Erfolg haben und das Auge des Basilisken erblinden machen; man könnte sogar der Aufmerksamkeit des Zerberus und des Argus entwischen: doch niemand, lebendig oder tot, entkommt je dem gummizähen Blick des Spanners.

New York ist die Kautschukstadt. Natürlich gibt es viele, die ihrer Wege gehen, Geld verdienen, ohne sich nach rechts oder links zu wenden, aber ein Stamm ist hier unterwegs, wunderlich wie Marsmenschen, nur aus Augen und Fortbewegungswerkzeugen zusammengesetzt.

Diese Gläubigen der Neugierde umschwärmen im Nu fliegengleich als zappelnd-atemloser Kreis den Ort eines ungewöhnlichen Vorfalls. Öffnet ein Arbeiter einen Kanaldeckel, überfährt eine Straßenbahn einen Mann aus North Tarrytown, läßt ein kleiner Junge auf dem Heimweg vom Kolonialwarenladen ein Ei fallen, versinkt beiläufig das eine oder andere Haus in einem U-Bahn-Schacht, verliert eine Dame einen Nickel durch ein Loch im Florgarntäschchen, fördert die Polizei aus einem Lesezimmer der Ibsen-Gesellschaft ein Telefon und eine Renntabelle zutage, machen Senator Depew oder Mr. Chuck Connors einen Gang an die frische Luft: kommt es zu einem dieser Vor- oder Unfälle, nimmt man den wahnwitzigen, unaufhaltsamen Sturm des zähen Stammes zum Schauplatz wahr. Die Bedeutung des Ereignisses zählt nicht. Spanner kleben mit dem gleichen Interesse und der gleichen Versunkenheit an einer Choristin oder einem Mann beim Malen einer Leberpillen-Reklame. Sie bilden einen ebenso tiefen Kordon um einen Klumpfüßigen wie um ein steckengebliebenes Automobil. Sie haben den Furor Gummandi. Sie sind optische Vielfraße, die am Unglück ihrer Mitgeschöpfe schmausen und davon fett werden. Sie glotzen und stieren und starren und schielen und staunen mit ihrem Fischblick wie basedowäugige Barsche an dem mit Unheil beköderten Angelhaken.

Es möchte scheinen, als bildeten diese Okularvampire ein allzu kaltes Wild für die erhitzenden Pfeile Cupidos. Doch gilt es nicht, selbst unter den Protozoen erst noch ein immunes zu entdecken? Ja, eine herrliche Romanze kam über zwei aus diesem Stamm, und die Liebe fand Eingang in ihr Herz, als sie sich um die hingestreckte Gestalt eines von einem Brauereifuhrwerk überfahrenen Mannes scharten.

William Pry war als erster zur Stelle. Er war Experte für solche Ansammlungen. Den Ausdruck intensiven Glücks im Gesicht, stand er über dem Unfallopfer und lauschte auf dessen Stöhnen wie auf die lieblichste Musik. Als die Zuschauerschar zu einem dichtgedrängten Kreis angewachsen war, bemerkte William in der Menge auf der anderen Seite eine heftige Bewegung. Männer wurden wie Kegel vom Aufprall einer bewegten Masse beiseite geschleudert, die sie wie der Überfall eines Tornados teilte. Unter Einsatz von Ellenbogen, Regenschirm, Hutnadel, Zunge und Fingernägeln erkämpfte sich Violet Seymour durch den Mob der Gaffenden eine Bahn in die erste Reihe. Starke

Männer, die sogar einen Sitzplatz im 5-Uhr-30-Harlem-Expreß ergattern konnten, stolperten wie Kinder zurück, als sie zur Mitte durchbrach. Zwei stattliche Beobachterinnen, die den Herzog von Roxburgh bei der Trauung gesehen und oft den Verkehr auf der 23. Straße blockiert hatten, fielen mit zerfetzten Hemdblusen in die zweite Reihe zurück, als Violet mit ihnen fertig war. William Pry liebte sie auf den ersten Blick. Der Krankenwagen entfernte den unbewußten Bevollmächtigten Cupidos. William und Violet blieben zurück, nachdem sich die Menge zerstreut hatte. Sie waren echte Spanner. Wer den Schauplatz eines Unfalls mit dem Krankenwagen verläßt, hat nicht den wahren Kautschuk in der Kosmogonie des Halses. Die delikate, feine Blume des Ereignisses erhält man nur im Nachgeschmack: im Stieren auf die Stelle, im starren Blick auf die Häuser vis-a-vis, im traumhaften Schweben dort, das köstlicher ist als die Verzückung eines Opiumessers. William Pry und Violet Seymour waren Kenner in Sachen Unglück. Sie verstanden sich darauf, aus jedem Vorfall den vollen Genuß zu saugen.

Alsbald sahen sie einander an. Violet hatte ein braunes Muttermal von der Größe eines silbernen Halbdollars am Hals. William hielt die Augen fest darauf gerichtet. William Pry hatte ungewöhnlich krumme Beine. Violet ließ den Blick unentwegt darauf verweilen. Angesicht in Angesicht standen sie Augenblicke lang so da und bestaunten sich gegenseitig. Nach der Etikette durften sie sich nicht ansprechen, doch in der Kautschuk-Stadt ist es gestattet, rückhaltlos die Anlagenbäume und die körperlichen Gebrechen eines Mitmenschen anzustarren.

Schließlich trennten sie sich seufzend. Aber der Kutscher des Brauereifuhrwerks war Cupido gewesen, und das Rad, das ein Bein zerschmetterte, vereinte zwei zärtliche Herzen.

Das nächste Zusammentreffen von Held und Heldin fand vor einem Bretterzaun nahe dem Broadway statt. Der Tag war enttäuschend gewesen. Es war zu keinen Straßenschlachten gekommen, Kinder hatten sich davor gehütet, unter Straßenbahnräder zu geraten, Krüppel und Schmerbäuchige in Unterhemden waren knapp; niemand schien geneigt zu sein, auf Bananenschalen auszurutschen oder mit einem Herzanfall umzusinken. Selbst der Lebemann aus Kokomo, Ind., der sich für einen Vetter des Ex-Bürgermeisters Low ausgibt und Nickel aus einem Droschkenfenster verstreut, war noch nicht in Erscheinung getreten. Nichts gab es zu bestaunen, und William Pry beschlich das Vorgefühl der Langeweile.

Doch er sah eine große Menschenmenge sich vor einer Bretterwand balgen und aufgeregt stoßen. Beim Sprint dorthin rannte er eine alte Frau und ein Kind mit einer Milchflasche um, und wie ein Dämon erfocht er sich seinen Weg in die Zuschauermasse. Schon im inneren Kreis stand Violet Seymour: einer Manschette und zweier Goldplomben verlustig, mit einem Korsettstab-Einstich und einem verstauchten Handgelenk, doch glücklich. Sie betrachtete, was es zu sehen gab. Ein Mann schrieb auf den Zaun: «Eßt Bricklets – Sie verschönern Ihr Gesicht.»

Violet errötete, als sie William Pry sah. William stieß eine Dame in seidenem Raglanmantel in die Rippen, trat einem Jungen gegen das Schienbein, traf einen

alten Herrn am linken Ohr und schaffte es, sich näher an Violet heranzudrängen. Eine Stunde lang standen sie da und vertieften sich in den Mann, wie er die Buchstaben malte. Dann ließ sich Williams Liebe nicht mehr unterdrücken. Er berührte Violet am Arm.
«Kommen Sie mit», sagte er. «Ich weiß, wo es einen Schuhputzer ohne Adamsapfel gibt.»
Sie sah scheu zu ihm auf, unverkennbar jedoch verklärte ihr Liebe die Züge.
«Und Sie haben ihn mir aufbewahrt?» fragte sie, erbebend unter der ersten schwachen Ekstase einer geliebten Frau.
Zusammen eilten sie zum Stand des Schuhputzers. Eine Stunde verbrachten sie damit, den mißgestalten Jüngling anzusehen.
Ein Fensterputzer stürzte vom fünften Stockwerk neben sie auf den Gehsteig. Als der Krankenwagen klingelnd ankam, drückte ihr William freudig die Hand.
«Wenigstens vier Rippen und ein komplizierter Bruch», flüsterte er hastig. «Nicht wahr, es tut Ihnen nicht leid, mich getroffen zu haben, Liebste?»
«Leid?» sagte Violet und erwiderte den Druck. «Gewiß nicht. Ich könnte den ganzen Tag mit Ihnen zusehen.»
Zur Klimax der Romanze kam es ein paar Tage später. Vielleicht erinnert sich der Leser der intensiven Erregung, die die Stadt ergriff, als Eliza Jane, eine Farbige, ihre gerichtliche Vorladung zugestellt bekam. Der Haftblick-Stamm schlug an Ort und Stelle sein Lager auf. Mit eigenen Händen legte William Pry in der Straße vis-à-vis von Eliza Janes Wohnung ein Brett über zwei Bierfässer. Drei Tage und Nächte lang saßen

er und Violet dort. Dann fiel es einem Kriminalbeamten ein, die Tür zu öffnen und die Vorladung auszuhändigen. Er ließ sich dazu ein Kinetoskop bringen.
Zwei Seelen von derart gleichgestimmtem Geschmack konnten nicht lange getrennt bleiben. Als sie an jenem Abend ein Polizist mit dem Knüppel vertrieb, gelobten sie sich die Treue. Die Saat der Liebe war gut ausgestreut und robust und entschieden zu einer, wenn man so will, Gummiplantage herangewachsen.
Die Hochzeit Wiliam Prys und Violet Seymours war auf den 10. Juni festgesetzt. Blumen säumten die große Kirche inmitten des Viertels. Der volkreiche Stamm der Spanner lauert in aller Welt sprungbereit auf Trauungen. Er stellt die Kirchenbankpessimisten. Sie sind die Verspotter des Bräutigams und die Hänsler der Braut. Sie erscheinen, um über jemandes Hochzeit zu lachen, und sollte es einem gelingen, dem Hungerturm Hymens auf der fahlen Mähre des Todes zu entkommen, tauchen sie zur Aussegnung auf und sitzen in derselben Kirchenbank, um sein Glück zu beweinen. Gummi dehnt sich.
Die Kirche war erleuchtet. Ein Seidenteppich führte über den Asphalt bis zum Gehsteigrand. Brautjungfern zupften sich ungehörig gegenseitig an den Schärpen und ließen sich über die Sommersprossen der Braut aus. Kutscher befestigten weiße Bänder an ihren Peitschen und bedauerten die Pause zwischen den Drinks. Der Priester sinnierte über seine mögliche Einnahme und stellte die Mutmaßung an, ob sie ausreiche, sich selber einen feinen schwarzen Wollanzug und seiner Frau eine Fotografie Laura Jane Libbeys zu kaufen. Fürwahr, Liebe hing in der Luft.

Und vor der Kirche, o meine Brüder, brandete und wogte der Stamm der Spanner mit Kind und Kegel. Er bildete zwei Zusammenballungen, Seidenteppich und knüppelbewehrte Polizisten dazwischen. Man drängte sich wie Vieh, man kämpfte, preßte, stieß, taumelte und trat sich, um etwas davon zu erhaschen, wie ein Mädchen in weißem Schleier die Lizenz erhielt, einem Mann die Taschen zu durchsuchen, während er schläft. Doch die Stunde der Trauung kam und ging, und Braut und Bräutigam kamen nicht. Und die Ungeduld wich der Bestürzung, und die Bestürzung führte zur Suche, und man fand sie nicht. Und dann griffen zwei große Polizisten ein und zerrten aus dem wütenden Zuschauermob ein gequetschtes und getretenes Etwas mit einem Ehering in der Westentasche und eine zerfetzte und hysterische Frau hervor, die sich, abgerissen, geprellt und ungebärdig, eine Bahn zum Rand des Teppichs brach.

William Pry und Violet Seymour hatten sich, Gewohnheitstiere, die sie waren, der brodelnden Schaulustigenherde angeschlossen, unfähig, der überwältigenden Begierde zu widerstehen und sich selber anzustarren, wie sie als Braut und Bräutigam in die rosengeschmückte Kirche einzögen.

Gummi hält.

Betrogene Betrüger

Montague Silver, der feinste Gauner und Kunstschwindler des Westens, sagte einst in Little Rock zu mir: «Wenn du mal schwachsinnig wirst, Billy, und zu alt, um ehrlichen Schwindel unter erwachsenen Menschen zu betreiben, dann gehe nach New York. Im Westen kommt jede Minute ein Dummer auf die Welt, aber in New York treten sie wie die Heuschrecken auf – sie sind nicht zu zählen.»
Zwei Jahre später merkte ich, daß ich mir die Namen der russischen Admirale nicht mehr merken konnte, und über meinem linken Ohr stellte ich einige graue Haare fest; also wußte ich, daß die Zeit gekommen war, Silvers Rat zu befolgen.
Ich kam eines Tages gegen Mittag in New York an und spazierte den Broadway hinauf. Da treffe ich doch Silver in Person, eingehüllt in eine großspurige Art von Herrenmode; an ein Hotel gelehnt, reibt er sich die Fingernägelmonde mit einem seidenen Taschentuch.
«Gelähmt oder im Ruhestand?» fragte ich ihn.
«Hallo, Billy», sagt Silver; «freut mich, dich zu sehen. Ja, mir schien der Westen ein bißchen zuviel Gescheitheit anzusammeln. Ich habe mir New York als Nachtisch aufgehoben. Ich weiß, daß es eine Gemeinheit ist, den Leuten hier etwas abzunehmen. Sie wissen ja kaum etwas, rennen hin und her und denken nur ab und zu einmal. Es wäre mir peinlich, wenn meine Mutter wüßte, daß ich diesen Schwachköpfen das Fell über die Ohren ziehe. Sie hat mich für Besseres aufgezogen.»

«Gibt es schon Andrang im Wartezimmer des alten Arztes, der die Haut abzieht?» frage ich.
«Hm, nein», sagt Silver; «du brauchst heute nicht auf Epidermis zu setzen. Ich bin erst einen Monat hier. Aber von mir aus kann's losgehen; und die Sonntagsschüler von Manhattan, die alle freiwillig ein Stück Haut zu dieser Rehabilitierung beitragen wollen, können ruhig ihre Fotos schon an die Abendzeitung schikken. Ich habe die Stadt studiert», sagt Silver, «und jeden Tag die Zeitungen gelesen, und ich kenne sie so gut wie die Katze im Rathaus den Oberbürgermeister. Die Leute hier werfen sich auf den Boden, schreien und strampeln, wenn man ihnen nicht auf der Stelle das Geld abnimmt. Komm mit rauf in mein Zimmer, ich will dir's erzählen. Wir werden die Stadt gemeinsam abgrasen, aus alter Freundschaft.»
Silver nimmt mich also mit ins Hotel. Er hat eine Menge belanglose Sachen da rumliegen.
«Es gibt mehr Methoden, diesen Großstadtbauern das Geld abzuknöpfen, als Reiskochrezepte in Charleston, Süd-Carolina. Sie beißen auf alles an. Die Gehirne der meisten von ihnen sind austauschbar. Je intelligenter sie sind, desto weniger Ahnung haben sie von Tuten und Blasen. Mensch, da hat doch neulich einer dem J. P. Morgan ein Ölporträt vom jüngeren Rockefeller als Andrea del Sartos' berühmtes Gemälde des jungen heiligen Johannes verkauft!
Siehst du den Haufen Papiere in der Ecke, Billy? Das sind Goldbergwerksaktien. Eines Tages bin ich mal losgegangen, das Zeugs zu verkaufen, aber zwei Stunden später habe ich es aufgegeben. Warum? Wurde verhaftet wegen Verkehrsbehinderung. Die Leute ha-

ben sich darum geschlagen. Auf dem Wege zur Polizeiwache habe ich noch dem Polizisten einen Stoß verkauft, dann habe ich sie aus dem Verkauf gezogen. Ich will nicht, daß die Leute mir ihr Geld schenken. Irgendeine kleine Gegenleistung muß bei der Transaktion dabeisein, damit mein Stolz nicht verletzt wird. Ich will, daß sie wenigstens den fehlenden Buchstaben in Chic-go raten oder eine Karte ziehen, ehe sie mir Geld geben.
Dann gibt es noch eine nette Methode, die ist so leicht, daß ich sie aufgeben mußte. Siehst du die Flasche mit blauer Tinte auf dem Tisch? Ich habe mir einen Anker auf den Handrücken tätowiert, bin zu einer Bank gegangen und habe ihnen gesagt, ich sei der Neffe von Admiral Dewey. Sie erboten sich, meinen Wechsel auf ihn für tausend Dollar einzulösen, aber ich wußte den Vornamen meines Onkels nicht. Du siehst aber, was für eine leichtgläubige Stadt es ist. Was die Einbrecher anbetrifft, die gehen jetzt gar nicht erst in ein Haus, wenn kein warmes Essen bereitsteht und ein paar Oberschüler zur Bedienung da sind.»
«Monty», sage ich, als Silver Atem holte, «mag ja sein, daß du Manhattan in deinem Referat richtig eingeschätzt hast, aber ich bezweifle es. Ich bin erst seit zwei Stunden in der Stadt, aber mir ist noch nicht aufgegangen, daß sie uns mit Kußhand serviert wird. Für meinen Geschmack hat sie zu wenig Ländliches. Mir wäre es viel lieber, wenn die Bürger ein paar Strohhalme im Haar hätten und mehr Wert auf Samtwesten und Kastanien an der Uhrkette legten. Mir kommen sie nicht leichtgläubig vor.»
«Dich hat's erwischt, Billy», sagt Silver. «Alle Emi-

granten erwischt es. New York ist größer als Little Rock oder Europa, und es jagt dem Fremden Angst ein. Aber das gibt sich. Ich sage dir, ich könnte die Leute hier ohrfeigen, weil sie mir nicht ihr ganzes Geld gleich in Waschkörben und mit Desinfektionsmitteln eingespritzt herschicken. Ich gehe so ungern auf die Straße, um es zu holen. Wer trägt in dieser Stadt Diamanten? Na? Winnie, die Frau des Schwindlers, und Bella, die Braut des Betrügers. Die New Yorker sind leichter auszunehmen als Vogelnester. Das einzige, was mir Sorge macht, ist, daß ich mir die Zigarren in der Westentasche zerdrücke, wenn ich alles voll Geld habe.»
«Ich hoffe, du hast recht, Monty», sage ich, «aber ich wollte trotzdem, ich hätte mich mit einem kleinen Geschäft in Little Rock begnügt. Die Bauern sind da draußen nie so knapp, daß man nicht doch ein paar von ihnen überreden kann, ihre Unterschrift unter eine Petition für ein neues Postamt zu setzen, was man dann in der Kreissparkasse für zweihundert Dollar diskontieren kann. Die Leute hier scheinen einen Selbsterhaltungs- und Knauserigkeitstrieb zu haben. Ich fürchte, wir sind nicht kultiviert genug, um auf diese Tour reisen zu können.»
«Nur keine Angst», sagt Silver, «ich habe dieses Kleinkleckersdorf richtig durchschaut, so wahr der North River, der Hudson und der East River überhaupt kein *River* ist. Mann, da wohnen Leute hier in den Blocks am Broadway, die in ihrem Leben noch kein anderes Gebäude als einen Wolkenkratzer gesehen haben! Ein guter, lebendiger, betriebsamer Westler müßte hier binnen drei Monaten so auffallen, daß er sich entweder

die Gnade der Heilsarmee oder das Mißfallen der Polizei zuzieht.»
«Ohne Übertreibung», sage ich, «kennst du ein Sofortprogramm, wie man die Allgemeinheit um ein paar Dollar erleichtern kann, ohne bei der Heilsarmee anzuklopfen oder vor der Haustür einer philantropischen Dame einen Anfall zu bekommen?»
«Dutzende», sagte Silver. «Wieviel Kapital hast du, Billy?»
«Tausend», sage ich.
«Ich habe tausendzweihundert Dollar», sagt er. «Wir wollen zusammenlegen und ein großes Geschäft machen. Es gibt so viele Möglichkeiten, eine Million zu verdienen, daß ich gar nicht weiß, wo ich anfangen soll.»
Am nächsten Morgen holt mich Silver im Hotel ab; er spricht ganz klangvoll und still-freudig erregt.
«Heute nachmittag treffen wir J. P. Morgan», sagt er. «Ein Bekannter im Hotel will uns vorstellen. Er ist ein Freund von ihm. Er sagt, er trifft gern Leute aus dem Westen.»
«Das hört sich schön und einleuchtend an», sage ich, «freue mich, Mister Morgan kennenzulernen.»
«Es wird uns nichts schaden», sagt Silver, «mit ein paar Finanzkönigen bekannt zu werden. Mir gefällt die gesellige Art, wie man in New York mit Fremden umgeht.»
Silvers Bekannter hieß Klein. Um drei brachte Klein seinen Freund aus der Wallstreet zu Besuch auf Silvers Zimmer. ‹Mr. Morgan› sah einigermaßen so aus wie auf seinen Bildern, er hatte ein Frottiertuch um seinen linken Fuß gewickelt und ging am Stock.

«Mister Silver und Mister Pescud», sagt Klein. «Es ist wohl überflüssig, den Namen des großen Finanz--»
«Hör auf damit, Klein», sagt Mr. Morgan. «Freut mich, die Herren kennenzulernen; ich interessiere mich sehr für den Westen. Klein sagte mir, Sie sind aus Little Rock. Ich glaube, ich habe da in der Gegend ein paar Eisenbahnen. Wenn einer von euch beiden ein paar Runden Poker mitspielen möchte--»
«Na, na, Pierpont», unterbricht Klein, «du vergißt dich!»
«Entschuldigung, die Herren», sagt Morgan, «seitdem ich die Gicht so schlimm habe, mache ich zu Hause manchmal ein geselliges Spielchen. Den einäugigen Peters hat wohl keiner von Ihnen gekannt, als Sie in Little Rock waren? Er wohnte in Seattle, in Neu-Mexiko.»
Ehe wir antworten konnten, trommelt Mr. Morgan mit seinem Stock auf dem Boden herum und beginnt laut fluchend auf und ab zu gehen.
«Deine Aktien sind wohl heute auf der Börse gefallen, Pierpont?» fragt Klein lächelnd.
«Aktien? Nein?» brüllt Mr. Morgan. «Es ist das Gemälde, wegen dem ich einen Agenten nach Europa geschickt habe. Es fiel mir gerade ein. Er hat heute telegrafiert, daß er es in ganz Italien nicht finden kann. Ich würde auf der Stelle fünfzigtausend Dollar für das Bild bezahlen – ach was, fünfundsiebzig! Ich habe dem Agenten für den Kauf *à la carte* gegeben. Ich verstehe einfach nicht, wie die Kunstgalerien zulassen können, daß ein de Vinchy –»
«Wie, Mister Morgan», sagt Klein, «ich dachte, Sie besäßen alle Gemälde von de Vinchy.»

«Was ist das für ein Gemälde, Mister Morgan?» fragt Silver. «Das muß ja so groß sein wie eine Hauswand.» «Ich fürchte, Ihre Kunsterziehung ist auf dem Hund, Mister Silver», sagt Morgan. «Das Gemälde ist siebenundzwanzig mal zweiundvierzig Zoll; und es heißt ‹Mußestunde der Liebe› und stellt eine Reihe von Mannequins dar, die am Ufer eines purpurnen Flusses Foxtrott tanzen. Das Telegramm besagte, es könnte vielleicht nach den USA herübergebracht worden sein. Also dann, auf Wiedersehen, meine Herren; wir Finanzmänner müssen früh ins Bett.»

Mr. Morgan und Klein fuhren zusammen in einem Taxi weg. Ich und Silver sprachen noch davon, wie einfach und zutraulich doch große Männer sind; und Silver sagte, es wäre eine Schande zu versuchen, einen Mann wie Mr. Morgan auszuplündern; und ich sagte, ich dächte auch, daß das unklug wäre. Dann nach dem Dinner schlägt Klein einen Bummel vor, und ich und er und Silver gehen dann runter nach der Siebenten Avenue zu und sehen uns die Stadt an. Klein sieht im Fenster eines Leihhauses ein paar Manschettenknöpfe, die seine Bewunderung erregen, und wir gehen alle rein, während er sie kauft.

Als wir wieder im Hotel waren und nachdem Klein gegangen war, springt Silver auf mich zu und fuchtelt mit den Armen.

«Hast du's gesehen?» sagt er. «Hast du's gesehen, Billy?»

«Was?» frage ich.

«Na, das Bild, das Morgan will. Es hängt in dem Leihhaus hinter dem Ladentisch. Ich habe nichts gesagt, weil Klein dabei war. Es ist todsicher das richtige. Die

Mädchen sind so natürlich, wie man sie nur malen kann, alle mit Rockweite sechsunddreißig, fünfundzwanzig und zweiundvierzig, wenn sie Röcke anhätten, und sie machen einen Steptanz am Ufer eines melancholischen Flusses. Was sagte Mister Morgan, daß er dafür zahlen würde? Oh, ich will es lieber gar nicht sagen. Die wissen nicht, was sie haben in dem Leihhaus.»
Als das Leihhaus am nächsten Morgen geöffnet wurde, standen ich und Silver so begierig davor, als wollten wir unseren Sonntagsanzug versetzen, um uns einen Schnaps zu kaufen. Wir gingen gemächlich hinein und begannen, uns Uhrketten anzusehen.
«Das ist ja ein schreiendes Exemplar von einem Farbdruck da oben», bemerkte Silver so nebenbei zu dem Pfandleiher. «Aber irgendwie gefällt mir das Mädchen mit den Schulterblättern und dem roten Fähnchen. Würde ein Angebot von zwei Dollar fünfundzwanzig Cent Sie dazu veranlassen, ein paar zerbrechliche Waren Ihrer Kollektion umzuwerfen, um es schnell vom Nagel zu nehmen?»
Der Pfandleiher lächelt und fährt fort, uns vergoldete Uhrketten zu zeigen.
«Das Bild», sagt er, «wurde vor einem Jahr von einem Herrn aus Italien verpfändet. Ich lieh ihm dafür fünfhundert Dollar. Es heißt ‹Mußestunde der Liebe› und ist von Leonardo de Vinchy. Vor zwei Tagen ist die gesetzliche Frist abgelaufen, und es wurde ein nicht eingelöstes Pfand. – Hier, diese Art Kette wird jetzt viel getragen.»
Eine halbe Stunde später zahlten ich und Silver dem Pfandleiher zweitausend Dollar und gingen mit dem

Bild fort. Silver stieg mit ihm in eine Taxe und fuhr nach Morgans Büro. Ich gehe ins Hotel zurück und warte auf ihn. Zwei Stunden danach kommt Silver zurück.
«Hast du Mister Morgan angetroffen?» frage ich. «Wieviel hat er dir dafür gegeben?»
Silver setzt sich und spielt mit einer Quaste am Tischtuch.
«Ich habe Mister Morgan eigentlich gar nicht angetroffen», sagt er, «weil Mister Morgan schon seit einem Monat in Europa ist. Aber was mir keine Ruhe läßt, Billy, ist die Tatsache, daß das gleiche Bild in allen Kaufhäusern zu haben ist, mit Rahmen für drei Dollar achtundvierzig Cent. Und für den Rahmen allein verlangen sie drei Dollar fünfzig Cent – das kann ich nicht verstehen.»

Das Karussell des Lebens

Friedensrichter Benaja Widdup saß unter der Tür seines Büros und schmauchte seine Holunderpfeife. Halb zum Zenit empor reckte sich das Cumberland-Gebirge graublau in den Nachmittagsdunst. Eine gesprenkelte Henne stolzierte die Hauptstraße der ‹Siedlung› hinunter und gackerte albern.
Die Straße herauf kam das Geräusch kreischender Achsen, dann eine träge Staubwolke und dann ein Ochsenkarren mit Ransie Bilbro und seinem Weib darauf. Der Karren hielt vor der Tür des Richters, und die beiden kletterten herunter. Ransie war ein knapp sechs Fuß langer Bursche mit blaßbrauner Haut und gelbem Haar. Der unerschütterliche Gleichmut der Berge umgab ihn wie ein Panzer. Die Frau steckte in Kattun, war eckig, mit Schnupftabak bestreut und von unbekannten Sehnsüchten gequält. Durch all das schimmerte ein schwacher Protest betrogener Jugend, die nicht recht weiß, was ihr entgangen ist.
Der Friedensrichter schlüpfte der Würde wegen in seine Schuhe und ließ sie eintreten.
«Wir zwei beide», sagte die Frau mit einer Stimme, die sich anhörte, wie wenn der Wind durch die Fichtenzweige fährt, «wir woll'n 'ne Scheidung.» Sie blickte zu Ransie, ob er vielleicht in ihrer Darlegung der Angelegenheit einen Fehler, eine Zweideutigkeit, eine Ausflucht, Parteilichkeit oder Voreingenommenheit entdeckt habe.
«'ne Scheidung», wiederholte Ransie mit feierlichem Nicken. «Wir zwei beide können auf keine Weise nich

mit uns auskommen. In den Bergen is einsam genug leben, wenn 'n Mann und 'ne Frau sich einer aus dem andern was machen. Aber wenn sie fauchen tut wie 'ne Wildkatze oder böse glotzt als wie 'ne Schleiereule im Käfig, dann hat 'n Mann keine Veranlassung nich, mit sie zu leben.»

«Wenn er 'n nichtsnutziges Gesindel is», sagte die Frau ohne besondere Wärme, «und mit Lumpens und heimliche Schnapsbrenner rumschlumpen tut und randvoll mit Kornwhisky auf'm Kreuz liegt und die Leute mit 'ne Meute hungrige unnützige Hundeviecher zum Befüttern plagt.»

«Wenn sie mit Pfanndeckel schmeißen tut», kam Ransies Stimme in dem Wechselgesang, «und auf den besten Hetzhund in den Cumberlands kochendes Wasser schütten tut und sich spreizt, dem Mann sein Essen zu kochen, und ihn die Nacht kein Auge zutun läßt, indem daß sie ihm eine Unmasse Zeug vorwerfen tut.»

«Wenn er sich immerzu mit die Zollbeamten in die Haare liegt und 'n schlechten Namen in die Berge hat von wegen als 'n schlechter Mensch, wer soll denn da in der Nacht schlafen können?»

Der Friedensrichter machte sich bedächtig an seine Obliegenheiten. Er stellte seinen Bittstellern den einzigen Stuhl und einen Holzschemel hin. Dann öffnete er sein Gesetzbuch auf dem Tisch und prüfte das Verzeichnis. Nun putzte er seine Brille und schob das Tintenfaß weg.

«Das Gesetz und die Statuten», begann er, «sagen nichts über den Gegenstand der Scheidung, soweit es die Gerichtsbarkeit dieses Gerichts betrifft. Aber nach dem Billigkeitsrecht und der Verfassung und der Sittenregel ist es ein schlechter Handel, wenn er nicht auch umgekehrt gilt. Wenn ein Friedensrichter ein Paar verheiraten kann, dann ist ganz klar, daß er auch die Möglichkeit haben muß, sie zu scheiden. Dies Amt hier wird ein Scheidungsurteil abfassen und sich für die Gültigkeit an die Entscheidung des Obersten Gerichtshofs halten.»

Ransie Bilbro zog einen kleinen Tabaksbeutel aus seiner Hosentasche. Aus dem schüttelte er eine Fünfdollarnote auf den Tisch. «Hab 'n Bärenfell und zwei Fuchspelze verkauft», bemerkte er. «Das is alles Geld, wo wir haben.»

«Der reguläre Preis für eine Scheidung vor diesem Gericht ist fünf Dollar», sagte der Richter. Mit scheinbar gleichgültiger Miene stopfte er die Banknote in die Tasche seiner Homespunweste. Unter großer körperlicher Anstrengung und mühevoller geistiger Arbeit schrieb er das Urteil auf die obere Hälfte eines Stempelbogens und machte auf der unteren eine Abschrift davon. Ransie Bilbro und seine Frau hörten ihm zu, als er das Dokument verlas, das ihnen die Freiheit geben sollte.

«Hiermit allen kund und zu wissen, daß Ransie Bilbro und seine Ehefrau, Ariela Bilbro, heutigen Tages persönlich vor mir erschienen und das Versprechen ablegten, von nun an einander weder zu lieben noch zu ehren, noch zu gehorchen, weder im Guten noch im Schlimmen, beide gesund an Leib und Seele, und kommen sie der Scheidungsaufforderung nach im Namen des Friedens und der Würde des Staates. Weichet nicht davon ab, dazu verhelfe euch Gott.

Benaja Widdup, Friedensrichter in und für den Distrikt Piedmont im Staate Tennessee.»

Der Richter wollte eben Ransie eins der Dokumente aushändigen. Doch Arielas Stimme verzögerte die Übergabe. Die beiden Männer sahen sie an. Die schwerfällige Männlichkeit sah sich etwas Plötzlichem, Unerwartetem in der Frau gegenüber.

«Geben Sie ihm Ihr Papier noch nich, Richter. Es is noch nich alles erledigt. Erst will ich mein Recht haben. Ich will meine Alimoneten haben. Das is keine Art nich von 'nem Mann, sich von seiner Frau zu scheiden, und sie hat keinen Cent zum was Anfangen. Ich will zu meinem Bruder Ed rauf auf den Hogback. Da muß ich 'n Paar Schuhe haben und Schnupftabak und andres Zeugs. Wenn sich Rance kann 'ne Scheidung leisten, denn könn' Sie ihn auch lassen Alimoneten für mich zahlen.»

Ransie Bilbro war mit sprachloser Verblüffung geschlagen. Von Alimenten war vorher auch nicht andeutungsweise die Rede gewesen. Frauen kamen immer zu so überraschenden und unvorhergesehenen Resultaten.

Richter Benaja Widdup fühlte, daß dieser Punkt richterliche Entscheidung verlangte. Auch über den Gegenstand der Alimente schwiegen die Gewährsleute. Aber die Füße der Frau waren nackt. Und der Weg zum Hogback Mountain war steinig und hart.

«Ariela Bilbro», fragte er mit seiner Amtsstimme, «wie hoch, meinen Sie, wären angemessene und ausreichende Alimente in dem vor Gericht befindlichen Fall anzusehen?»

«Ich würde meinen», sagte sie, «für die Schuhe und alles – sagen wir fünf Dollar. Das is nich viel für Alimoneten, aber ich denke, damit komm ich bis zu Bruder Ed rauf.»

«Der Betrag ist nicht unvernünftig», sagte der Richter. «Ihnen, Ransie Bilbro, wird vom Gericht befohlen, der Klägerin die Summe von fünf Dollar zu zahlen, bevor das Scheidungsurteil ausgefolgt wird.»

«Mehr Geld hab ich nich», entgegnete Ransie und atmete schwer. «Ich hab Ihnen alles gezahlt, was ich gehabt hatte.»

«Andernfalls», sagte der Richter und blickte streng über seine Brille, «andernfalls es ungebührliches Betragen gegen das Gericht ist.»

«Ich denke, wenn Sie mir bis morgen Zeit geben», bat der Ehemann, «dann kann ich es vielleicht wo zusammenklauben oder ranschaffen. Nie nich hab ich gedacht, daß ich soll Alimoneten zahlen.»

«Der Fall ist auf morgen vertagt», sagte Benaja Widdup, «wo ihr zwei beide persönlich erscheint und den Befehlen des Gerichts Folge leistet. Wonach dann das Scheidungsurteil ausgefolgt wird.» Er setzte sich unter die Tür und machte ein Schuhband auf.

«Eigentlich könn' wir zu Onkel Ziah rübergehn und da über Nacht bleiben», entschied Ransie. Er kletterte von der einen Seite in den Karren, Ariela von der anderen. Dem Klatschen seines Strickes gehorchend, kam der kleine rote Ochse langsam in seine Richtung, und in der von den Rädern aufgewirbelten grauen Staubwolke kroch der Karren davon.

Friedensrichter Benaja Widdup schmauchte seine Holunderpfeife. Am späten Nachmittag bekam er seine Wochenzeitung und las sie, bis die Zeilen in der Dämmerung verschwammen. Dann zündete er die Talgkerze auf dem Tisch an und las, bis der Mond aufging und anzeigte, daß die Abendbrotzeit heran war. Er wohnte in dem Doppelblockhaus auf dem Hang bei der geschälten Pappel. Auf dem Heimweg zum Abendessen kreuzte er einen kleinen Seitenpfad, der durch ein Lorbeerdickicht verdunkelt wurde. Die finstere Gestalt eines Mannes trat aus dem Lorbeer und zielte mit einer Büchse auf seine Brust. Den Hut hatte er tief heruntergezogen, und mit irgend etwas war fast das ganze Gesicht verhüllt.

«Her mit Ihrem Geld», sagte die Gestalt, «ohne Widerrede. Ich krieg's mit die Nerven, und mein Finger wackelt am Abzug.»

«Ich hab nur f-f-fünf Dollar», sagte der Richter und zog sie aus der Westentasche.

«Roll sie zusammen», wurde ihm befohlen, «und steck sie oben in den Büchsenlauf.»

Die Banknote war frisch und neu. Selbst für plumpe und zitternde Finger war es nicht besonders schwierig, einen Fidibus daraus zu drehen und ihn (was schon schwerer fiel) in die Mündung der Büchse zu stecken.

«Jetzt könn' Sie sich weiterscheren», sagte der Räuber. Und der Richter machte sich ungesäumt auf den Weg. Am nächsten Tag kam der kleine rote Ochse und zog den Karren vor die Amtstür. Richter Benaja Widdup hatte seine Schuhe an, denn er erwartete den Besuch. In seiner Gegenwart händigte Ransie Bilbro seiner Frau eine Fünfdollarnote aus. Der Blick des Beamten nahm sie scharf in Augenschein. Sie schien sich zu krümmen, als sei sie zusammengerollt gewesen und in das Ende eines Büchsenlaufs gesteckt worden. Aber der Richter enthielt sich jeder Bemerkung. Wahr ist, daß auch andere Banknoten dazu verleitet sein können, sich zu krümmen. Er überreichte jedem ein Scheidungsurteil.

Beide standen in unbeholfenem Schweigen und falteten das Freiheitspfand langsam zusammen. Die Frau warf einen scheuen, befangenen Blick auf Ransie.
«Du gehst wohl wieder mit dem Ochsenkarren zur Hütte zurück», sagte sie. «In der Zinnbüchse auf dem Wandbrett is Brot. Den Schinken hab ich in den Kochtopf getan, damit die Hunde nich rankönnen. Vergiß heut abend nich, die Uhr aufzuziehen.»
«Du gehst zu deinem Bruder Ed?» fragte Ransie mit schöner Gelassenheit.
«Wollte noch vor Abend oben sein. Ich will nich sagen, daß sie sich überschlagen werden, wenn sie mich sehn, aber ich hab ja nirgendwo anders hinzugehen. Es is ein Weg, der es in sich hat, und ich will nu lieber gehn. Ich möcht dir noch Lebwohl sagen, Rance – das heißt, wenn dir was dran liegt.»
«Ich weiß nich, ob jemand so 'n Hundevieh könnt' sein, daß er nich wollt' Lebwohl sagen», sagte Ransie mit der Stimme eines Märtyrers, «außer du hast so eilig wegzukommen, daß du nich willst.»
Ariela schwieg. Sie faltete die Fünfdollarnote und ihr Scheidungsurteil sorgfältig zusammen und steckte beides in den Ausschnitt ihres Kleides. Benaja Widdup sah mit trauervollen Augen hinter der Brille das Geld verschwinden.
Mit seinen nächsten Worten stellte er sich dann in eine Reihe (so liefen seine Gedanken) mit der großen Schar der mitfühlenden Seelen dieser Welt oder der kleinen Schar ihrer großen Geldleute.
«Wird heute abend bißchen einsam sein in der alten Hütte, Ransie», sagte er.
Ransie Bilbro starrte auf die Cumberland-Berge hin-

aus, die nun klarblau im Sonnenlicht lagen. Ariela sah er nicht an.

«Denke schon, daß es einsam sein könnt'», sagte er, «aber wenn die Leute verrückt werden und 'ne Scheidung wollen, denn kann man die Leute nich halten.»

«Es gibt noch andre, die 'ne Scheidung wollten», sagte Ariela zu dem Holzschemel. «Außerdem hat niemand nich niemand halten gewollt.»

«Niemand hat nie nich gesagt, daß er nich will.»

«Niemand hat nie nich gesagt, daß er will. Ich werde mich man jetzt lieber zu meinem Bruder Ed aufmachen.»

«Niemand kann diese alte Uhr aufziehn.»

«Willst wohl, daß ich in dem Karren mitfahr und sie für dich aufziehn tu, Rance?»

Das Gesicht des Gebirglers war durch Gemütsbewegungen nicht zu rühren. Aber er streckte eine mächtige Hand aus und umschloß Arielas kleine braune. Für einen Augenblick schaute Arielas Seele durch ihr unbewegliches Gesicht und verklärte es.

«Die Hunde sollen dich nich mehr plagen», sagte Ransie. «Ich bin wohl ganz schlecht und gemein gewesen. Zieh man du die Uhr auf, Ariela.»

«Mein Herz hängt an der Hütte, Rance», flüsterte sie, «und an dir. Ich will nie mehr verrückt werden. Ziehen wir los, Rance, daß wir vor Sonnenuntergang zu Hause sind.»

Friedensrichter Benaja Widdup vertrat ihnen den Weg, als sie, seine Anwesenheit vergessend, zur Tür gingen.

«Im Namen des Staates Tennessee verbiete ich euch, seinen Gesetzen und Statuten zu trotzen», sagte er. «Dieser Gerichtshof ist mehr als willens und voller

Freude, zu sehen, wie die Wolken der Zwietracht und der Mißverständnisse sich von zwei liebenden Herzen wälzen, aber es ist die Pflicht des Gerichts, die Moral und die Lauterkeit des Staates zu wahren. Das Gericht erinnert euch daran, daß ihr nicht mehr Mann und Frau seid, sondern geschiedene Leute durch ein reguläres Urteil und als solche kein Recht mehr habt auf die Segnungen und Zugehörigkeiten des ehelichen Standes.»

Ariela griff nach Ransies Arm. Sollten diese Worte bedeuten, daß sie ihn gerade jetzt verlieren mußte, da sie ihre Lektion für das Leben gelernt hatte?

«Aber das Gericht ist bereit», fuhr der Richter fort, «die durch das Scheidungsurteil aufgetretene Rechtsunfähigkeit zu beseitigen. Das Gericht steht zur Verfügung, die feierliche Trauungszeremonie zu vollziehen und die Sache in Ordnung zu bringen und die Parteien wieder in den ehrenwerten und erhebenden Ehestand zu versetzen, nach dem sie verlangen. Die Gebühr für die Vollziehung besagter Zeremonie beträgt in diesem Fall genau fünf Dollar.»

Ariela erwischte den Hoffnungsstrahl in seinen Worten. Flink langte ihre Hand in den Busen. Zutraulich wie eine einfallende Taube flatterte die Banknote auf den Tisch des Richters. Arielas blasse Wangen färbten sich, als sie Hand in Hand mit Ransie stand und den Worten lauschte, die sie wieder vereinigten.

Ransie half ihr in den Karren und kletterte neben sie. Wieder wandte sich der kleine rote Ochse, und Hand in Hand fuhren sie den Bergen zu.

Friedensrichter Benaja Widdup saß unter seiner Tür und zog sich die Schuhe aus. Wieder befingerte er die in seiner Westentasche verstaute Banknote. Wieder schmauchte er seine Holunderpfeife. Wieder stolzierte die gesprenkelte Henne die Hauptstraße der ‹Siedlung› hinunter und gackerte albern.

Ein Dinner bei ...

Die Abenteuer eines Autors mit seinem eigenen Helden

Jenen ganzen Tag lang – also seit dem Augenblick seiner Erschaffung – hatte sich Van Sweller in meinen Augen recht gut aufgeführt. Natürlich hatte ich viele Zugeständnisse zu machen gehabt, doch dafür war er nicht weniger rücksichtsvoll gewesen. Ein-, zweimal hatten wir heftige, kurze Auseinandersetzungen über gewisse Fragen des Benehmens gehabt; doch vorwiegend war das Waschen der einen Hand durch die andere unser Grundsatz gewesen.
Seine Morgentoilette provozierte unseren ersten Streit. Van Sweller befaßte sich zuversichtlich damit.
«Die übliche Sache, nehme ich an, alter Junge», sagte er mit einem Lächeln und einem Gähnen. «Ich klingle nach Alfa, Beta und Omega, und dann nehme ich mein Bad. Ich plantsche selbstredend ausführlich im Wasser. Sie sind sich bewußt, daß es zwei Möglichkeiten gibt, Tommy Carmichael zu empfangen, wenn er vorbeikommt, um einen Schwatz über Polo zu halten. Ich kann durch die Badezimmertür mit ihm sprechen, oder ich kann ein gegrilltes Rippchen benagen, das mein Diener aufgetragen hat. Was zögen Sie vor?»
Ich lächelte mit diabolischer Befriedigung über seine sich abzeichnende Niederlage.
«Keines von beiden», sagte ich. «Sie werden den

---

* Vgl. die Inseratenrubrik «Wo man gut ißt» in den Tageszeitungen.

Schauplatz betreten, wann es ein Gentleman tun sollte: nachdem Sie vollständig angekleidet sind, welche unbezweifelbar private Tätigkeit hinter verschlossenen Türen stattzufinden hat. Und ich werde mich Ihnen verpflichtet fühlen, wenn, nach Ihrem Auftritt, Ihr Benehmen und Ihre Manieren so sein werden, daß es nicht nötig ist, die Öffentlichkeit, um ihre Befürchtung zu beschwichtigen, darüber zu informieren, Sie hätten ein Bad genommen.»
Van Sweller hob leicht die Brauen.
«Oh, sehr wohl», sagte er ein wenig pikiert. «Ich kann mir einigermaßen vorstellen, daß es mehr Sie betrifft als mich. Streichen Sie die ‹Wanne› unter allen Umständen, wenn Sie es für besser halten. Aber sie ist das Übliche, wissen Sie.»
Das bedeutete meinen Sieg; doch nachdem Van Sweller aus seiner Suite im «Beaujolie» auftauchte, mußte ich in einer Reihe kleiner, doch gut durchstrittener Scharmützel klein beigeben. Ich gestattete ihm eine Zigarre; überwand ihn aber bei der Frage, ihre Marke zu nennen. Er wiederum machte mich zur Schnecke, als ich mich weigerte, ihm einen «Mantel von unverkennbar englischem Schnitt» zu geben. Ich erlaubte ihm, «den Broadway hinunter zu flanieren», und gestattete sogar «Vorübergehenden» (der Himmel weiß, daß es nichts gibt, das nicht vorübergeht), «den Kopf zu wenden und mit sichtlicher Bewunderung seine aufrechte Gestalt anzustarren». Ich erniedrigte mich und gab ihm, als Barbier, ein «glattes, dunkles Gesicht mit scharfem, offenem Blick und willensstarkem Kinn».
Später tauchte er im Klub auf und traf Freddy Vava-

sour, den Polomannschaftskapitän, der sich mit dem gegrillten Rippchen Nr. 1 die Zeit vertrieb.
«Lieber alter Knabe», begann Van Sweller; doch im selben Augenblick hatte ich ihn am Kragen erwischt und zog ihn mit minimalster Höflichkeit beiseite.
«Sprechen Sie um Himmels willen wie ein Mann», sagte ich streng. «Halten Sie es für männlich, solche rührseligen und geistlosen Anreden zu verwenden? Jener Mensch ist weder lieb, noch alt, noch ein Knabe.»
Zu meiner Überraschung teilte mir Van Sweller einen Blick ehrlichen Erfreutseins mit.
«Ich bin froh, Sie das sagen zu hören», sagte er mit Wärme. «Ich verwandte diese Worte, weil ich gezwungen war, sie so oft zu verwenden. Sie sind wirklich verachtenswert. Danke, daß Sie mich korrigierten, lieber alter Knabe.»
Dennoch muß ich zugeben, daß Van Swellers Aufführung im Park an jenem Vormittag nahezu makellos war. Der Mut, der Elan, die Sittsamkeit, das Geschick, die Treue, die er zeigte, sühnten alles.
So, auf diese Weise, spielt sich die Geschichte ab.
Van Sweller war ein Gentleman – Mitglied der «Rauhen Reiter», jener Gemeinschaft, die ein Krieg mit einem fremden Land berühmt gemacht hat. Zu seinen Kameraden gehörte Lawrence O'Roon, ein Mensch, den Van Sweller mochte. Eine seltsame – und in einer fiktiven Erzählung gewagte – Sache war, daß sich Van Sweller und O'Roon in Gesicht, Gestalt und allgemeiner Erscheinung unerhört glichen. Nach dem Krieg zog Van Sweller Drähte, O'Roon machte man zum berittenen Polizisten.

Nun kommt es eines Nachts in New York zu Gedächtnisfeierlichkeiten und Trankopfern, vollzogen von Ehemaligen, und am Morgen findet der Berittene Polizist O'Roon, potenter Flüssigkeiten ungewohnt – eine weitere in einer Fiktion gewagte Prämisse –, die Erde wie einen Mustang bocken und sich aufbäumen und ohne Steigbügel, in den er den Fuß hätte setzen können, um seine Ehre und seine Dienstmarke zu retten.

Noblesse oblige? Gewiß. So trabt Hudson Van Sweller in der Uniform seines veruntüchtigten Kameraden, der ihm gleichkommt wie eine junge Erbse einem *petit pois,* die Fahr- und Reitwege entlang.

Das ist natürlich ein gefundenes Fressen für Van Sweller, der Wohlstand und Sozialprestige genug hat, um sich gefahrlos selbst als Polizeivertreter in Pflichterfüllung zu maskieren, wenn ihm danach zumute ist. Aber die Gesellschaft, unbegabt, die Züge eines berittenen Polizisten abzuschätzen, findet nichts Ungewöhnliches an dem rundendrehenden Beamten.

Und dann kommt der Ausbruch. Es ist eine feine Szene: der schwankende Zweispänner, die ungestümen, irr gewordenen Pferde, welche die Reihen auseinanderstiebender Fahrzeuge durchbrechen, der einfältig die gerissenen Zügel haltende Kutscher, das elfenbeinweiße Antlitz Amy Ffolliotts, wie sie sich verzweifelt mit jeder ihrer schlanken Hände anklammert. Furcht ist gekommen und gegangen; sie hat ihren Ausdruck tiefsinnig und just ein wenig flehend werden lassen, denn das Leben ist nicht so bitter.

Und dann der hufeklappernde Vorstoß des Berittenen Polizisten Van Sweller! Oh, er war – doch die Geschichte ist noch nicht gedruckt. Wenn sie es sein wird, werden Sie erfahren, wie er seinen Fuchs gleich einer Kugel dem bedrohten Zweispänner entgegentrieb. Ein Crichton, ein Krösus, ein Kentaur in einem schleudert er die unbesiegliche Kombination ins Spiel.

Wenn die Geschichte gedruckt ist, werden Sie die atemberaubende Szene bewundern, in der Van Sweller dem kopflosen Gespann Einhalt gebietet. Und dann blickt er Amy Ffolliott in die Augen und sieht zweierlei: die Möglichkeiten eines Glücks, das er seit langem gesucht hat, und ein im Entstehen begriffenes Versprechen darauf. Er ist ihr unbekannt; doch er steht ihr im Blickfeld, illuminiert von der machtvollen Glorie des Helden, sie die Seine und er der Ihre nach sämtlichen goldenen, zärtlichen und unvernünftigen Gesetzen der Liebe und der Unterhaltungsliteratur.

Und das ist ein erfüllter Augenblick. Und es wird Sie rühren zu erkennen, daß Van Sweller in jenem trächtigen Kairos seines Kameraden O'Roon gedenkt, der eben dann sein kreiselndes Bett und seine beeinträchtigten Beine in einem unsteten Zimmer seines West-Side-Hotels verflucht, als Van Sweller seine Dienstmarke und seine Ehre in Ehren hält.

Van Sweller hört Miss Ffolliotts Stimme erregend nach dem Namen ihres Retters fragen. Falls Hudson Van Sweller in Polizistenuniform das Leben pochender Schönheit im Park gerettet hat – wo ist dann der Berittene Polizist O'Roon, auf dessen Territorium die Tat geschah? Wie rasch kann ein Held sich durch ein Wort offenbaren, so seine Maskerade der Diensttauglichkeit enthüllen und die Romanze verdoppeln! Aber es gibt einen Freund!

Van Sweller tippt sich an die Mütze. «Nicht der Rede wert, mein Fräulein», sagt er mannhaft; «dafür werden wir bezahlt: daß wir unsere Pflicht tun». Und reitet davon. Doch damit endet die Geschichte nicht.
Wie gesagt, Van Sweller bewältigte die Parkszene zu meiner entschiedenen Zufriedenheit. Selbst für mich war er ein Held, als er um seines Freundes willen dem romantischen Versprechen seines Abenteuers abschwor. Es war später am Tag – inmitten der anspruchsvolleren Konventionen, die den Gesellschaftshelden umgeben –, daß wir unsere lebhafteste Meinungsverschiedenheit hatten. Um Mittag ging er zu O'Roon aufs Zimmer. Dieser war so weit wiederhergestellt, daß er auf seinen Posten zurückkehren konnte, was er augenblicklich tat.
Gegen sechs Uhr nachmittags fingerte Van Sweller an seiner Uhr herum und warf mir einen Blick voll derart abgebrühter Schlauheit zu, daß ich ihm sofort mißtraute.
«Zeit, sich zum Dinner anzuziehen, mein Alter», sagte er mit übertriebener Beiläufigkeit.
«Sehr gut», sagte ich, ohne ihm einen Hinweis auf meinen Argwohn zu geben, «ich werde mich mit Ihnen in Ihre Wohnung begeben und darauf achten, daß Sie die Sache richtig machen. Ich nehme an, jeder Autor muß seinem eigenen Helden Kammerdiener sein.»
Er heuchelte freudige Zustimmung zu meinem etwas aufdringlichen Vorschlag, ihn zu begleiten. Ich konnte sehen, daß es ihn belästigte, und dieser Umstand befestigte noch mehr meinen Verdacht, er erwäge einen Akt des Verrats.

Als er in seinen Gemächern angelangt war, sagte er mir in allzu gönnerhaftem Ton: «Es gibt, wie Sie vielleicht wissen, eine ganze Anzahl kleiner unterscheidender Züge, die beim Vorgang des Ankleidens hervorzuheben sind. Einige Schriftsteller stützen sich fast völlig auf sie. Ich nehme an, ich sollte nach meinem Diener klingeln, und er sollte geräuschlos und mit ausdruckslosem Ausdruck eintreten.»

«Er darf eintreten», sagte ich entschieden, «und nichts als eintreten. Diener betreten ein Zimmer gewöhnlich nicht unter Absingen von Kommersliedern oder mit dem Veitstanz auf dem Gesicht; also läßt sich ohne alberne oder grundlose Beteuerung das Gegenteil annehmen.»

«Ich muß Sie bitten, mir zu verzeihen», fuhr Van Sweller anmutig fort, «daß ich Sie mit Fragen belästige, doch einige Ihrer Methoden sind mir ein wenig neu. Soll ich den großen Gesellschaftsanzug mit einem makellosen weißen Binder anlegen – oder gilt es, eine andere Tradition nicht zu verletzen?»

«Sie werden», erwiderte ich, «Abendanzug tragen, wie es ein gepflegter Herr tut. Falls er zu groß sein sollte, wäre Ihr Schneider für sein sackartiges Aussehen verantwortlich zu machen. Und ich werde es jeglicher Belesenheit überlassen, die man Ihnen zumuten darf, ob jemals ein Autor einen weißen Binder als makellos vorgeführt hat. Und ich werde es Ihrem Gewissen und dem Ihres Dieners anheimgeben, ob ein Binder, der nicht weiß und mithin nicht makellos ist, etwa einen Bestandteil im Abendanzug eines Gentlemans bilden kann. Falls nicht, dann ist der perfekte Binder in dem Begriff ‹Anzug› impliziert und mitverstanden, und seine ausdrückliche zusätzliche Erwähnung zeigt entweder eine Redundanz der Sprache oder den Anblick eines Mannes an, der zwei Binder zugleich trägt.»

Mit diesem sanften, doch verdienten Tadel ließ ich Van Sweller in seinem Ankleidezimmer allein und wartete in der Bibliothek auf ihn.

Ungefähr eine Stunde später trat sein Diener in Erscheinung, und ich hörte ihn nach einer Elektrodroschke telefonieren. Dann trat Van Sweller auf, lächelnd, doch mit jener verschlagenen, hinterhältigen Absicht im Blick, die mich verwirrte.

«Ich glaube», sagte er leichthin, während er einen Handschuh glättete, «daß ich mich bei – – –* zum Dinner einfinden werde.»

Bei diesen Worten sprang ich zornig auf. Das also war der erbärmliche Streich, den er mir zu spielen geplant hatte. Ich sah ihn mit einem derart schrecklichen Blick an, daß sogar sein patrizisches Gleichgewicht ins Schwanken geriet.

«Sie werden es», rief ich aus, «nie mit meiner Erlaubnis tun. Was soll das für eine Dankbarkeit sein», fuhr ich erzürnt fort, «für die Vergünstigungen, die ich Ihnen gewährt habe? Ich gab Ihnen ein ‹Van› zu Ihrem Namen hinzu, wo ich Sie hätte ‹Perkins› oder ‹Simpson› nennen können. Ich habe mich so weit erniedrigt, mit Ihren Poloponys zu prahlen, mit Ihren Automobilen und mit Ihren eisernen Muskeln, die Sie erwarben, als Sie Schlagmann Ihres ‹Siegerachters› oder ‹Elfers›

---

* Vgl. die Inseratenrubrik «Wo man gut ißt» in den Tageszeitungen.

oder was immer waren. Ich schuf Sie zum Helden dieser Geschichte; und ich werde es nicht zulassen, daß Sie sie ruinieren. Ich habe versucht, Sie zum typischen jungen New Yorker Gentleman von höchster sozialer Stellung und Herkunft zu machen. Sie haben keinen Grund, sich über die Behandlung durch mich zu beklagen. Amy Ffolliott, das Mädchen, das Sie gewinnen sollen, ist ein Preis, für den jeder Mann dankbar sein muß, und hat an Schönheit nicht ihresgleichen – gesetzt, der richtige Künstler illustriert die Geschichte. Ich sehe nicht ein, warum Sie alles verderben sollten. Ich hatte gedacht, Sie seien ein Gentleman.»
«Was ist es, wogegen Sie etwas haben, mein Alter?» fragte Van Sweller im Ton der Überraschung.
«Gegen Ihr Dinieren bei ---*, antwortete ich. «Das Vergnügen hätten zweifellos Sie, aber die Verantwortung fiele auf mich. Sie haben absichtlich vor, einen Schlepper für ein Lokal aus mir zu machen. Es hat nicht den leisesten Zusammenhang mit dem Ablauf Ihrer Geschichte, wo Sie heute abend speisen. Sie wissen sehr genau, daß Sie nach den Erfordernissen der Fabel um 11 Uhr 30 vor dem Alhambra Opera House zu sein haben, wo Sie Miss Ffolliott ein zweites Mal retten sollen, wenn der Löschzug in ihre Droschke rast. Bis zu diesem Zeitpunkt sind Ihre Bewegungen für den Leser gegenstandslos. Warum können Sie nicht irgendwo ungesehen essen, wie es viele Helden tun, statt auf einer unpassenden und vulgären Zurschaustellung Ihrer Person zu bestehen?

---

* Vgl. die Inseratenrubrik «Wo man gut ißt» in den Tageszeitungen.

«Mein lieber Junge», sagte Van Sweller höflich, doch mit hartnäckig angespannten Lippen, «es tut mir leid, daß es Ihnen nicht gefällt, doch dagegen ist nichts zu machen. Selbst eine Figur in einer Erzählung hat Rechte, die ein Autor nicht ignorieren kann. Der Held einer Geschichte aus der New Yorker Gesellschaft muß wenigstens dreimal im Verlauf seiner Tätigkeit bei – – –* speisen.»
«Muß», echote ich geringschätzig; «warum ‹muß›? Wer verlangt das?»
«Die Magazinredakteure», antwortete Van Sweller und warf mir einen bedeutsam warnenden Blick zu.
«Aber warum?» wollte ich unbedingt wissen.
«Den Abonnenten rings um Kankakee, Ill., zu Gefallen», sagte Van Sweller ohne Zögern.
«Woher wissen Sie solche Sachen?» fragte ich in plötzlichem Argwohn. «Sie waren bis heute vormittag niemals existent. Jedenfalls sind Sie nur eine Gestalt in einer Fiktion. Ich selber erschuf Sie. Wie ist es Ihnen möglich, etwas zu wissen?»
«Verzeihen Sie, daß ich darauf zu sprechen komme», sagte Van Sweller, mitfühlend lächelnd, «aber ich war schon in Hunderten solcher Geschichten der Held.»
Ich spürte, wie mir eine leichte Röte ins Gesicht trat.
«Ich dachte...» stammelte ich, «ich hoffte... nämlich... Ach nun, natürlich ist in diesen Zeiten eine völlig originale Anlage eines Erzählwerks unmöglich.»
«Gestalten der Metropole», fuhr Van Sweller freund-

---

* Vgl. die Inseratenrubrik «Wo man gut ißt» in den Tageszeitungen.

lich fort, «bieten nicht viel Raum für Originalität. Ich durchstreifte jede Geschichte auf die einigermaßen gleiche Weise. Hie und da haben mich die Autorinnen zu einem für einen Gentleman ziemlich seltsamen Mißgebilde verschnitten; die Männer dagegen reichen mich im großen ganzen ohne viele Änderungen untereinander weiter. Doch noch nie, in keiner Geschichte, versäumte ich, bei – – –* zu speisen.»

«Diesmal werden Sie es versäumen», sagte ich mit Nachdruck.

«Mag sein», gab Van Sweller zu und sah durchs Fenster auf die Straße hinab; «aber dann wird es das erste Mal sein. Alle Autoren schicken mich dorthin. Ich kann mir vorstellen, daß mich viele gern begleitet hätten, es sei denn wegen der geringfügigen Kostenfrage.»

«Ich sage Ihnen, ich schleppe für kein Lokal an», wiederholte ich laut. «Sie sind der Untertan meines Willens, und ich erkläre, daß Sie im Bericht dieses Abends nicht eher erscheinen werden, als es für Sie an der Zeit ist, Miss Ffolliott abermals zu retten. Falls sich die Leserschaft nicht vorstellen kann, daß Sie in der Zwischenzeit in einem der Tausende von Etablissements gegessen haben, die für diesen Zweck geschaffen sind und die keine literarische Werbung erhalten, dann mag sie meinethalben annehmen, Sie seien zum Fasten gegangen.»

«Danke», sagte Van Sweller ziemlich kühl, «Sie sind kaum höflich. Doch sehen Sie sich vor! Es geschieht

---

* Vgl. die Inseratenrubrik «Wo man gut ißt» in den Tageszeitungen.

auf Ihr eigenes Risiko, wenn Sie versuchen, ein Grundprinzip der metropolitanischen Erzählkunst zu mißachten – eines, das Autoren wie Lesern gleichermaßen teuer ist. Ich werde natürlich meine Pflicht erfüllen, wenn es an der Zeit ist, Ihre Heldin zu retten; aber ich mache Sie darauf aufmerksam, daß es auf Ihre Kosten geht, wenn Sie es versäumen, mich heute abend zu – – –* zum Speisen zu schicken.»

«Ich werde die Konsequenzen tragen, wenn solche eintreten sollten», entgegnete ich. «Ich bin noch nicht so weit gekommen, den Sandwich-Man für ein Eßlokal zu machen.»

Ich ging zum Tisch hinüber, wo ich Stock und Hut hatte liegen lassen. Ich hörte die Uhr in der Droschke drunten rasseln und wandte mich rasch um. Van Sweller war weg.

Ich rannte die Treppe hinab und hinaus an den Bordstein. Ein leeres Kabriolett kam eben vorüber. Ich rief den Fahrer aufgeregt an.

«Sehen Sie die Autodroschke in der Mitte des Blocks?» schrie ich. «Ihr nach! Verlieren Sie sie nicht einen Moment aus dem Blick, und ich gebe Ihnen zwei Dollar!»

Wäre ich nur eine der Gestalten in meiner Geschichte statt ich selber gewesen, hätte ich leicht zehn oder fünfundzwanzig oder auch hundert Dollar bieten können. Doch zwei Dollar war die höchste Ausgabe, die ich bei dem derzeitigen Kurs von Erzählungen für gerechtfertigt hielt.

---

* Vgl. die Inseratenrubrik «Wo man gut ißt» in den Tageszeitungen.

Der Droschkenfahrer bewegte sich, statt sein Tier schäumend zu peitschen, in einem nachdenklichen Trott vorwärts, der an eine Bezahlung nach Fahrzeit denken ließ.

Aber ich durchschaute Van Swellers Absicht; und als wir seine Droschke aus dem Blick verloren, befahl ich meinem Kutscher, sofort zu – – –* zu fahren.

Ich fand Van Sweller an einem Tisch unter einer Palme sitzen und eben die Speisekarte durchgehen, während ihm ein erwartungsvoller Kellner um den Ellenbogen strich.

«Kommen Sie mit mir», sagte ich unerbittlich. «Sie werden mir nicht wieder den Laufpaß geben. Bis 11 Uhr 30 werden Sie mir unter den Augen bleiben.»

Van Sweller zog seine Dinner-Bestellung zurück und stand auf, um mich zu begleiten. Er konnte kaum weniger tun. Eine fiktive Figur ist nur dürftig darauf eingerichtet, sich einem hungrigen, aber lebenden Autor zu widersetzen, der ihn aus einem Lokal herauszerren will. Er sagte nur dies: «Sie kamen gerade rechtzeitig, aber ich meine, Sie begehen einen Fehler. Sie können es sich nicht leisten, die Wünsche unserer großen Leserschaft zu mißachten.»

Ich brachte Van Sweller in meine eigene Wohnung – in mein Zimmer. Er hatte nie zuvor etwas Ähnliches gesehen.

«Setzen Sie sich auf diesen Koffer», sagte ich ihm, «während ich aufpasse, ob die Vermieterin uns beschleicht. Wenn nicht, kaufe ich in dem Delikatessenla-

---

* Vgl. die Inseratenrubrik «Wo man gut ißt» in den Tageszeitungen.

den drunten ein und koche uns etwas in einer Pfanne auf dem Gaskocher. Es wird gar nicht so schlecht sein. Natürlich wird nichts davon in der Geschichte vorkommen.»
«Beim Zeus, alter Bursche!» sagte Van Sweller, während er sich interessiert umsah, «Sie wohnen da in einem lustigen kleinen Wandschrank! Wo, zum Teufel, schlafen Sie? Oh, das klappt sich herunter! Und ich sage – was ist das unter der Teppichecke? – Ah, eine Bratpfanne! Ich verstehe – schlaue Idee! Auf dem Gas zu kochen! Das wird ein Spaß werden!»
«Möchten Sie etwas Bestimmtes essen?» fragte ich, «wollen Sie ein Kotelett, oder was sonst?»
«Alles», sagte Van Sweller begeistert, «nur kein gegrilltes Rippchen.»

Zwei Wochen später brachte mir der Briefträger einen großen, dicken Umschlag. Ich öffnete ihn und zog etwas heraus, das ich schon einmal gesehen hatte, und dazu diesen maschinengeschriebenen Brief einer Zeitschrift, die Gesellschaftserzählkunst fördert:

Ihre Kurzgeschichte «Die Dienstmarke des Polizisten O'Roon» geht anbei an Sie zurück.
Wir bedauern, daß sie ungünstig aufgenommen wurde, aber sie scheint gewisse wesentliche Bedingungen unseres Organs nicht zu erfüllen.
Die Geschichte ist glänzend aufgebaut, der Stil ist kraftvoll und unverwechselbar, und Handlung und Charakterzeichnung verdienen höchstes Lob. Als Erzählung *per se* ist sie vorzüglicher als alles, das wir in letzter Zeit gelesen haben. Doch sie versäumt, wie

gesagt, einige Normen zu erfüllen, die wir gesetzt haben.
Könnten Sie die Geschichte nicht umschreiben und die gesellschaftliche Atmosphäre einbringen und sie uns dann nochmals zur Prüfung vorlegen? Es sei Ihnen vorgeschlagen, den Helden, Van Sweller, ein- oder zweimal zum Frühstück oder zum Dinner bei ---* oder bei ---* auftreten zu lassen, was auf der Linie der vorgeschlagenen Änderungen läge.

Ihre sehr ergebene
Redaktion

* Vgl. die Inseratenrubrik «Wo man gut ißt» in den Tageszeitungen.

Die Pfannkuchen von Pimienta

Als wir eine Gruppe Rinder in den Frio-Gründen zusammentrieben, verfing sich ein vorspringender Zweig eines abgestorbenen *Mesquite*-Strauches in meinem hölzernen Steigbügel und verursachte eine Verrenkung meines Fußknöchels, die mich für eine Woche im Lager ans Bett fesselte.

Am dritten Tag meiner unfreiwilligen Faulheit kroch ich heraus in die Nähe des Verpflegungswagens und blieb schutzlos unter dem Feuer der Unterhaltung von Judson Odom, dem Lagerkoch, liegen. Judson war von Natur ein Mensch des Alleinredens, den das Schicksal mit der üblichen Unbesonnenheit in einen Beruf gestellt hatte, in dem er für den größten Teil der Zeit jeglicher Zuhörerschaft beraubt war. Daher war ich ein willkommener Regen in der Wüste von Judsons unfreiwilliger Schweigsamkeit.

Nach kurzer Zeit wurde ich von krankhaftem Verlangen nach etwas Eßbarem angestachelt, das nicht unter die Überschrift ‹Lagerverpflegung› fiel. Ich hatte Visionen von der mütterlichen Speisekammer, ‹tief wie die erste Liebe und ungestüm bei allem Bedauern›, und so sagte ich:

«Judson, kannst du Pfannkuchen bereiten?»

Judson legte seinen sechsschüssigen Revolver weg, mit dem er ein Antilopenfilet klopfen wollte, und stand – meinem Empfinden nach – in bedrohlicher Haltung über mir. Er bestätigte meinen Eindruck, daß seine Haltung bösartig sei, noch dadurch, daß er aus seinen hellblauen Augen einen Blick kalten Argwohns auf mich heftete.

«Sag mal», sagte er mit offensichtlichem, wenn auch nicht übermäßigem Zorn, «meinst du das ehrlich, oder wolltest du versuchen, mich auf die Schippe zu nehmen? Haben dir welche von mir und jenem Pfannkuchending erzählt?»
«Nein, Judson», sagte ich aufrichtig, «ich meinte, was ich sagte. Ich glaube, ich würde mein Pferdchen samt Sattel eintauschen gegen einen Berg von butterigen, braunen Pfannkuchen mit etwas New-Orleans-Sirup der ersten Abkochung. Gab es eine Geschichte mit Pfannkuchen?»
Judson war sogleich besänftigt, als er sah, daß ich mich nicht mit Anspielungen abgegeben hatte. Er brachte einige geheimnisvolle Tüten und Blechdosen aus dem Proviantwagen und setzte sie in den Schatten des Zürgelbaumes, an dem ich lehnte. Ich sah ihm zu, wie er sie gemächlich zu ordnen und ihre vielen Bindfäden aufzuknüpfen begann.
«Nein, keine Geschichte», sagte Judson, während er hantierte, «sondern nur der Tatsachenbericht über den Vorfall zwischen mir und jenem rosaäugigen Schafhirten aus Mired Mule Canada und Fräulein Willella Learight. Ich habe nichts dagegen, sie dir zu erzählen.
Ich arbeitete damals für den alten Bill Toomey auf der Ranch San Miguel. Eines Tages werde ich doch ganz besessen von Gelüsten, etwas Eingemachtes zu essen, das nie gemuht und gebäht oder gegrunzt hat oder je in Viertelscheffelmaßen gewesen ist. So besteige ich meinen halbwilden Gaul und stoße die Nase gegen den Wind vorwärts nach Onkel Emsley Telfairs Gemischtwarenladen an der Pimientakreuzung über den Neuces. Gegen drei Uhr nachmittags warf ich meinen Zügel über einen

Ast und ging die letzten zwanzig Meter zu Fuß in Onkel Emsleys Laden. Ich setzte mich auf den Ladentisch und erzählte Onkel Emsley, daß alle Zeichen auf die Vernichtung der Weltobsternte durch mich hindeuteten. Innerhalb einer Minute hatte ich eine Tüte Keks und einen langstieligen Löffel mit je einer offenen Dose Aprikosen, Ananas, Kirschen und Reineclauden vor mir, während Onkel Emsley eifrig dabei war, mit dem Beil die gelben Pfirsichkerne aufzuhacken. Mir war wie Adam vor dem Apfelschreck, und ich drückte meine Sporen in die Seiten des Ladentischs und arbeitete eifrig mit meinem Vierundzwanzig-Zoll-Löffel, bis ich zufällig aus dem Fenster auf den Hof von Onkel Emsleys Haus blickte, das gleich neben dem Geschäft war.

Dort stand ein Mädchen – ein importiertes Mädchen mit Ausstattung –, das mit einem Krocketschläger schäkerte und sich ein Vergnügen daraus machte, mir zuzusehen, auf welche Weise ich die Obstkonservenindustrie ankurbelte.

Ich glitt vom Ladentisch herunter und übergab Onkel Emsley meine Schaufel.

‹Das ist meine Nichte›, sagt er, ‹Fräulein Willella Learight, von Palestina auf Besuch heruntergekommen. Möchten Sie, daß ich Sie bekannt mache?›

Das Heilige Land, sagte ich zu mir, wobei sich meine Gedanken eine Weile im Kreise bewegten, ehe ich sie in die richtige Richtung zwingen konnte. Warum nicht? Sicher gab es Engel in Pales – ‹Ei ja, Onkel Emsley›, spreche ich laut aus, ‹ich wäre ungeheuer beglückt, Fräulein Learight kennenzulernen.›

So nahm mich Onkel Emsley mit in den Hof und gab uns die gegenseitigen Namen bekannt.

Ich war Frauen gegenüber nie schüchtern. Ich konnte nie verstehen, warum Männer, die schon bis zum Frühstück ein wildes Pferd zähmen oder sich im Dunkeln rasieren können, ganz und gar linkisch werden und von Schweiß triefen und Entschuldigungen stammeln, wenn sie ein Stück Kattun um das drapiert sehen, was hineingehört. Innerhalb von acht Minuten stießen ich und Fräulein Willella die Krocketbälle so liebenswürdig umher wie Verwandte zweiten Grades. Sie neckte mich wegen der Menge konservierter Früchte, die ich gegessen hatte, und ich verteidigte mich schlagfertig ihr gegenüber damit, wie eine gewisse Dame namens Eva die Obstmisere in der ersten Freilandweide ins Leben gerufen hatte – ‹drüben in Palestina, nicht wahr?› sage ich so leicht und sicher, wie man ein einjähriges Pferd anbindet.

Auf diese Weise erreichte ich eine gewisse Herzlichkeit für die Zeiten des Beisammenseins mit Fräulein Willella Learight; und diese Neigung wuchs mit fortschreitender Zeit. Sie blieb am Pimiento-Übergang wegen ihrer Gesundheit, die sehr gut war, und wegen des Klimas, das vierzig Prozent heißer war als in Palestina. Eine Zeitlang ritt ich jede Woche einmal hinüber, sie zu sehen; und dann rechnete ich aus, daß ich, wenn ich die Zahl der Ritte verdoppelte, sie zweimal so oft sehen würde.

In einer Woche schob ich einen dritten Ausflug ein, und da geschah es, daß die Pfannkuchen und der rosaäugige Schafhirte ins Spiel einbrachen.

An jenem Abend fragte ich, während ich mit einem Pfirsich und zwei Damaszenerpflaumen im Munde auf dem Ladentisch saß, Onkel Emsley, wie es Fräulein Willella ginge.

‹Nun›, sagte Onkel Emsley, ‹sie ist mit Jackson Bird, dem Schafmann von drüben in Mired-Mule Canada, ausgeritten.›
Ich verschluckte vor Schreck den Pfirsichkern und die zwei Pflaumensteine. Ich nehme an, daß jemand die Ladentafel am Zügel hielt, während ich heruntersprang; und dann schritt ich geradeaus, bis ich mit dem Kopf gegen den *Mesquite* stieß, an dem mein Rotschimmel angebunden war.
‹Sie ist ausgeritten›, flüsterte ich meinem Pferd ins Ohr, ‹mit Birdstone Jack, dem gemieteten Bastard des Schafzüchters Canada. Hast du das mitgekriegt, altes Galoppleder?›
Mein Rotschimmel weinte auf seine Weise. Er war als Pferd zum Rinderhüten aufgewachsen und hatte für schlafmützige Schafhirten nichts übrig.
Ich ging zurück und sagte zu Onkel Emsley: ‹Sagten Sie ein Schaf?›
‹Ich sagte ein Schafzüchter›, sagte der Onkel wieder. ‹Sie müssen von Jackson Bird gehört haben. Er hat acht Stück Staatsland von je sechshundertvierzig Morgen Grasland und viertausend Kopf der feinsten Merinoschafe südlich des nördlichen Polarkreises.›
Ich ging hinaus, setzte mich im Schatten des Ladens auf die Erde und lehnte mich an einen stachligen Birnbaum. Gedankenlos siebte ich Sand mit den Händen in meine Stiefel, während ich lange Selbstgespräche führte über diesen Vogel mit dem Jackson-Gefieder zu seinem Namen.
Ich hätte nie daran gedacht, einem Schafzüchter etwas zu tun. Eines Tages sah ich einen, der auf dem Pferde eine lateinische Grammatik las, und ich habe ihn nicht

angerührt! Sie haben mich nie aus der Ruhe gebracht, wie das bei den meisten Rinderzüchtern der Fall ist. Du würdest dir doch auch nicht jetzt die Mühe machen, Schafdösern, die an Tischen essen, Promenadenschuhchen tragen und Konversation machen, etwas zu tun und sie zu verunstalten, nicht wahr?
Ich habe sie immer vorbeigehen lassen, genau wie man es mit einem Kaninchenbock tun würde; mit einem höflichen Wort und einer Anspielung auf das Wetter, aber keinem Anhalten, um die Feldflaschen auszutauschen. Ich habe nie daran gedacht, daß es sich lohnen könnte, gegen einen Schafdöser feindselig zu sein. Und weil ich nachsichtig gewesen war und sie am Leben gelassen hatte, ritt einer hier in der Gegend herum mit Fräulein Willella Learight!
Eine Stunde vor Sonnenuntergang kamen sie heimgetrabt und hielten an Onkel Emsleys Tor an. Der Schafmensch half ihr vom Pferd, und sie standen eine Weile dort und warfen einander lauter muntere und spritzige Sätze zu. Und dann fliegt dieser gefiederte Jackson hinauf in seinen Sattel, lüftet seinen kleinen, einem Schmortopf ähnlichen Hut und trabt davon in der Richtung seiner Hammelfleischfarm. Mittlerweile hatte ich den Sand aus meinen Stiefeln gekippt und mich von dem stachligen Birnbaum losgenestelt; und wie er eine halbe Meile über Pimienta hinausgekommen ist, kreuze ich mit Leichtigkeit auf meinem wilden Pferd neben ihm auf.
Ich sagte, der Schafdöser wäre rosaäugig, aber das war er nicht. Sein Sehwerkzeug war ganz schön grau, aber seine Augenwimpern waren heller, und sein Haar war strohblond, und das erweckte den Eindruck. Schaf-

züchter – er war auf keinen Fall mehr als ein Lämmchenzüchter –, ein kleines Kerlchen, den Hals in ein gelbseidenes Taschentuch eingewickelt und die Schuhe mit Schleifen zugebunden.

‹'n Tag!› sage ich zu ihm. ‹Sie reiten jetzt neben einem Reiter, der allgemein der Tödliche-Sicherheit-Judson genannt wird wegen der Genauigkeit, mit der ich schieße. Wenn ich einen mir Unbekannten kennenlernen will, stelle ich mich *vor* dem Abdrücken vor, denn ich habe nie gern Geistern die Hand gegeben.›

‹Ah›, sagt er, genau so – ‹Ah, ich freue mich, Sie kennenzulernen, Herr Judson. Ich bin Jackson Bird, von der Mired-Mule-Farm dort drüben!›

In diesem Augenblick sah eins meiner Augen einen Straßenläufer mit einer Tarantel im Schnabel den Hügel hinunterhüpfen, und das andere Auge bemerkte einen Kaninchenhabicht auf einem dürren Ast einer Wasserulme. Ich knallte einen nach dem andern nieder mit meinem Fünfundvierziger, nur um es ihm zu zeigen. ‹Zwei von dreien›, sage ich, ‹Vögel scheinen ganz natürlich mein Feuer anzuziehen, wo ich auch gehe!›

‹Nette Schießerei›, sagt der Schafmann ohne ein Zukken. ‹Aber verfehlen Sie niemals den dritten Schuß? Ausgezeichnet schöner Regen war das vorige Woche für das junge Gras, Herr Judson, nicht wahr›, sagt er.

‹Willie›, sage ich und reite dicht heran an seinen Zelter, ‹deine verblendeten Eltern mögen dich mit dem Namen Jackson bedacht haben, aber du hast dich ganz sicher zu einem zwitschernden Willie gemausert – werfen wir doch diese Analyse hier vom Regen und von den Elementen beiseite, und kommen wir zurück zu einer Unterhaltung, die über den Wortschatz von Pa-

pageien hinausgeht. Das ist eine schlechte Gewohnheit, die du da angenommen hast, mit jungen Damen drüben in Pimienta zu reiten. Ich habe Vögel gekannt, sag ich dir, die sind für geringere Taten als das auf Toast serviert worden. Fräulein Willella›, sage ich, ‹wünscht niemals, daß ihr von einem Piepmätzchen aus dem Jacksonschen Zweig der Vogelwelt ein Nest von Schafwolle bereitet wird. Nun, wirst du verzichten, oder sehnst du dich danach, mit diesem Tödliche-Sicherheit-Anhängsel an meinem Namen anzubandeln, das für zwei Bindestriche und mindestens eine Folge von Begräbnisfeierlichkeiten gut ist?›

Jackson Bird lief erst ein bißchen rot an, und dann lachte er. ‹Nun, Herr Judson›, sagte er, ‹Sie sind auf der falschen Fährte. Ich habe Fräulein Learight ein paarmal besucht, aber nicht zu dem Zweck, den Sie denken. Meine Absicht ist nur eine gastronomische.›

Ich griff nach meiner Flinte.

‹Jeder Kojote›, sage ich, ‹der sich brüstet, mit unehrenhaften —›

‹Augenblick›, sagte diese Vogel, ‹bis ich es erklärt habe. Was soll ich mit einer Frau anfangen? Wenn Sie jemals meine Farm gesehen hätten! Ich besorge meine Kocherei und Flickerei selbst. Essen – das ist das einzige Vergnügen, das ich aus der Schafzucht heraushole. Herr Judson, haben Sie je die Pfannkuchen gekostet, die Fräulein Learight bereitet?›

‹Ich? Nein!› sagte ich zu ihm. ‹Mir wurde nie verraten, daß sie auf kulinarische Kunststückchen aus ist.›

‹Sie sind goldener Sonnenschein›, sagte er, ‹honigbraun von den ambrosischen Feuern des Epikur. Ich würde zwei Jahre meines Lebens hingeben, um das

Rezept für diese Pfannkuchen zu bekommen. Deshalb besuchte ich Fräulein Learight›, sagte Jackson Bird, ‹aber es ist mir noch nicht gelungen, es von ihr zu erhalten. Es ist ein altes Rezept, das seit sechsundsiebzig Jahren in der Familie existiert, sie geben es von einer Generation an die andere weiter, aber sie geben es nicht an Außenseiter weg. Wenn ich das bekommen könnte, so daß ich mir auf meiner Farm selbst solche Pfannkuchen machen könnte, wäre ich ein glücklicher Mann›, sagt Bird.

‹Sind Sie sicher›, sag ich zu ihm, ‹daß es nicht die Hand ist, die die Pfannkuchen rührt, hinter der Sie her sind?›

‹Sicher›, sagt Jackson. ‹Fräulein Learight ist ein gewaltig hübsches Mädchen, aber ich kann Ihnen versichern, daß meine Absichten nicht weiter gehen als die Gastro-›, aber er hatte gesehen, daß meine Hand zu meinem Pistolenhalfter hinabgeglitten war, und so änderte er seinen Vergleich, ‹als der Wunsch, eine Abschrift des Pfannkuchenrezeptes zu erlangen›, schloß er.

‹Sie sind gar kein so schlechtes Kerlchen›, sagte ich und versuchte, gerecht zu sein. ‹Ich hatte die Absicht, aus Ihren Schafen so etwas wie Waisen zu machen. Aber Sie bleiben bei den Pfannkuchen›, sagte ich, ‹so fest wie das Mittelste in einem Haufen; und mißverstehen Sie mich nicht, indem Sie Feingefühl für Sirup nehmen, oder es wird bald auf Ihrer Farm gesungen, und Sie hören es nicht mehr.›

‹Um Sie davon zu überzeugen, daß ich aufrichtig bin›, sagt der Schafzüchter, ‹möchte ich Sie bitten, mir zu helfen. Fräulein Learight und Sie sind engere Freunde; könnte sein, daß sie Ihnen zuliebe das täte, was sie für

mich nicht tut. Wenn Sie mir eine Abschrift des Pfannkuchenrezeptes verschaffen könnten, gebe ich Ihnen mein Wort, daß ich sie nie wieder aufsuchen werde.›
‹Das ist fair›, sagte ich und schüttelte Jackson Bird die Hand. ‹Ich werde es für Sie besorgen, wenn ich kann, und mich freuen, Ihnen einen Gefallen zu tun.› Und er schwenkte ab, die große Birnbaum-Ebene hinunter auf den *Piedra*, in Richtung von Mired Mule; ich steuerte nordwestlich nach der Farm des alten Bill Toomey.

Es war fünf Tage später, als ich wieder eine Gelegenheit hatte, nach Pimienta hinüberzureiten. Fräulein Willella und ich verbrachten einen angenehmen Abend bei Onkel Emsley. Sie sang ein bißchen und strapazierte das Klavier ziemlich mit Auszügen aus Opern. Ich gab Nachahmungen einer Klapperschlange zum besten, erzählte ihr von Snaky McFees neuer Methode, Rinder abzuziehen, und beschrieb ihr den Ausflug, den ich einmal nach Saint Louis unternommen hatte. Wir kamen ganz schön voran in der gegenseitigen Wertschätzung. Da denke ich, wenn Jackson nun überredet werden kann, fortzuziehen, gewinne ich. Ich erinnere mich seines Versprechens über das Pfannkuchenrezept und denke, ich will es durch Überredungskünste von Fräulein Willella bekommen und ihm geben; und wenn ich dann doch das Vögelchen wieder in der Nähe von Mired Mule fange, will ich es über den Zweig hüpfen lassen.

So setze ich so gegen zehn Uhr ein schmeichelndes Lächeln auf und sage zu Fräulein Willella: ‹Nun, wenn es etwas gibt, was ich lieber habe als den Anblick eines roten Stiers im grünen Gras, so ist es der Geschmack eines schönen, heißen Pfannkuchens, der in Zuckerfabrik-Sirup eingehüllt ist.›

Fräulein Willella tut einen Sprung auf dem Klaviersessel und guckt mich sonderbar an.
‹Ja›, sagt sie, ‹sie sind schon lecker. Wie, sagten Sie, war der Name jener Straße in Saint Louis, Herr Odom, wo Sie Ihren Hut verloren?›
‹Pfannkuchen-Allee›, sage ich mit einem Zwinkern, um ihr zu zeigen, daß ich auf das Familienrezept aus war und nicht von dem Thema abgelenkt werden könnte. ‹Kommen Sie schon, Fräulein Willella›, sage ich, ‹lassen Sie uns hören, wie Sie sie bereiten. Pfannkuchen drehen sich augenblicklich wie Mühlräder in meinem Kopf. Schießen Sie los:... Pfund Mehl, acht Dutzend Eier, und so weiter. Wie lautet die Liste der Zutaten?›
‹Entschuldigen Sie mich für einen Moment, bitte›, sagt Fräulein Willella, und sie wirft mir von der Seite einen schnellen Blick zu und schlüpft von ihrem Sessel. Sie stolziert hinaus ins andere Zimmer, und sogleich kommt Onkel Emsley in Hemdsärmeln herein mit einem Krug Wasser. Er dreht sich um, um ein Glas auf den Tisch zu stellen, und ich sehe eine Fünfundvierziger-Pistole in seiner Hüfttasche. ‹Donner und Doria!› denke ich. ‹Aber hier ist eine Familie, die gewaltige Stücke auf Kochrezepte hält, daß sie sie mit Feuerwaffen schützt. Ich habe einen Haufen Männer kennengelernt, die nicht einmal bei einem Familienzwist so viel tun würden.›
‹Trinken Sie dies hier hinunter›, sagt Onkel Emsley und reicht mir ein Glas Wasser. ‹Sie sind heute zu weit geritten, Judson, und haben sich überreizt. Versuchen Sie, jetzt an etwas anderes zu denken!›
‹Wissen Sie, wie diese Pfannkuchen gemacht werden, Onkel Emsley?› fragte ich.

‹Nun, ich bin nicht so unterrichtet über ihre anatomische Zusammensetzung wie manche andere›, sagte Onkel Emsley, ‹aber ich meine, Sie nehmen ein Sieb von gebranntem Gips und einen kleinen Teig und Natron und Roggenmehl und mischen sie wie üblich mit Eiern und Buttermilch. Wird der alte Bill dieses Frühjahr wieder Ochsen nach Kansas City versenden, Jud?›
Das war alles, was ich in jener Nacht über Pfannkuchenspezialitäten erreichen konnte. Ich wunderte mich nicht, daß Jackson Bird fand, es wäre eine mühselige Arbeit. So ließ ich das Thema fallen und unterhielt mich mit Onkel Emsley eine Weile über Hohlhörner und Zyklone. Und dann kam Fräulein Willella und sagte ‹Gute Nacht›, und ich machte mich mit der Nase gegen den Wind auf den Heimweg.
Ungefähr eine Woche danach traf ich Jackson Bird, wie er aus Pimienta herausritt, als ich hineinstrebte, und wir blieben auf der Landstraße stehen zu ein paar oberflächlichen Bemerkungen.
‹Schon das Rezept der Zutaten für jene Pfannkuchen bekommen?› frage ich.
‹Hm, nein›, sagt Jackson. ‹Ich scheine gar keinen Erfolg darin zu haben. Haben Sie es versucht?›
‹Ja›, sage ich, ‹und es war, wie wenn ich versuchte, einen Präriehund mit einer Erdnußschale aus seiner Höhle auszugraben. Besagtes Pfannkuchenrezept muß, aus dem zu schließen, wie sie es verbergen, ein Kleinod sein.›
‹Ich bin beinahe soweit, es aufzugeben›, sagt Jackson, so mutlos in seinem Ausdruck, daß er mir leid tat; ‹aber ich wollte so gern wissen, wie man die Pfannkuchen macht, um sie auf meiner einsamen Tierfarm zu

essen!› sagt er. ‹Ich liege nachts wach, weil ich daran denke, wie gut sie schmecken!›
‹Versuchen Sie es nur weiter›, rate ich ihm, ‹und ich will es auch tun. Einer von uns wird ganz sicher in kurzer Zeit den Stier bei den Hörnern haben. Nun, adjüs, Jacky.›
Sie sehen, damals standen wir auf friedlichstem Fuße miteinander. Als ich sah, daß er nicht hinter Fräulein Willella her war, hatte ich erträglichere Ansichten über jenen strohblonden Schafdöser. Um den Gelüsten seines Appetits aus der Not zu helfen, versuchte ich auch weiter, das Rezept von Fräulein Willella zu bekommen. Aber jedesmal, wenn ich ‹Pfannkuchen› sagte, wurden ihre Augen eigenartig fremd und nervös, und sie versuchte, das Gesprächsthema zu wechseln. Wenn ich dabei beharrte, schlüpfte sie jedesmal hinaus und trieb Onkel Emsley herein mit seinem Wasserkrug und seiner Hüfttaschen-Haubitze.
Eines Tages galoppierte ich mit einem schönen Strauß blauer Verbenen, die ich drüben an der Poisoned Dog Prairie aus einem Meer wilder Blumen gepflückt hatte, nach dem Laden. Onkel Emsley besah sie mit einem zugekniffenen Auge und sagte: ‹Haben Sie es noch nicht gehört?›
‹Vieh ausgebrochen?› fragte ich.
‹Willella und Jackson Bird sind gestern in Palestina getraut worden›, sagt er. ‹Habe heute morgen gerade den Brief bekommen.›
Ich ließ meine Blumen in eine Keksblechkiste fallen, die Nachricht in meine Ohren tröpfeln und hinunterrieseln nach meiner linken oberen Hemdtasche, bis sie schließlich zu meinen Füßen gelangte.

‹Würden Sie das bitte noch einmal sagen, Onkel Emsley?› sage ich. ‹Kann sein, daß ich mich verhört habe und Sie nur gesagt haben, daß erstklassige Färsen lebend 4,80 kosten oder so etwas Ähnliches.›
‹Gestern getraut›, sagte Onkel Emsley, ‹und nach Waco und Niagara gefahren auf der Hochzeitsreise. Wie, haben Sie denn die ganze Zeit gar nichts davon gemerkt? Jackson Bird hat um Willella geworben seit dem Tage, an dem er sie zum Reiten abgeholt hatte.›
‹Dann›, sagte ich in einer Art Schrei, ‹was war dann der ganze Humbug, den er mir vorgemacht hat über Pfannkuchen? Sagen Sie mir das!›
Als ich ‹Pfannkuchen› sagte, wich Onkel Emsley gleichsam etwas zur Seite und ging einen Schritt zurück.
‹Da hat mich einer mit Pfannkuchen von unten bis oben angeschmiert, und ich werde es herauskriegen. Ich glaube, Sie wissen es. Raus mit der Sprache›, sage ich, ‹oder wir werden gleich hier eine Handvoll Schüsse austauschen.›
Ich glitt über die Ladentafel und hinter Onkel Emsley her. Er griff hastig nach seiner Pistole, aber sie war in einem Schubkasten; und er griff zwei Zoll daneben. Ich packte ihn am Vorderteil seines Hemds und schob ihn in die Ecke. ‹Erzählen Sie von den Pfannkuchen›, sage ich, ‹oder Sie werden zu einem gemacht. Macht Fräulein Willella sie?›
‹Sie hat nie in ihrem Leben einen gemacht, und ich sah niemals einen›, sagt Onkel Emsley beschwichtigend. ‹Beruhigen Sie sich jetzt, Judson – beruhigen Sie sich. Sie haben sich erregt, und Ihre Kopfwunde verwirrt jetzt Ihr Denkvermögen. Versuchen Sie, nicht an Pfannkuchen zu denken.›

‹Onkel Emsley›, sage ich, ‹ich bin nicht im Kopf verwundet außer insofern, als meine Anlagen zum Denken nur denen eines Zwergochsen entsprechen. Jackson Bird hat mir erzählt, er besuchte Fräulein Willella nur zu dem Zwecke, ihr System der Pfannkuchenbereitung herauszukriegen, und er bat mich, ihm zu helfen, zu dem Frachtbrief der Zutaten zu kommen. Das habe ich getan mit dem Ergebnis, das Sie sehen. Ich bin von einem rosaäugigen Schafdöser mit Johnson-Gras zugedeckt worden, oder etwa nicht?›
‹Lockern Sie Ihren Griff an meinem Frackhemd›, sagt Onkel Emsley, ‹und ich werde es Ihnen erzählen. Ja, es sieht so aus, als hätte Jackson Bird Sie ganz schön geprellt. Einen Tag nachdem er mit Willella ausgeritten war, kam er wieder und riet mir und ihr, vor Ihnen auf der Hut zu sein, sobald Sie von Pfannkuchen zu reden anfingen. Er erzählte, Sie wären einmal im Lager gewesen, als man flache Pfannkuchen bereitet hätte, und einer von den Burschen hätte Sie mit der Bratpfanne über den Kopf geschlagen. Jackson sagte, daß, sobald Sie erhitzt oder erregt würden, jene Wunde Sie schmerzte und Sie beinahe verrückt machte, und Sie fingen an, von Pfannkuchen zu schwärmen. Er riet uns, Sie nur mit aller Macht von dem Thema abzubringen und zu beruhigen, und Sie wären ungefährlich. So taten ich und Willella mit Ihnen das, was wir für das beste hielten. Ja, ja›, sagt Onkel Emsley, ‹dieser Jackson Bird ist schon eine seltene Art von Schafmensch.›»
Während des Fortgangs von Judsons Geschichte hatte er langsam, aber geschickt bestimmte Mengen von den Inhalten seiner Säcke und Büchsen zusammengetan. Als sie ihrem Ende zuging, stellte er das fertige Pro-

dukt vor mich hin, zwei glühendheiße, schön gefärbte Pfannkuchen auf einem Zinnteller. Aus irgendeinem verborgenen Stapelplatz brachte er auch einen Klumpen ausgezeichneter Butter und eine Flasche mit goldenem Sirup.

«Wie lange ist es her, daß diese Dinge passiert sind?» fragte ich.

«Drei Jahre», sagte Judson. «Sie leben jetzt auf der Mired-Mule-Farm. Aber ich habe seitdem keinen von beiden gesehen. Man sagt, Jackson Bird hätte seine Farm schön hergerichtet – mit Schaukelstühlen und Fenstervorhängen – während der ganzen Zeit, da er mich auf den Pfannkuchenbaum setzte. Oh, nach einer Weile bin ich darüber hinweggekommen. Aber die Jungen hielten das Schelmenstück lebendig.»

«Hast du diese Kuchen nach dem berühmten Rezept gemacht?» fragte ich.

«Habe ich dir nicht erzählt, daß es kein Rezept gab?» sagte Judson. «Die Jungen riefen laut ‹Pfannkuchen›, bis sie hungrig wurden auf Pfannkuchen, und ich habe dieses Rezept aus einer Zeitung ausgeschnitten. Wie schmeckt der Kram?»

«Sie sind köstlich», antwortete ich. «Warum ißt du nicht auch davon, Judson?»

Ich hörte ganz bestimmt einen Seufzer.

«Ich?» sagte Judson. «Ich esse nie welche.»

Die Straßen, die wir wählen

Zwanzig Meilen westlich von Tucson hielt der ‹Sunset-Expreß› an einem Tank, um Wasser zu nehmen. Außer der nassen Fracht sackte sich die Lokomotive des berühmten Blitzzuges noch andere Dinge auf, die nicht gut für sie waren.
Während der Heizer den Speiseschlauch herabließ, krochen Bob Tidball, ‹Hai› Dodson und ein Viertelblut-Creek-Indianer mit Namen John Dicker Hund auf die Lokomotive und zeigten dem Lokomotivführer drei runde Mündungen der Kanonen, die sie mithatten. Diese Mündungen beeindruckten den Lokomotivführer so sehr, daß er beide Arme mit einer Bewegung hob, wie sie sonst den Ausruf «Na so was!» begleitet.
Auf den unmißverständlichen Befehl ‹Hai› Dodsons, der an der Spitze der angreifenden Streitmacht stand, stieg der Lokomotivführer herunter und koppelte die Lokomotive samt Tender ab. Dann hockte sich John Dicker Hund oben auf die Kohlen und richtete spielerisch zwei Schießeisen auf den Maschinisten und den Heizer mit der Empfehlung, die Lokomotive fünfzig Schritt laufen zu lassen und weitere Kommandos abzuwarten.
‹Hai› Dodson und Bob Tidball, die es unter ihrer Würde erachteten, so gehaltloses Erz wie die Passagiere zu verhütten, stürzten sich gleich auf das reiche Nest des Postwagens. Sie fanden den begleitenden Postbeamten ruhig und heiter in dem Glauben, der ‹Sunset-Expreß› nehme nichts Kitzligeres und Gefährlicheres als *aqua pura* zu sich. Während Bob ihm mit dem Kolben seines

Sechsschüssigen diese Vorstellung aus dem Kopf schlug, gab ‹Hai› Dodson dem Postsafe bereits Dynamit zu schlucken.
Der Safe explodierte mit einer Resonanz bis zum Betrage von dreißigtausend Dollar, alles in Gold und gültiger Währung. Die Passagiere streckten beiläufig den Kopf zum Fenster hinaus, um nach der Gewitterwolke zu sehen. Der Schaffner riß an der Klingelleine, die nach dem Ruck lose und haltlos herabhing. ‹Hai› Dodson und Bob Tidball ließen sich, die Beute in einem festen Leinensack, aus dem Postwagen fallen und rannten schwerfällig in ihren hochhackigen Stiefeln zur Lokomotive.
Der wütende, aber vernünftige Lokomotivführer ließ die Maschine, wie ihm befohlen, in schnellem Tempo von dem bewegungslosen Zug fortlaufen. Doch ehe das vollbracht war, sprang der Postbeamte, der sich inzwischen von Bob Tidballs Bekehrung zur Neutralität erholt hatte, mit einer Winchesterbüchse aus dem Wagen und beteiligte sich an dem Spiel. Ohne es zu wissen, spielte Mr. John Dicker Hund, der auf dem Kohlentender saß, eine verkehrte Karte aus, indem er sich als Zielscheibe gebärdete, und der Postbeamte war ihm über. Mit einer genau zwischen den Schulterblättern sitzenden Kugel rollte der Creek-Glücksritter zu Boden und vergrößerte dadurch die Beuteanteile seiner Kameraden um je ein Sechstel.
Zwei Meilen vom Tank entfernt mußte der Lokomotivführer halten.
Die Räuber winkten einen herausfordernden Abschiedsgruß und tauchten einen steilen Abhang hinab in die dichten Wälder, die sich am Schienenstrang ent-

langzogen. Fünf Minuten krochen sie durch dichtes Dorngestrüpp und gelangten dann auf eine Lichtung, wo drei Pferde an tiefhängenden Ästen angebunden standen. Eins wartete auf John Dicker Hund, der nie wieder, weder bei Tag noch bei Nacht, reiten würde. Die Räuber nahmen diesem Tier Sattel und Zaumzeug ab und ließen es laufen. Dann stiegen sie, den Sack über einen Sattelknopf gelegt, auf die beiden anderen und ritten schnell und vorsichtig durch den Wald und eine urzeitliche, einsame Schlucht hinauf. Hier rutschte das Pferd, auf dem Bob Tidball saß, auf einem moosbewachsenen Felsblock aus und brach sich ein Vorderbein. Sie schossen es durch den Kopf und setzten sich nieder, um über die Flucht zu beraten. Da sie sich im Augenblick dank der verschlungenen Pfade, die sie geritten waren, in Sicherheit fühlten, war die Zeitfrage nicht mehr so brennend. Viele Meilen und Stunden lagen zwischen ihnen und dem schnellsten Aufgebot an Konstablern, die sie verfolgen könnten. ‹Hai› Dodsons Pferd, mit nachschleppender Leine und hängendem Zügel, schnaubte und knabberte dankbar an dem Ufergras des Stromes in der Schlucht. Bob Tidball machte den Sack auf und zog mit beiden Händen die sauberen Banknotenpäckchen und den Beutel mit Gold heraus und kicherte mit kindlichem Vergnügen.

«Na, du alter Quadratpirat», rief er Dodson fröhlich zu, «du hast gesagt, wir können die Sache machen – du hast einen Kopf fürs Geldmachen, der alles und jedes in Arizona übertrifft.»

«Wie sollen wir ein Pferd für dich beschaffen, Bob? Ewig können wir hier nicht warten. Vor der Morgendämmerung werden sie uns auf der Spur sein.»

«Oh, ich denke, dein Mustang wird auch eine Weile zwei tragen», antwortete der zuversichtliche Bob. «Das erste Tier, das uns in den Weg läuft, werden wir annektieren. Heiliger Strohsack, da haben wir aber mal einen Fang gemacht, was? Nach den Banderolen sind es dreißigtausend Dollar – also für jeden fünfzehntausend!»

«Es ist nicht so viel, wie ich erwartet habe», sagte ‹Hai› Dodson und stieß sacht mit der Stiefelspitze an die Bündel. Dann blickte er nachdenklich auf die feuchten Flanken seines müden Pferdes.

«Der alte Bolivar ist mächtig nahe am Zusammenklappen», sagte er langsam. «Ich wünschte, dein Rotfuchs hätt' sich nichts getan.»

«Ich auch», meinte Bob freundlich, «aber daran kann ich nun nichts ändern. Bolivar steht über viel Boden – er wird uns beide weit genug bringen, daß wir zu frischen Pferden kommen. Verdammt, Hai, ich muß immer daran denken, wie ulkig es doch ist, daß einer aus dem Osten wie du hierherkommen kann und uns Kerlen aus dem Westen Karten und Trümpfe für das Desperadogeschäft in die Hand gibt. Aus welcher Gegend im Osten bist du eigentlich?»

«Staat New York», sagte ‹Hai› Dodson, setzte sich auf einen Felsblock und kaute an einem Ast. «Geboren bin ich auf einer Farm im Distrikt Ulster. Als ich siebzehn war, bin ich von zu Hause weggelaufen. Daß ich in den Westen kam, war ein reiner Zufall. Ich bin da so mit meinem Kleiderbündel die Straße langgewandert und wollte nach New York. Irgendwie hatt' ich es mir in den Kopf gesetzt, dahin zu gehen und einen Haufen Geld zu verdienen. Ich hab immer gedacht, daß ich das könnte. Eines Abends bin ich dann an eine Stelle gekommen, wo sich die Straße gabelte, und ich wußte nicht, welchen Weg ich nehmen sollte. Eine halbe Stunde habe ich darüber nachgedacht, und dann nahm ich den zur Linken. In der Nacht stieß ich auf das Lager einer Wildwest-Show, die in den Kleinstädten rumreiste, und mit der bin ich nach Westen weitergezogen. Ich hab mich oft gefragt, ob ich nicht anders geworden wär, wenn ich die andere Straße genommen hätte.»

«Ach, ich denke, es wäre bei dir auf dasselbe herausgekommen», sagte Bob Tidball mit heiterem Gleichmut. «Es sind nicht die Straßen, die wir wählen, es ist das Inwendige in uns, was uns so macht.»

‹Hai› Dodson stand auf und lehnte sich an einen Baum. «Es wär mir 'n ganz Teil lieber, wenn deinem Rotfuchs nichts passiert wär», sagte er wieder, fast pathetisch.

«Ganz meinerseits», gab Bob zu, «bestimmt ist er ein erstklassiges Krähenfutter. Aber Bolivar wird uns schon prima durchbringen. Ich glaube, wir sollten uns jetzt lieber davonmachen, was, Hai? Ich werde das Zeug wieder einsacken, und wir werden uns irgendwie zu einem lichteren Wald durchschlagen.»

Bob Tidball steckte die Beute in den Sack zurück und schnürte ihn fest mit einem Strick zu. Als er aufstand, erblickte er als auffälligsten Gegenstand die Mündung von ‹Hai› Dodsons Revolver, den dieser, ohne zu zittern, auf ihn gerichtet hielt.

«Laß deine Witze», sagte Bob grinsend. «Wir müssen uns aus dem Staube machen.»

«Halt den Rand», entgegnete Hai. «Du wirst dich nicht mehr aus dem Staube machen, Bob. Es fällt mir verdammt schwer, dir das zu sagen, aber nur einer von

uns hat eine Chance. Bolivar ist mächtig abgehetzt, zwei kann er nicht tragen.»
«Wir beide, Hai Dodson, sind drei Jahre lang Freunde gewesen», sagte Bob ruhig. «Noch und noch haben wir zusammen unser Leben aufs Spiel gesetzt. Ich bin immer ehrlich zu dir gewesen, und ich hab gedacht, du bist ein Mann. Ich hab ja ein paar komische Geschichten über dich gehört, daß du ein paar Leute auf eigentümliche Art niedergeschossen hast, aber ich hab nie so recht dran geglaubt. Wenn du dir jetzt einen Spaß mit mir machen willst, Hai, steck dein Schießeisen weg, wir setzen uns auf Bolivar und hauen ab. Wenn du wirklich schießen willst – dann schieß, du dreckiger Hund!»
‹Hai› Dodsons Gesicht hatte einen überaus kummervollen Ausdruck.
«Du kannst dir nicht vorstellen, wie mir das an die Nieren geht, daß sich dein Rotfuchs das Bein gebrochen hat, Bob», seufzte er.
Im nächsten Augenblick verwandelte sich der Ausdruck in Dodsons Gesicht in kalte Grausamkeit, die mit unerbittlicher Habgier vermischt war. Sekundenlang blickte seine Seele hindurch wie ein böses Gesicht im Fenster eines achtbaren Hauses.
Bob Tidball sollte sich wirklich nie wieder ‹aus dem Staube machen›. Der mörderische Revolver des falschen Freundes krachte und erfüllte die Schlucht mit einem Brüllen, das mit empörten Echos von den Wänden zurückgeschleudert wurde. Und der unwissende Komplize Bolivar trug den letzten Plünderer des ‹Sunset-Expreß› geschwind davon, und es wurde ihm nicht Gewalt angetan, ‹doppelt zu tragen›.

Doch wie ‹Hai› Dodson durch die Wälder dahingaloppierte, schienen sie vor seinem Blick zu verschwimmen; der Revolver in seiner Rechten verwandelte sich in die geschwungene Armlehne eines Mahagonisessels; sein Sattel war sonderbarerweise gepolstert, und als er die Augen öffnete, sah er seine Füße nicht in den Steigbügeln, sondern bequem auf der Kante eines gemaserten Eichentisches ruhen.
Ich will euch bloß sagen, daß Dodson, Firma Dodson & Decker, Makler in der Wallstreet, seine Augen aufmachte. Der Prokurist Peabody stand neben seinem Stuhl und wollte nicht recht mit der Sprache heraus. Ein verworrenes Räderrollen drang von unten herauf, und der Ventilator surrte einschläfernd.
«Ahem! Peabody», sagte Dodson blinzelnd. «Ich muß eingeschlafen sein. Ich habe einen sehr sonderbaren Traum gehabt. Was ist, Peabody?»
«Mr. Williams, Sir, von Tracy & Williams, ist draußen. Er möchte gern das Geschäft in XYZ perfekt machen. Sie erinnern sich, Sir, er ist in große Absatzschwierigkeiten geraten.»
«Ja, ich erinnere mich. Wie notieren XYZ heute, Peabody?»
«Einsfünfundachtzig, Sir.»
«Dann muß er so viel zahlen.»
«Entschuldigen Sie, daß ich davon rede», sagte Peabody sichtlich nervös, «aber ich habe mit Williams gesprochen. Er ist ein alter Freund von Ihnen, Mr. Dodson, und praktisch haben Sie die Majorität von XYZ. Ich dachte, Sie könnten – das heißt, ich dachte, vielleicht würden Sie sich nicht erinnern, daß er Ihnen den ganzen Aktienvorrat zu achtundneunzig verkauft

hat. Wenn er zum Börsenkurs abschließt, wird er jeden Cent hergeben müssen, den er besitzt, und außerdem wird es ihn noch sein Haus kosten.»
Der Ausdruck von Dodsons Gesicht verwandelte sich augenblicklich in kalte Grausamkeit, die mit unerbittlicher Habgier vermischt war. Sekundenlang blickte seine Seele hindurch wie ein böses Gesicht im Fenster eines achtbaren Hauses.
«Er wird einsfünfundachtzig bezahlen», sagte Dodson. «Zwei kann Bolivar nicht tragen.»

Freunde in San Rosario

Der Zug in Richtung Westen hielt pünktlich um 8.20 Uhr in San Rosario. Ein Mann mit einer dicken schwarzen Ledertasche unter dem Arm stieg aus und ging eilig die Hauptstraße der Stadt hinauf. Auch andere Fahrgäste stiegen noch in San Rosario aus, aber sie schlenderten entweder lässig zum Bahnhofrestaurant oder nach der Kneipe ‹Zum Silberdollar› hinüber, oder sie gesellten sich zu den Gruppen der Müßiggänger am Bahnhof.
Keineswegs lag Unschlüssigkeit in den Bewegungen des Mannes mit der Tasche. Er war klein, aber kräftig, hatte sehr helles, kurzgeschnittenes Haar, ein regelmäßiges, entschlossenes Gesicht und eine streitlustige, funkelnde Brille mit Goldrand. Er war gut gekleidet nach der herrschenden Mode des Ostens. Seine Miene drückte Ruhe und Selbstbewußtsein, wenn nicht gar Autorität aus.
Nachdem er drei Häuserblocks weit gegangen war, kam er in das Geschäftszentrum der Stadt. Hier kreuzten sich die Hauptstraße und eine andere größere Straße und bildeten so den Mittelpunkt des Lebens und Handels von San Rosario. An der einen Ecke stand die Post. An einer anderen Rubenskys Textilgeschäft. Die beiden anderen, diagonal gegenüberliegenden Ecken nahmen die beiden Banken der Stadt ein, die First National und die Stockmen's National. Der Ankömmling ging in die First National Bank von San Rosario, ohne seinen forschen Schritt zu verlangsamen, bis er vor dem Schalter des Hauptkassierers stand. Die Bank

wurde um neun für den Publikumsverkehr geöffnet. Die Angestellten waren schon versammelt, und jeder bereitete seinen Arbeitsplatz für die Geschäfte des Tages vor. Der Hauptkassierer sah gerade die Post durch, als er den Fremden vor seinem Schalter bemerkte:
«Die Bank öffnet erst um neun», sagte er barsch und gleichgültig. Er hatte das schon so oft zu Frühaufstehern sagen müssen, seit in San Rosario öffentliche Bankstunden eingeführt waren.
«Das ist mir durchaus bekannt», sagte der andere in kühlem, sprödem Ton. «Wollen Sie bitte meine Karte nehmen?»
Der Hauptkassierer zog das kleine, makellose Viereck durch das Gitter seiner Kassenbox und las:

J. F. C. NETTLEWICK
Staatlicher Bankrevisor

«Oh – eh – wollen Sie hier herumkommen, Mister – eh – Nettlewick. Ihr erster Besuch – wußte natürlich nicht, in welcher Angelegenheit. Kommen Sie nur herum, bitte.»
Der Revisor befand sich schnell innerhalb der heiligen Bezirke der Bank, wo ihn Mr. Edlinger, der Hauptkassierer, ein bedächtiger, taktvoller und pedantischer Herr mittleren Alters, der Reihe nach umständlich mit jedem Angestellten bekannt machte.
«Ich dachte eigentlich, daß Sam Turner bald wieder einmal vorbeikäme», sagte Mr. Edlinger. «Sam revidiert uns nun schon seit etwa vier Jahren. Ich denke, Sie werden bei uns alles in Ordnung finden trotz der angespannten Lage im Geschäft. Kein übermäßig gro-

ßer Kassenbestand, aber wir können den Stürmen schon trotzen, mein Herr, den Stürmen trotzen.»
«Mister Turner und ich sind vom Hauptrevisor angewiesen worden, unsere Bezirke zu tauschen», sagte der Revisor in seiner bestimmten, strengen Art. «Er arbeitet jetzt in meinem alten Gebiet in Süd-Illinois. Ich möchte bitte mit dem Bargeld beginnen.»
Perry Dorsey, der Kassierer, war schon dabei, sein Geld für die Inspektion auf dem Zahltisch zu ordnen. Er wußte, daß es bis auf den Cent stimmte und daß er nichts zu fürchten hatte, aber er war nervös und aufgeregt. So ging es allen in der Bank. Dieser Mann wirkte so eisig und tüchtig, so unpersönlich und unnachgiebig, daß allein schon seine Anwesenheit eine Beschuldigung auszudrücken schien. Er sah aus wie ein Mensch, der nie einen Irrtum begehen oder übersehen würde.
Mr. Nettlewick bemächtigte sich zuerst des Bargeldes, und mit schnellen, fast gauklerhaften Handbewegungen zählte er die Bündel. Dann zog er den Schwamm zu sich heran und prüfte das Ergebnis an Hand der Scheine nach. Seine dünnen weißen Finger flogen wie die eines großen Musikers über die Tasten eines Klaviers. Mit lautem Krach kippte er das Gold auf den Zahltisch, und die Münzen klimperten und klangen, als sie von seinen behenden Fingerspitzen über die Marmorplatte geschoben wurden. Die Luft war erfüllt vom Geräusch der Scheidemünzen, als er zu den Halb- und Vierteldollarstücken kam. Er zählte alles bis auf den letzten Cent. Er ließ sich eine Waage bringen und wog jeden einzelnen Sack Silber im Tresor. Mit untadeliger Höflichkeit befragte er Dorsey über jede Bar-

geldrechnung – bestimmte Schecks, Buchungsbelege usw., die noch vom Vortag stammten –, mit einem so seltsamen Ernst in seiner kühlen Art, daß der Kassierer stammelnd und mit rotem Kopf dastand.
Dieser frisch importierte Revisor war so ganz anders als Sam Turner. Sam pflegte die Bank mit einem lauten «Hallo!» zu betreten, Zigarren anzubieten und dann die neuesten Witze zu erzählen, die er auf seiner Runde gehört hatte. Dorsey hatte er gewöhnlich so begrüßt: «Hallo, Perry! Noch nicht ausgerückt mit den Moneten, wie ich sehe?» Turners Art, das Geld zu zählen, war auch anders gewesen. Er pflegte die Banknotenbündel in die Hand zu nehmen, als ob er ihrer überdrüssig wäre, und dann ging er in den Tresor, stieß mit dem Fuß ein paar Säcke Silbergeld um, und die Sache war erledigt. Halbdollar-, Vierteldollar- und Zehncentstücke? Nicht bei Sam Turner. «Kein Hühnerfutter für mich», sagte er immer, wenn man sie ihm brachte. «Ich bin nicht vom Landwirtschaftsministerium.» Aber schließlich stammte Turner auch aus Texas, und er war ein alter Freund des Präsidenten der Bank und kannte Dorsey seit dessen frühester Kindheit.
Während der Revisor das Geld zählte, fuhr Major Thomas B. Kingman, der Präsident der First National und jedermann bekannt als ‹Major Tom›, mit seinem alten Falben und Einspänner am Nebeneingang vor und kam herein. Er sah den Revisor mit dem Geld beschäftigt und ging in den kleinen ‹Ponypferch›, wie er den Raum nannte, in dem sein Schreibtisch durch ein Geländer abgesondert war, und begann, seine Briefe durchzusehen.

Vorher hatte sich ein kleiner Vorfall ereignet, der sogar den scharfen Augen des Revisors entgangen war. Als er seine Arbeit am Zahltisch begonnen hatte, blinzelte Mr. Edlinger dem jugendlichen Kassenboten Roy Wilson bedeutungsvoll zu und wies mit dem Kopf leicht zur Vordertür hin. Roy verstand, nahm seinen Hut und ging gemächlich hinaus, sein Inkassobuch unter dem Arm. Einmal draußen, lief er schnurstracks in die Stockmen's National. Auch in dieser Bank machte man sich gerade bereit zu öffnen. Kundschaft hatte sich bis jetzt noch nicht gezeigt.
«He, ihr Leute!» rief Roy mit der Vertraulichkeit der Jugend und langer Bekanntschaft. «Rührt euch mal ein bißchen! Wir haben drüben in der First 'nen neuen Bankrevisor, das ist ein Schnüffler. Er zählt dem Perry die Fünfer nach und hat die ganze Mannschaft eingeschüchtert. Mister Edlinger hat mir den Tip gegeben, euch Bescheid zu sagen.»
Mr. Buckley, der Präsident der Stockmen's National, ein untersetzter, älterer Mann, der aussah wie ein Farmer im Sonntagsanzug, hatte Roy hinten in seinem Privatbüro gehört und rief ihn herein.
«Ist Major Kingman schon in der Bank?» fragte er den Jungen.
«Jawohl, er fuhr gerade vor, als ich wegging», sagte Roy.
«Ich möchte, daß du ihm eine Nachricht bringst. Gib sie ihm aber persönlich, sobald du zurückkommst.»
Mr. Buckley setzte sich und begann zu schreiben.
Roy kehrte zurück und übergab Major Kingman den Umschlag mit dem Brief. Der Major las ihn, faltete ihn zusammen und schob ihn in seine Westentasche. Für

einige Augenblicke lehnte er sich im Stuhl zurück, als ob er tief nachdächte; dann erhob er sich und ging in den Tresor. Er kam heraus mit der dicken, altmodischen Ledertasche, die auf ihrer Rückseite in goldenen Lettern den Aufdruck ‹Diskontierte Wechsel› trug. Sie enthielt die an die Bank fälligen Schuldscheine mit ihren beigefügten Sicherheiten. Der Major kippte alles heftig auf den Schreibtisch und begann es durchzusehen.

Um diese Zeit war Nettlewick mit dem Zählen des Geldes fertig. Wie eine Schwalbe schoß sein Bleistift über das Blatt Papier, auf dem er seine Zahlen notiert hatte. Er öffnete seine schwarze Tasche, die zugleich so etwas wie ein Geheimnotizbuch zu sein schien, schrieb schnell ein paar Zahlen ein, fuhr herum und durchbohrte Dorsey mit dem Funkeln seiner Gläser. Dieser Blick schien zu sagen: ‹Diesmal hast du noch Glück gehabt, aber . . .›

«Bargeld in Ordnung», schnauzte er. Dann ging er auf den Buchhalter los, und einige Minuten lang flatterten die Seiten des Hauptbuches und segelten die Bilanzbogen durch die Luft.

«Wie oft bilanzieren Sie Ihre Kontobücher?» forschte er plötzlich.

«Eh – einmal im Monat», stammelte der Buchhalter und fragte sich, wie viele Jahre er wohl kriegen würde.

«In Ordnung», sagte der Revisor, drehte sich um und stürmte auf den Hauptbuchhalter los, der die Kontoauszüge der auswärtigen Banken und ihre Ausgleichsbuchungen bereithielt. Auch hier war alles in Ordnung. Dann das Kontrollbuch mit den Einzahlungsbelegen. Flatter – flatter – zip – zip – Notiz! In

Ordnung; die Liste der Überziehungen, bitte. Danke. Hm, hm. Nicht signierte Wechsel der Bank als nächstes. In Ordnung.
Dann kam der Hauptkassierer an die Reihe, und der gemächliche Mr. Edlinger rieb sich nervös die Nase und putzte seine Brille, als die Fragen nach Papiergeldausgabe, Reingewinn, Grund- und Effektenbesitz der Bank in schneller Folge auf ihn niederprasselten.
Kurz darauf bemerkte Nettlewick hinter sich einen stattlichen Mann, der ihn weit überragte, einen Mann von sechzig Jahren, mit runzeligem, gesundem Gesicht, einem borstigen grauen Bart, einem Schwall grauen Haares und mit durchdringenden blauen Augen, die den schrecklichen Gläsern des Revisors ohne Zucken begegneten.
«Eh – Major Kingman, unser Präsident – eh – Mister Nettlewick», sagte der Hauptkassierer.
Zwei Männer ganz verschiedenen Typs schüttelten sich die Hände. Einer war das vollendete Produkt einer Welt gerader Linien, konventionellen Denkens und strenger Verhältnisse. Der andere war irgendwie freier, ungezwungener, naturnäher. Tom Kingman hatte sich nie in irgendeine Form pressen lassen. Er war Eseltreiber, Cowboy, Polizeireiter, Soldat, Sheriff, Goldsucher und Viehzüchter gewesen. Jetzt war er Bankpräsident, und seine alten Freunde aus der Prärie, die Kameraden von Sattel, Zelt und Fährten, fanden, daß er sich nicht verändert habe. Als das Vieh in Texas Höchstpreise brachte, hatte er sein Vermögen erworben und die First National Bank von San Rosario gegründet. Trotz seiner Großherzigkeit und manchmal unklugen Großzügigkeit seinen alten Freunden gegenüber hatte sich

die Bank gut entwickelt, denn Major Kingman kannte die Menschen so gut wie das Vieh. In den letzten Jahren hatte es eine Depression im Viehgeschäft gegeben, aber die Bank des Majors war eine der wenigen, deren Verluste nicht groß waren.
«Und jetzt», sagte der Revisor lebhaft, seine Uhr ziehend, «zum Schluß die Darlehen. Wir wollen gleich damit beginnen, wenn Sie gestatten.»
Er hatte die First National fast in Rekordzeit überprüft, aber gründlich, wie alles, was er tat. Die korrekte und saubere Geschäftsführung der Bank hatte seine Arbeit erleichtert. Es gab nur noch eine Bank in der Stadt. Er bekam von der Regierung ein Honorar von fünfundzwanzig Dollar für jede Bank, die er überprüfte. Diese Darlehen und diskontierten Wechsel müßte er eigentlich in einer halben Stunde schaffen. Dann könnte er gleich die andere Bank überprüfen und noch den Zug um 11.45 Uhr erreichen, den einzigen, der heute noch in der Richtung fuhr, in der er arbeitete. Sonst müßte er die Nacht und den Sonntag in dieser langweiligen, westlichen Stadt verbringen. Und das war der Grund, warum er es so eilig hatte.
«Kommen Sie mit, mein Herr», sagte Major Kingman mit seiner tiefen Stimme, in der sich die gedehnte Sprechweise des Südstaatlers mit dem rhythmischen Näseln des Westlers verband. «Wir wollen sie zusammen durchsehen. Keiner in der Bank kennt diese Papiere besser als ich. Ein paar davon sind ja ein bißchen wackelig auf den Beinen, und einige sind wie herrenloses Vieh ohne besonders viele Brandzeichen auf dem Rücken, aber beim Zusammentreiben werden sie fast alle ihr Geld bringen.»

Die beiden setzten sich an den Schreibtisch des Präsidenten. Zuerst sah der Revisor wie der Blitz die Schuldscheine durch, addierte die Beträge und fand, daß ihre Summe mit der Summe der Darlehen übereinstimmte. Als nächstes nahm er sich die größeren Anleihen vor und erkundigte sich peinlich genau nach den Verhältnissen der Indossanten oder ihren Sicherheiten. Der Spürsinn des neuen Revisors schien zu suchen, sich hierhin und dorthin zu wenden und unerwartete Ausfälle zu machen, wie ein Bluthund, der eine Spur aufnimmt. Schließlich schob er alle Papiere beiseite, außer einigen, die er sauber vor sich aufschichtete, und begann eine trockene, förmliche kleine Ansprache.

«Mein Herr, ich finde den Zustand Ihrer Bank sehr gut angesichts der schlechten Ernten und der Depression im Viehgeschäft Ihres Staates. Die Buchungsarbeit scheint sorgfältig und pünktlich verrichtet zu werden. Die Summe Ihrer überfälligen Gelder ist nicht sehr hoch und verspricht nur geringe Verluste. Ich würde Ihnen empfehlen, die großen Darlehen zu kündigen und nur noch solche mit sechzig-, neunzig- oder gar nur eintägiger Kündigungsfrist zu geben, bis die Geschäfte allgemein wieder florieren. Und jetzt ist da nur noch eins, bevor ich mit der Bank fertig bin. Hier sind sechs Schuldscheine, die sich auf etwa vierzigtausend Dollar belaufen. Sie sind laut Nennwert durch verschiedene Aktien, Obligationen, Anteilscheine und so weiter zum Wert von siebzigtausend Dollar gedeckt. Diese Wertpapiere sind nicht bei den Schuldscheinen, an die sie angeheftet sein sollten. Ich nehme an, Sie haben sie im Safe oder im Tresor. Gestatten Sie mir, sie zu prüfen.»

Major Toms hellblaue Augen richteten sich entschlossen auf den Revisor. «Nein, mein Herr», sagte er mit leiser, aber fester Stimme, «diese Wertpapiere sind weder im Safe noch im Tresor. Ich habe sie genommen. Sie können mich persönlich für ihr Fehlen verantwortlich machen.»

Nettlewick fühlte einen leichten Schauer. Das hatte er nicht erwartet. Er war auf eine wichtige Fährte gestoßen, als die Jagd schon zu Ende ging.

«Aha!» sagte der Revisor. Er wartete einen Augenblick und fuhr dann fort: «Darf ich Sie bitten, sich näher zu erklären?»

«Ich habe die Wertpapiere genommen», wiederholte der Major. «Ich tat es nicht zu meinem eigenen Vorteil, sondern um einen alten Freund zu retten, der in Schwierigkeiten war. Kommen Sie hier herein, mein Herr, wir wollen die Sache besprechen.»

Er führte den Revisor nach hinten in das Privatbüro der Bank und schloß die Tür. Ein Schreibtisch, ein Tisch und ein halbes Dutzend lederbezogene Stühle standen darin. Von der Wand schaute der ausgestopfte Kopf eines Texasstiers mit Hörnern, deren Abstand von Spitze zu Spitze fünf Fuß betrug. Gegenüber hing der alte Kavalleriesäbel des Majors, den er bei Shiloh und Fort Pillow getragen hatte.

Der Major rückte einen Stuhl für Nettlewick zurecht und setzte sich selbst an das Fenster, von dem er die Post und die verzierte Kalksteinfassade der Stockmen's National sehen konnte. Er begann nicht gleich zu sprechen, und Nettlewick hielt es für angebracht, das Eis aus Gründen der ähnlichen Temperatur mit der Stimme der offiziellen Warnung zu brechen.

«Wie Sie sicherlich wissen, ist Ihre Feststellung», so begann er, «da Sie es unterlassen haben, sie näher zu erklären, eine sehr ernste Sache. Sie wissen auch, was mich meine Pflicht zu tun zwingt. Ich werde der Aufsichtsbehörde berichten müssen und...»
«Ich weiß, ich weiß», sagte Major Tom mit einer Handbewegung. «Sie glauben doch nicht, daß ich eine Bank leiten würde, ohne die Bundesbankgesetze und die Statuten zu kennen! Tun Sie Ihre Pflicht. Ich bitte Sie nicht um Rücksichtnahme. Aber ich sprach von meinem Freund. Ich möchte, daß Sie sich anhören, was ich von Bob zu erzählen habe.»
Nettlewick setzte sich in seinem Stuhl zurecht. Heute würde er nicht mehr aus San Rosario fortkommen. Er hatte an den Schatzmeister zu telegrafieren und vor dem Bundesbevollmächtigten einen Eid zu leisten, damit Major Kingman verhaftet werden konnte; vielleicht würde er die Weisung erhalten, die Bank wegen des Verlustes der Sicherheiten zu schließen. Dies war nicht das erste Vergehen, das der Revisor aufgespürt hatte. Ein- oder zweimal war seine dienstliche Haltung durch den schrecklichen Aufruhr menschlicher Gefühle, den seine Untersuchungen verursachten, fast erschüttert worden. Bankleute hatten vor ihm gekniet und wie Frauen geweint und ihn gebeten – eine Stunde lang –, ihnen eine Chance zu geben und einen einmaligen Fehler zu übersehen. Ein Hauptkassierer hatte sich vor ihm an seinem Schreibtisch erschossen. Keiner von ihnen hatte es mit soviel Würde und Fassung getragen wie dieser ernste alte Westmann. Nettlewick fühlte, daß er nicht umhin konnte, ihm wenigstens zuzuhören, falls er zu sprechen wünschte. Die Ell-

bogen auf der Stuhllehne und das markante Kinn in die rechte Hand gestützt, erwartete der Bankrevisor die Beichte des Präsidenten der First National Bank von San Rosario.

«Wenn man vierzig Jahre lang einen Freund hat», begann Major Tom etwas belehrend, «der erprobt ist in Wasser, Feuer, Sand und Zyklonen, dann zögert man nicht, wenn man ihm einen kleinen Gefallen tun kann.»

‹Und unterschlägt für ihn Sicherheiten im Werte von siebzigtausend Dollar›, dachte der Revisor.

«Wir waren zusammen Cowboys, Bob und ich», fuhr der Major langsam, bedächtig und nachdenklich fort, als ob seine Gedanken mehr in der Vergangenheit als in der kritischen Gegenwart weilten. «In ganz Arizona, Neu-Mexiko und in großen Teilen von Kalifornien haben wir zusammen nach Gold und Silber geschürft. Wir waren beide im einundsechziger Krieg, nur in verschiedenen Einheiten. Wir haben Seite an Seite gegen Indianer und Pferdediebe gekämpft; wir haben wochenlang in einer Blockhütte in den Bergen Arizonas gehungert, zwanzig Fuß tief im Schnee begraben; wir haben zusammen Vieh gehütet, wenn der Wind so stark war, daß der Blitz nicht einschlagen konnte; kurzum, Bob und ich haben so manche rauhe Zeit hinter uns, seit wir uns im Lager der alten Anchor-Bar-Ranch zum erstenmal trafen. Und während dieser Zeit ergab sich mehr als einmal die Notwendigkeit, uns gegenseitig aus der Klemme zu helfen. Damals gehörte es sich für einen Mann, daß er zu seinem Freund hielt, ohne ein Dankeschön dafür zu fordern. Vielleicht brauchte man ihn selber schon am nächsten Tag, wenn es galt, sich eine Schar von Apachen vom Leibe zu halten oder das Bein über einem Klapperschlangenbiß abzubinden und nach Whisky zu reiten. So beruhte schließlich alles auf Gegenseitigkeit, und wenn man es mit seinem Partner nicht ehrlich meinte, ja, dann konnte es passieren, daß man ohne ihn dastand, wenn man ihn brauchte. Aber Bob war ein Mann, der bereit war, bis zum Äußersten zu gehen. Seine Freundschaft kannte keine Grenzen.

Vor zwanzig Jahren war ich der Sheriff dieses Distrikts, und ich machte Bob zu meinem Stellvertreter. Das war vor der Viehkonjunktur, in der wir beide unser Vermögen erwarben. Ich war Sheriff und Steuereinnehmer, und das war damals eine große Sache für mich. Ich war verheiratet, und wir hatten einen Jungen und ein Mädchen, vier und sechs Jahre alt. Wir wohnten gleich neben dem Gerichtsgebäude in einem bequemen Haus, das die Kreisverwaltung mietfrei zur Verfügung stellte, und ich legte etwas Geld zurück. Bob machte die meiste Büroarbeit. Beide hatten wir harte Zeiten und eine Menge Viehdiebstähle und Gefahren erlebt, und ich sage Ihnen, es war großartig, nachts Regen und Hagel an die Fenster trommeln zu hören und dabei geschützt und gemütlich im Warmen zu sitzen in dem Bewußtsein, daß man am Morgen aufstehen, sich rasieren und von den Leuten ‹Mister› nennen lassen konnte. Und dann hatte ich die beste Frau und die besten Kinder, die je in diese Gegend verschlagen wurden, und dazu meinen alten Freund, der mit mir die ersten Früchte des Wohlstands und die weißen Hemden genoß, und ich glaube, ich war glücklich. Ja, damals *war* ich glücklich.»

Der Major seufzte und sah wie zufällig zum Fenster hinaus.
Der Bankrevisor wechselte seine Haltung und stützte das Kinn in die andere Hand.
«In einem Winter», fuhr der Major fort, «kamen die Steuergelder so schnell ein, daß ich eine Woche lang keine Zeit hatte, das Zeug zur Bank zu bringen. Ich stopfte die Schecks einfach in eine Zigarrenkiste und das Geld in einen Sack und verschloß beides in dem großen Safe, der zum Büro des Sheriffs gehörte.
Ich war in dieser Woche überarbeitet und sowieso irgendwie krank. Meine Nerven waren nicht in Ordnung, nicht einmal der Schlaf nachts erfrischte mich. Der Doktor hatte irgendeinen wissenschaftlichen Namen dafür, und ich nahm Medizin ein. Dazu kam noch, daß mir, wenn ich abends zu Bett ging, das Geld nicht aus dem Sinn kam. Nicht, daß ich mich sehr zu beunruhigen brauchte, der Safe war gut, und keiner außer Bob und mir kannte die Kombination. An einem Freitagabend nun waren etwa sechstausendfünfhundert Dollar Bargeld in dem Sack. Am Sonnabendmorgen ging ich wie gewöhnlich in mein Büro. Der Safe war verschlossen, und Bob schrieb an seinem Schreibtisch. Ich schloß den Safe auf, und das Geld war weg. Ich brachte das ganze Gerichtsgebäude auf die Beine, um den Diebstahl anzuzeigen. Mir fiel nur auf, daß Bob es ziemlich ruhig aufnahm, wenn man bedenkt, daß die Sache zuerst auf uns beide zurückfiel.
Zwei Tage vergingen, und wir fanden nicht die geringste Spur. Diebe konnten es nicht gewesen sein, denn der Safe war richtig mit Hilfe der Kombination geöffnet worden. Die Leute mußten schon darüber reden,

denn eines Nachmittags kommt Alice herein – das ist meine Frau – und der Junge und das Mädchen, und Alice stampft mit dem Fuß auf, und ihre Augen blitzen, und sie schreit: ‹Diese Lügenkerle, Tom, Tom!›, und ich fange sie ohnmächtig auf und bringe sie langsam wieder zu sich, und sie läßt den Kopf sinken und weint und weint, zum erstenmal, seit sie Tom Kingmans Namen trägt. Und Jack und Zilla, die Kinder, die Bob immer wie kleine Tiger ansprangen und an ihm herumkletterten, wenn sie mal ins Gerichtshaus kommen durften, die standen da und scharrten mit ihren kleinen Schuhen auf dem Boden und drängten sich zusammen wie erschreckte Rebhühner. Das war ihre erste Bekanntschaft mit der Schattenseite des Lebens. Bob arbeitete an seinem Schreibtisch, und er stand auf und ging wortlos hinaus. Damals tagte gerade das Geschworenengericht, und am andern Tag erschien Bob vor dem Gericht und gestand, daß er das Geld gestohlen habe. Er sagte, er habe es beim Pokerspiel verloren. Binnen fünfzehn Minuten erklärten sie die Anzeige gegen ihn für begründet und schickten mir den Befehl, den Mann zu verhaften, der mir so viele Jahre näher als tausend Brüder gestanden hatte.
Ich tat es, und dann sagte ich zu Bob mit ausgestrecktem Arm: ‹Dort ist mein Haus, und hier ist mein Büro, und dort oben liegt Maine und in der Richtung Kalifornien und dort drüben Florida, und das ist dein Bereich, bis der Prozeß stattfindet. Du stehst unter meiner Aufsicht, und ich übernehme die Verantwortung dafür. Sei hier, wenn du gebraucht wirst.›
‹Danke, Tom›, sagte er ein bißchen unbekümmert, ‹ich hatte gehofft, daß du mich nicht einsperren würdest.

Der Prozeß ist nächsten Montag; wenn du nichts dagegen hast, möchte ich mich bis dahin hier in der Nähe des Büros aufhalten. Eine Bitte habe ich noch, falls es dir nicht zuviel ist. Wenn du ab und zu mal die Kinder zu einer kleinen Balgerei in den Hof ließest, würde ich mich freuen.›
‹Warum nicht?› antwortete ich. ‹Sie können tun und lassen, was sie wollen, und du auch. Und komm in mein Haus wie immer.›
Sehen Sie, Mister Nettlewick, man kann nicht aus einem Dieb einen Freund machen, aber man kann auch nicht so schnell aus einem Freund einen Dieb machen.»
Der Revisor antwortete nicht. In diesem Augenblick hörte man das schrille Pfeifen einer Lokomotive, die in den Bahnhof einfuhr. Das war ein Zug der Kleinbahn, die vom Süden nach San Rosario führte. Der Major spitzte die Ohren, horchte einen Moment und sah dann nach der Uhr. Die Kleinbahn war pünktlich – 10.35 Uhr. Der Major fuhr fort.
«So trieb sich Bob, Zeitung lesend und rauchend, in der Nähe des Büros herum. Ich suchte mir einen andern Stellvertreter, und nach einer Weile legte sich die erste Aufregung über den Fall.
Eines Tages, als wir allein im Büro waren, kam Bob herüber zu mir. Er sah so grimmig und nervös aus und hatte denselben Blick wie damals, wenn er eine ganze Nacht nach Indianern Ausschau gehalten oder Vieh gehütet hatte.
‹Tom›, sagte er, ‹es ist schwerer, als sich Rothäute vom Leibe zu halten; es ist schwerer, als vierzig Meilen von der Wasserstelle in der Lavawüste zu liegen, aber ich werde durchhalten bis zum Ende. Du weißt, das ist

immer meine Art gewesen. Aber wenn du mir das kleinste Zeichen geben würdest, wenn du nur sagtest: ‹Bob, ich verstehe dich›, ja, das würde alles viel leichter machen.›

Ich war überrascht. ‹Ich weiß nicht, was du meinst, Bob›, sagte ich. ‹Du weißt doch, daß ich alles auf der Welt tun würde, um dir zu helfen, wenn ich könnte. Aber du gibst mir Rätsel auf.›

‹Schon gut, Tom›, war alles, was er sagte, und dann ging er zu seiner Zeitung zurück und steckte sich eine neue Zigarre an.

Erst in der Nacht vor dem Prozeß fand ich heraus, was er meinte. Als ich an diesem Abend zu Bett ging, hatte ich wieder dies benommene, nervöse Gefühl wie früher. Ich schlief ungefähr um Mitternacht ein. Als ich aufwachte, stand ich halb angezogen in einem Korridor des Gerichtsgebäudes. Bob hielt mich an einem Arm und unser Hausarzt am andern, und Alice schüttelte mich und weinte fast. Sie hatte ohne mein Wissen nach dem Doktor geschickt, und als er kam, war ich aus dem Bett verschwunden, und sie hatten zu suchen begonnen.

‹Ein Nachtwandler›, sagte der Arzt.

Wir gingen alle ins Haus zurück, und der Doktor erzählte uns ein paar ungewöhnliche Geschichten über merkwürdige Dinge, die Leute in diesem Zustand angestellt hatten. Nach meinem Ausflug ins Freie fröstelte ich ziemlich, und da meine Frau gerade nicht im Zimmer war, öffnete ich die Tür eines alten Kleiderschrankes, der in dem Zimmer stand, und zog eine große Steppdecke heraus, die ich darin gesehen hatte. Mit ihr rollte der Sack mit dem Geld heraus, für dessen

Diebstahl Bob am Morgen vor Gericht gestellt und verurteilt werden sollte.

‹Wie zum Teufel kommt der Sack da rein?› brüllte ich, und alle mußten wohl gesehen haben, wie überrascht ich war. Bob war blitzartig im Bilde.

‹Du verflixter alter Penner›, sagte er und sah wieder aus wie früher, ‹ich habe gesehen, wie du es da reingetan hast. Ich habe dich beobachtet, wie du den Safe aufgemacht und es rausgenommen hast, und bin dir gefolgt. Ich habe durchs Fenster geguckt und gesehen, wie du es in diesem Kleiderschrank versteckt hast.›

‹Warum hast du nichtsnutziger, schlappohriger, schafsköpfiger Kojote dann gesagt, daß du es genommen hast?›

‹Weil – ich nicht wußte›, sagte Bob einfach, ‹daß du schliefst.›

Ich sah ihn nach der Tür des Zimmers sehen, in dem Jack und Zilla waren, und da wußte ich, was es nach Bobs Ansicht heißt, eines Mannes Freund zu sein.»

Major Tom unterbrach sich und warf wieder einen Blick aus dem Fenster. Er sah, wie jemand in der Stockmen's National Bank den Arm ausstreckte und über die ganze Breite des großen Vorderfrontfensters einen gelben Sonnenschutz herabließ, obwohl die Sonne noch nicht hoch stand und ein Schutz gegen ihre Strahlen noch nicht nötig zu sein schien.

Nettlewick richtete sich in seinem Stuhl auf. Er hatte die Geschichte des Majors geduldig, doch ohne großes Interesse angehört. Er hatte den Eindruck, daß sie nicht zur Sache gehörte und natürlich keinen Einfluß auf die Konsequenzen haben konnte. Diese Leute im Westen, dachte er, waren übertrieben sentimental. Sie

waren keine Geschäftsleute. Man mußte sie vor ihren eigenen Freunden schützen. Offenbar hatte der Major geendet. Was er gesagt hatte, war belanglos.
«Darf ich fragen», sagte der Revisor, «ob Sie noch irgend etwas mit direktem Bezug auf die entwendeten Sicherheiten zu sagen haben?»
«Entwendete Sicherheiten? Herr!» Der Major wandte sich plötzlich auf seinem Stuhl um; seine blauen Augen blitzten den Revisor an. «Was meinen Sie damit, mein Herr?»
Er zog einen Packen gefalteter und von einem Gummiband zusammengehaltener Papiere aus der Rocktasche, warf sie Nettlewick zu und erhob sich.
«Sie werden hier die Sicherheiten finden, mein Herr, und zwar bis auf die letzte Aktie und Obligation. Ich habe sie von den Schuldscheinen abgemacht, während Sie das Bargeld zählten. Prüfen und vergleichen Sie selbst.»
Der Major ging voran in den Schalterraum. Der Revisor, erstaunt, verblüfft, gereizt und ratlos, folgte ihm. Er spürte, daß er vielleicht nicht das Opfer eines schlechten Scherzes geworden war, daß er aber doch dastand wie einer, den man gebraucht, benutzt und dann aufgegeben hatte, ohne daß er selbst ahnte, was gespielt wurde. Vielleicht hatte man sich auch gegen seine amtliche Stellung Respektlosigkeiten erlaubt. Aber es gab nichts, was ihm eine Handhabe bot. Eine dienstliche Meldung des Vorfalls wäre absurd. Und irgendwie fühlte er, daß er niemals mehr über die Sache erfahren würde, als er jetzt wußte.
Nettlewick prüfte frostig und mechanisch die Sicherheiten, stellte fest, daß sie mit den Schuldscheinen

übereinstimmten, ergriff seine schwarze Tasche und erhob sich, um zu gehen.

«Ich möchte feststellen», protestierte er, das zornige Blitzen seiner Brille auf Major Kingman richtend, «daß ich Ihre Angaben – Ihre irreführenden Angaben –, die zu erklären Sie nicht die Güte hatten, weder vom Standpunkt der Geschäftsgepflogenheiten noch des Humors als passend betrachten kann. Mir sind derartige Motive oder Handlungen durchaus unverständlich.»

Major Tom blickte gelassen und nicht unfreundlich auf ihn herab.

«Mein Lieber», sagte er, «es gibt eine Menge Dinge im Dickicht, auf den Prärien und oben in den Schluchten, die Sie nicht verstehen. Aber ich möchte Ihnen danken, daß Sie die langweilige Geschichte eines redseligen alten Mannes angehört haben. Wir alten Texaner lieben es, über unsere Abenteuer und unsere alten Kameraden zu schwatzen, und da unsere Landsleute schon lange die Flucht ergreifen, wenn wir mit ‹Es war einmal› anfangen, so sind wir gezwungen, unser Garn Fremden vorzuspinnen.»

Der Major lächelte, aber der Revisor verbeugte sich kühl und verließ hastig die Bank. Sie sahen, wie er diagonal die Straße überquerte und geradewegs die Stockmen's National Bank betrat. Major Tom setzte sich an seinen Schreibtisch und zog aus der Westentasche das Briefchen, das ihm Roy gegeben hatte. Er hatte es schon einmal gelesen, aber nur flüchtig, und jetzt las er es schmunzelnd noch einmal. Dies sind die Worte, die er las:

« Lieber Tom!

Wie ich höre, schnüffelt einer von Onkel Sams Windhunden bei euch rum, und das bedeutet, daß wir ihn in ein paar Stunden auch auf dem Halse haben. Bitte, tue mir einen Gefallen. Wir haben ganze 2200 Dollar in der Bank, und das Gesetz verlangt, daß es 20 000 sind. Gestern am späten Nachmittag habe ich Ross und Fisher 18 000 Dollar gegeben, damit sie den Posten Vieh von Gibson aufkaufen können. Sie werden bei dem Geschäft in weniger als dreißig Tagen 40 000 Dollar verdienen, aber deshalb wird der Bankrevisor meinen Kassenbestand auch nicht hübscher finden. Nun kann ich ihm auch die Schuldscheine nicht zeigen, denn es sind ganz einfache, handgeschriebene Zettel ohne jede Deckung, aber Du weißt sehr gut, daß Pink Ross und Jim Fisher zwei der prächtigsten weißen Männer sind, die Gott je geschaffen hat, und sie werden mich nicht reinlegen. Du erinnerst Dich doch an Jim Fisher, er ist der, der den Glücksspieler in El Paso erschossen hat. Ich habe an Sam Bradshaws Bank telegrafiert, sie sollen mir 20 000 Dollar schicken. Ich kriege sie mit der Kleinbahn um 10.35 Uhr. Schließlich kann ich nicht einen Bankrevisor reinlassen, damit er meine 2200 Dollar zählt und mir dann die Bude zumacht. Tom, halte den Revisor fest. Halte ihn zurück. Halte ihn, und wenn Du ihn festbinden und Dich auf seinen Kopf setzen müßtest. Beobachte unser Vorderfenster. Wenn die Kleinbahn angekommen ist und wir das Geld drin haben, werden wir als Zeichen den Sonnenschutz runterziehen. Laß ihn nicht vorher fort. Ich zähle auf Dich, Tom.

    Dein alter Freund
    Bob Buckley
    Präsident der Stockmen's National»

Der Major begann, das Briefchen zu zerreißen und die Schnitzel in den Papierkorb zu werfen. Dabei lachte er vergnügt vor sich hin.

«Verdammter leichtsinniger alter Viehtreiber!» brummte er zufrieden. «Das ist eine kleine Abschlagszahlung für das, was er vor zwanzig Jahren im Büro des Sheriffs für mich tun wollte.»

Bekenntnisse eines Humoristen

Die schmerzlose Inkubationszeit dauerte fünfundzwanzig Jahre, dann brach es bei mir aus, und die Leute sagten, ich hätte es.
Aber sie nannten es Humor und nicht Masern.
Die Angestellten des Ladens kauften zum fünfzigsten Geburtstag des Seniorchefs ein silbernes Tintenfaß. Wir drängten uns in ein privates Büro, um es ihm zu überreichen.
Ich war zum Sprecher bestimmt worden und hielt eine kleine Rede, auf die ich mich eine Woche lang vorbereitet hatte.
Die Rede war ein Erfolg. Sie war voll von Anspielungen und Epigrammen und komischen Wendungen, und die Firma lag vor Lachen am Boden – eine sehr solide Firma, die Eisenwaren en gros verkaufte. Sogar der alte Marlowe grinste, und die Angestellten nahmen jedes Stichwort auf und brüllten vor Lachen.
Von halb neun an diesem Morgen datiert mein Ruf als Humorist.
Noch wochenlang schürten meine Mitangestellten die Flamme meiner Eitelkeit. Einer nach dem andern kam zu mir, um mir zu sagen, was für eine gekonnte Rede das gewesen sei, und erklärte mir ausführlich die Pointe eines jeden meiner Witze.
Allmählich kam ich zu der Ansicht, daß man von mir erwartete, daß ich so weitermachte. Andere durften vernünftig über Geschäftsangelegenheiten und Tagesereignisse sprechen, aber von mir wurde etwas Heiteres und Leichtfertiges erwartet.

Von mir erwartete man, daß ich Witze über Porzellangeschirr riß und die Schwere von Gußeisentöpfen durch Leichtfertigkeit ausglich. Ich war zweiter Buchhalter, und wenn ich es unterließ, eine Bilanz ohne eine komische Bemerkung über die Endsumme vorzulegen und an einer Sendung von Pflügen nichts zum Lachen finden konnte, so waren die anderen Angestellten enttäuscht.
Allmählich verbreitete sich mein Ruhm, und ich wurde zu einem Lokal-«Unikum». Unsere Stadt war klein genug, um dies möglich zu machen. Die Tageszeitungen zitierten mich. Bei gesellschaftlichen Veranstaltungen war ich unentbehrlich.
Ich glaube, ich besaß wirklich beachtlichen Witz und die Fähigkeit, schnell und spontan zu reagieren. Diese Gabe kultivierte ich und verbesserte sie durch Übung. Und sie war von Natur freundlich und gutmütig, neigte nicht dazu, sarkastisch zu werden oder andere zu beleidigen. Die Leute begannen zu lächeln, wenn sie mich kommen sahen, und wenn wir uns dann trafen, hatte ich gewöhnlich das Wort bereit, um dies Lächeln in ein Lachen zu verwandeln.
Ich heiratete früh. Wir hatten einen reizenden Jungen von drei und ein Mädchen von fünf. Wir lebten natürlich in einem weinumrankten Häuschen und waren glücklich. Mein Gehalt als Buchhalter in der Eisenwarenfirma hielt uns jene Übel fern, die die Folge von Überfluß sind.
Gelegentlich hatte ich ein paar Witze und Einfälle, die mir besonders gelungen vorkamen, aufgeschrieben und sie an gewisse Zeitschriften eingesandt, die solche Sachen veröffentlichen. Alle waren sofort angenom-

men worden. Mehrere der Herausgeber hatten mir geschrieben und um weitere Beiträge gebeten.
Eines Tages bekam ich einen Brief vom Herausgeber einer berühmten Wochenschrift. Er schlug mir vor, ihm eine Humoreske zu schreiben, die etwa eine Spalte füllen würde; er deutete an, daß daraus, falls sich die Arbeit als zufriedenstellend erwies, eine regelmäßige Kolumne werden könnte. Ich schrieb die Humoreske, und nach zwei Wochen bot er mir für ein Honorar, das erheblich über dem Lohn lag, den meine Eisenwarenfirma mir zahlte, einen Jahresvertrag an.
Ich war entzückt. Meine Frau hatte mich in Gedanken schon mit dem unvergänglichen Lorbeer literarischen Erfolges bekränzt. An diesem Abend gab es bei uns Hummerkroketten und eine Flasche Brombeerwein zum Abendessen. Hier war die Chance, mich von der täglichen Plackerei zu befreien. Ich sprach die Sache in allem Ernst mit Louisa durch. Wir kamen überein, daß ich meine Stellung im Geschäft aufgeben und mich ganz dem Humor widmen müsse.
Ich kündigte. Meine Kollegen gaben mir ein Abschiedsessen. Die Rede, die ich bei dieser Gelegenheit hielt, war brillant. Sie wurde ungekürzt in der «Gazette» abgedruckt. Am nächsten Morgen, als ich aufwachte, schaute ich nach der Uhr.
«Verspätet, mein Gott», rief ich aus und griff nach meinen Kleidern. Louisa erinnerte mich daran, daß ich nicht länger ein Sklave von Eisenwaren und Baumaterialien sei. Ich war jetzt ein berufsmäßiger Humorist. Nach dem Frühstück führte sie mich stolz zu einer kleinen Kammer neben der Küche. Das liebe Mädchen! Hier stand mein Tisch und mein Stuhl, ein

Schreibblock, Tinte und Pfeifenständer. Und alles, was zu einem Schriftsteller gehört – ein Milchkrug voll frischer Rosen und Reseden, an der Wand der Kalender vom vergangenen Jahr, das Wörterbuch und eine kleine Tüte Schokoladenbonbons, damit ich zwischen den Inspirationen etwas zu knabbern hatte. Das gute Mädchen!
Ich setzte mich an die Arbeit. Die Tapete ist mit Arabesken oder Odalisken oder – vielleicht sind es auch Trapezoide – verziert. Ich richtete meine Augen auf eine der Figuren. Ich besann mich auf den Humor.
Eine Stimme schreckte mich auf – Louisas Stimme.
«Wenn du nicht allzu beschäftigt bist, mein Lieber», sagte sie, «dann komm zum Essen.»
Ich blickte auf die Uhr. Ja, fünf Stunden hatte der grimmige Sensenmann schon geerntet. Ich ging zum Essen.
«Du darfst im Anfang nicht zu angestrengt arbeiten», sagte Louisa. «Goethe – oder war es Napoleon? – sagte, fünf Stunden geistige Arbeit täglich sei genug. Könntest du nicht heute nachmittag mit mir und den Kindern in den Wald gehen?»
«Ich bin wirklich ein bißchen müde», sagte ich. Wir gingen also in den Wald.
Aber ich kam in Übung. Nach einem Monat kam mein Artikel so zuverlässig wie eine Sendung Eisenwaren. Und ich hatte Erfolg. Meine Kolumne in der Wochenschrift erregte Aufsehen, und die Kritiker erwähnten mich auf eine beiläufige Weise als eine Neuerscheinung in der humoristischen Sparte. Ich vergrößerte mein Einkommen beträchtlich durch Beiträge in anderen Publikationen.

Ich lernte die Tricks des Gewerbes. Ich konnte aus einem komischen Einfall einen Zweizeilenwitz machen, für den man einen Dollar bekommt. Wenn man diesem Witz einen falschen Schnurrbart anklebte, so konnte man ihn kalt als Vierzeiler servieren und so den Ertrag verdoppeln. Wenn man ihm dann den Rock wendete und ihn mit einer gereimten Rüsche garnierte, hätte man ihn kaum als vers de société mit zierlich beschuhten Füßen und einer modischen Illustration erkannt.

Ich begann, Geld zurückzulegen, wir kauften uns neue Teppiche und eine Zimmerorgel. Meine Mitbürger begannen mich als eine Standesperson anzusehen und nicht mehr als den lustigen Leichtfuß, der ich gewesen war, als ich noch im Eisenwarenhandel Angestellter war.

Nach fünf oder sechs Monaten schien die Spontaneität aus meinem Humor zu versickern. Scherze und komische Aussprüche fielen mir nicht mehr sorglos von den Lippen. Manchmal wurde mir der Stoff knapp. Ich ertappte mich dabei, wie ich auf die Konversation meiner Freunde achtete, um brauchbare Ideen aufzuschnappen. Manchmal kaute ich am Bleistift und starrte stundenlang die Tapete an und versuchte eine heitere kleine Blase ungezwungenen Spaßes hervorzubringen.

Und dann wurde ich meinen Bekannten gegenüber zu einer Harpye, einem Moloch, einem Jonas, einem Vampir. Eifrig, hager, gierig stand ich zwischen ihnen wie ein blutrünstiger Jäger. Sobald ein kluges Wort, ein witziger Vergleich, ein pikanter Ausdruck von ihren Lippen kam, war ich dahinter her wie ein Hund, der nach einem Knochen schnappt. Ich wagte nicht mehr, meinem Gedächtnis zu vertrauen; ich wandte mich schuldbewußt und voller Gier ab und machte mir eine Notiz in mein immer gegenwärtiges Notizbuch oder auf die Manschette.

Meine Freunde betrachteten mich traurig und überrascht. Ich war nicht mehr derselbe Mensch. Früher hatte ich ihnen Heiterkeit und Unterhaltung geboten, jetzt beraubte ich sie. Keiner meiner Witze warb um ihr Lächeln; sie waren zu kostbar geworden. Ich konnte es mir nicht leisten, umsonst zu verteilen, was mir meinen Lebensunterhalt gewährte.

Ich war wie der traurige Fuchs, der den Gesang seiner Freunde lobt, damit sie vielleicht die Brocken von Witz aus dem Schnabel fallen ließen, nach denen ich so verlangte.

Fast alle begannen mich zu meiden. Ich vergaß sogar zu lächeln. Nicht einmal damit wollte ich für die Worte zahlen, die ich mir aneignete.

Keine Person, kein Ort, keine Zeit, kein Gegenstand wurde von den Plünderungen ausgenommen, wenn ich auf der Suche nach Material war. Sogar in der Kirche jagte meine demoralisierte Phantasie zwischen den Säulen und in den ehrwürdigen Hallen nach Beute. Wenn der Pfarrer zu den gewohnten Lobpreisungen kam, fing ich gleich an: Gelobt sei – gedopt sei – gepriesen sei – Repriser-Ei.

Die Predigt lief durch mein geistiges Sieb, die Ermahnungen liefen durch, ohne Beachtung zu finden, wenn ich nur die Andeutung eines Wortspiels oder eines Bonmots entdeckte.

Die feierlichsten Hymnen des Chors waren nur eine

Begleitung zu meinen Gedanken, während ich mir neue Variationen der uralten Frozzeleien über die Eifersucht von Sopran, Tenor und Baß überlegte.
Mein eigenes Heim wurde zum Jagdgrund. Meine Frau ist ein besonders weibliches Wesen, offen, mitfühlend und impulsiv. Früher einmal war ihr Geplauder mein Entzücken, ihre Gedanken eine Quelle nie versiegenden Vergnügens. Jetzt nutzte ich sie aus. Sie war eine Goldmine jener amüsanten aber liebenswürdigen Ungereimtheiten, die dem weiblichen Geist eigen sind. Ich begann diese Perlen der Unweisheit und des Humors, die nur den geheiligten Umkreis des Heims hätten bereichern sollen, auf den Markt zu tragen. Mit teuflischer List ermutigte ich sie zum Sprechen. Ahnungslos legte sie ihr Herz bloß. Auf der kalten verdächtigen gemeinen bedruckten Zeitungs-Seite bot ich es den Augen der Öffentlichkeit dar.
Ein literarischer Judas, küßte ich sie und betrog sie. Für Silbermünzen kleidete ich ihre sanften Bekenntnisse in die Pantöffelchen und Rüschen der Narrheit und ließ sie auf dem Marktplatz tanzen.
Liebe Louisa. Nachts habe ich mich über sie geneigt, grausam wie ein Wolf, der sich über ein zartes Lamm neigt, und habe sogar die leisen Worte belauert, die sie im Schlaf murmelte, in der Hoffnung, eine Idee für die Fronarbeit des nächsten Tages zu erhaschen. Es kommt noch schlimmer.
Gott stehe mir bei! Als nächstes grub ich meine Fänge tief in den Nacken der flüchtigen Worte meiner kleinen Kinder.
Guy und Viola waren zwei funkelnde Quellen origineller kindlicher Gedanken und Worte. Diese Art von

Humor ließ sich gut verkaufen, und ich füllte damit eine regelmäßige Spalte in einem Magazin unter dem Titel: «Komische Einfälle aus Kindermund». Ich begann sie zu umkreisen, wie ein Indianer die Antilope umkreist. Ich versteckte mich hinter Sofas und Türen, kroch auf allen vieren hinter die Büsche im Garten, um sie beim Spiel zu belauschen. Ich entwickelte alle Eigenschaften einer Harpye, außer den Gewissensbissen.

Einmal, als mir nichts einfallen wollte und mein Artikel mit der nächsten Post abgehen mußte, kroch ich in einem Haufen gefallener Blätter im Hof, wohin die Kinder, wie ich wußte, zum Spielen kommen würden. Ich kann nicht glauben, daß Guy von meinem Versteck wußte, aber selbst wenn er es gewußt hat, so will ich ihn nicht dafür tadeln, daß er das Laub anzündete und dabei meinen neuen Anzug ruinierte und seinen Vater beinahe umgebracht hätte.

Bald begannen meine eigenen Kinder mich wie die Pest zu scheuen. Manchmal, wenn ich sie wie ein melancholisches Gespenst belauschte, hörte ich sie sagen: «Da kommt Papa.» Dann suchten sie ihr Spielzeug zusammen und verschwanden zu einem sichereren Versteck. Was für ein elender Lump war ich doch!

Und doch verdiente ich gut. Bevor ein Jahr vorüber war, hatte ich tausend Dollar gespart, und wir hatten behaglich gelebt.

Aber zu welchem Preis! Ich weiß nicht genau, was ein Paria ist, aber ich war all das, was dieses Wort zum Inhalt zu haben scheint. Ich hatte keine Freunde, kein Vergnügen, keine Freude mehr am Leben. Das Glück meiner Familie war geopfert worden. Ich war eine

Biene, die aus den schönsten Blumen des Lebens schmutzigen Honig saugte, wegen meines Stachels gefürchtet und gemieden.

Eines Tages sprach ein Mann mit einem freundlichen und offenen Lächeln mich an. Das war seit Monaten nicht mehr geschehen. Ich kam gerade an dem Beerdigungsunternehmen von Peter Heffelbower vorüber. Peter stand in der Tür und grüßte mich. Ich blieb stehen, von diesem Gruß seltsam betroffen. Er bat mich, hineinzukommen.

Der Tag war kalt und regnerisch. Wir gingen in das Hinterzimmer, wo in einem kleinen Öfchen ein Feuer brannte. Ein Kunde kam, und Peter ließ mich für eine Weile allein. Ein neues Gefühl kam über mich – das Gefühl einer wunderbaren Ruhe und Zufriedenheit. Ich blickte mich im Raum um. Polierte Rosenholzsärge standen da aufgereiht, schwarze Sargdecken, ein Katafalk, Federbüsche, wie sie Leichenwagen zieren, schwarze Bänder und alles Zubehör dieses ernsten Gewerbes. Hier war Friede, Ordnung, Schweigen, eine Stätte ernster und würdiger Gedanken. Hier, an der Grenze des Lebens, war eine kleine Nische, in der der Geist ewiger Ruhe wohnte.

Als ich dort eintrat, blieben die Torheiten dieser Welt an der Tür zurück. Ich fühlte keine Neigung, diesen düsteren und feierlichen Gegenständen einen humoristischen Gedanken zu entreißen. Mein Geist schien sich dankbar auf einem Lager auszustrecken, das mit sanften Gedanken wie mit Vorhängen verhüllt war.

Noch vor einer Viertelstunde war ich ein verworfener Humorist gewesen. Jetzt war ich ein Philosoph, von Heiterkeit und Ruhe erfüllt. Ich hatte einen Zufluchtsort vor dem Humor gefunden, Ruhe vor der hitzigen Jagd nach dem scheuen Witz, von der erniedrigenden Verfolgung des keuchenden Scherzes, vom rastlosen Griff nach der eleganten Erwiderung.

Ich hatte Heffelbower nicht gut gekannt. Als er zurückkam, ließ ich ihn reden, ich hatte Angst, er könnte einen falschen Ton in die sanfte Harmonie der Trauer in seinem Unternehmen bringen.

Aber nein. Sein Ton stimmte. Er stieß einen langen glücklichen Seufzer aus. Nie habe ich einen Menschen so wundervoll langweilig reden hören. Verglichen mit dieser Rede ist das Tote Meer ein Geysir. Kein Funken oder Schimmer von Witz störte seine Worte. Von seinen Lippen strömten Gemeinplätze so üppig und banal wie Brombeeren. Sie waren weniger aufregend, wie wenn ein Band mit den Nachrichten der vergangenen Woche aus dem Fernschreiber kommt. Ein wenig zitternd versuchte ich einen meiner besten Witze an ihm. Er prallte wirkungslos ab, die Spitze war abgebrochen. Von da an liebte ich diesen Mann.

An zwei oder drei Abenden in der Woche stahl ich mich zu Heffelbower und erholte mich in seinem Hinterzimmer. Das war mein einziges Vergnügen. Ich fing an, früh aufzustehen und meine Arbeit hastig zu erledigen, damit ich mehr Zeit in diesem Hafen verbringen konnte. An keinem anderen Ort konnte ich meine Gewohnheit, aus meiner Umgebung humoristische Einfälle zu saugen, abwerfen. Peters Unterhaltung bot keine Möglichkeit dazu, hätte ich noch so hartnäckig darin gesucht.

Unter seinem Einfluß begann sich meine Stimmung zu bessern. Ich hatte die Erholung von meiner Arbeit gefunden, die jeder Mensch braucht. Ich überraschte den einen oder andern meiner früheren Freunde damit, daß ich ihnen, kam ich auf der Straße an ihnen vorbei, ein Lächeln und ein aufmunterndes Wort zuwarf. Mehrmals verblüffte ich meine Familie, weil ich mich lange genug entspannen konnte, um in ihrer Gegenwart eine spaßhafte Bemerkung zu machen.

So lange hatte der Humor mich wie ein Dämon besessen, daß ich meine freien Augenblicke mit der Begeisterung eines Schuljungen wahrnahm.

Meine Arbeit begann zu leiden. Sie bedeutete mir nicht mehr die drückende Last wie früher. Oft pfiff ich an meinem Schreibtisch ein Liedchen und schrieb viel weniger flüssig als sonst. Ich führte meine Aufgabe mit Ungeduld zu Ende, wartete nur darauf, mich an meinen Zufluchtsort zurückzuziehen, so wie der Trunkenbold darauf wartet, ins Wirtshaus zu kommen.

Meine Frau verbrachte ein paar unruhige Stunden mit Nachdenken über meinen Verbleib an Nachmittagen. Ich hielt es für das Beste, es ihr nicht zu sagen; Frauen verstehen diese Dinge nicht. Das arme Mädchen – ich versetzte ihr einen gehörigen Schock.

Eines Tages brachte ich mir als Briefbeschwerer einen silbernen Sarggriff mit, und einen schönen, flauschigen Federbusch, um meine Papiere abzustauben.

Ich hatte diese Gegenstände gern auf meinem Schreibtisch liegen, weil sie mich an das geliebte Hinterzimmer bei Heffelbower erinnerten. Aber Louisa fand sie und schrie vor Entsetzen. Ich mußte sie mit einer lahmen Erklärung trösten, aber ich sah in ihren Augen, daß ihr Vorurteil gegen diese Gegenstände blieb. Ich mußte sie schnell verschwinden lassen.

Eines Tages machte Heffelbower mir einen so verlockenden Vorschlag, daß es mich beinahe umwarf. Auf seine vernünftige, trockene Art zeigte er mir seine Bücher und erklärte mir, daß sein Geschäft und seine Profite ständig wuchsen. Er hatte daran gedacht, einen Partner mit einigem Kapital zu beteiligen. Ich wäre ihm von allen, die er kannte, dafür am liebsten. Als ich an diesem Nachmittag Peters Haus verließ, hatte er den Scheck über die tausend Dollar, die ich besaß, in der Hand, und ich war Teilhaber eines Beerdigungsunternehmens.

Ich ging nach Hause im Gefühl einer überströmenden Freude, die mit gewissen Zweifeln gemischt war. Ich hatte Angst, meiner Frau davon zu erzählen. Aber ich ging wie auf Wolken. Das Schreiben von humoristischen Sachen aufgeben zu können, sich des Lebens wieder freuen zu dürfen, statt ihm ständig ein paar Tropfen Saft auspressen zu müssen, damit das Publikum sich daran ergötzte – was für ein Glück würde das sein!

Beim Abendbrot überreichte mir Louisa ein paar Briefe, die während meiner Abwesenheit gekommen waren. Einige davon enthielten Manuskripte, die abgelehnt worden waren. Seit ich Heffelbowers Laden besuchte, war mein Zeug mit erschreckender Häufigkeit zurückgekommen. In der letzten Zeit hatte ich meine Anekdoten und Artikel flüssig hingehauen. Zuvor jedoch hatte ich wie ein Steineklopfer geschuftet, langsam und unter Qualen.

Ich öffnete einen Brief, der vom Herausgeber der Wochenzeitung stammte, mit der ich einen Dauervertrag hatte. Dieser Brief lautete:

Sehr geehrter Herr,
Wie Sie wissen, läuft unser Jahresvertrag mit dem laufenden Monat aus. Mit Bedauern müssen wir Ihnen mitteilen, daß wir ihn nicht für ein weiteres Jahr verlängern können. Ihr humoristischer Stil hat uns gefallen, und er scheint bei einem großen Teil unserer Leser Anklang gefunden zu haben. Aber während der beiden letzten Monate mußten wir einen entschiedenen Abfall der Qualität feststellen.
In Ihren früheren Arbeiten flossen Witz und Scherz auf eine spontane, leichte, natürliche Weise. In letzter Zeit scheinen sie gezwungen, gequält und wenig überzeugend, man merkt ihnen auf eine peinliche Weise die Anstrengung und eine mechanische Plackerei an.
Wir bedauern noch einmal, daß Ihre Beiträge uns nicht mehr geeignet erscheinen und verbleiben
mit freundlichen Grüßen
                              xxx Herausgeber.

Ich hielt den Brief meiner Frau hin. Nachdem sie ihn gelesen hatte, wurde ihr Gesicht äußerst lang, und Tränen traten ihr in die Augen.
«Der gemeine alte Kerl», rief sie entrüstet. «Ich bin sicher, daß deine Arbeiten genauso gut sind wie früher. Und du brauchst nicht die Hälfte der Zeit wie früher.» Und ich glaube, dann fielen Louisa die Schecks ein, die nicht mehr eintreffen würden. «O John», rief sie, «was wirst du jetzt tun?»
Als Antwort stand ich auf und tanzte eine Polka um den Abendbrottisch. Louisa dachte bestimmt, die Sorgen wären mir zu Kopf gestiegen, und die Kinder

hofften es, denn sie stürzten kreischend vor Freude hinter mir her und versuchten, meine Schritte nachzuahmen. Ich war wieder so etwas wie ihr Spielgefährte von einst.

«Heute abend gehen wir ins Theater», rief ich, «das ist das Wenigste. Und danach gibt es für uns alle ein spätes, ganz tolles und unverschämtes Essen im Palace-Restaurant. Diedeldum-Diedeldie-Diedeldumdei!»

Und dann erklärte ich ihnen meine Fröhlichkeit, indem ich ihnen mitteilte, daß ich Teilhaber eines gutgehenden Beerdigungsunternehmens sei, und von mir aus könnten alle geschriebenen Witze ihr Haupt in Sack und Asche verhüllen.

Mit dem Brief des Herausgebers in der Hand, der meine Handlungsweise rechtfertigte, konnte meine Frau keine Einwände mehr erheben außer einigen sehr geringfügigen, die damit zusammenhingen, daß Frauen manche guten Dinge wie zum Beispiel das Hinterzimmer bei Peter Hef – nein, bei Heffelbower & Co., Begräbnisinstitut, nicht zu schätzen wissen.

Zum Schluß möchte ich noch folgendes sagen: Sie werden heute in unserer Stadt keinen Mann finden, der so beliebt ist, so jovial und voller Späße wie ich. Meine Witze werden wieder verbreitet und zitiert; das vertrauliche Geplauder meiner Frau entzückt mich wieder, weil ich keine selbstsüchtigen Hintergedanken dabei habe, und Guy und Viola spielen zu meinen Füßen und verstreuen Edelsteine kindlichen Humors ohne Angst vor dem gespenstischen Quälgeist, der früher mit dem Notizbuch in der Hand ihre Schritte belauerte.

Unser Geschäft geht gut. Ich führe die Bücher und den Laden, während Peter den Außendienst versieht. Er sagt, daß meine Heiterkeit und meine gute Laune jedes Begräbnis in eine regelrechte irische Totenwache verwandeln.

Nachwort von Heinrich Böll

Die meisten Kurzgeschichten von O. Henry gleichen umgestülpten Märchen, die zwar happy, aber nicht auf konventionelle Weise happy enden. Aschenputtel wird zwar vom Prinzen erkannt und erwählt, erkennt aber seinerseits den Prinzen nicht, und man bleibt am Ende nachdenklich und fragt sich, ob es besser gewesen wäre, wenn es den Prinzen erkannt hätte, oder besser ist, daß es ihn nicht erkannt hat. Die besten dieser Geschichten, die im Milieu der New Yorker Verkäuferinnen plaziert sind (z. B. «Die klügere Jungfrau»), lassen tatsächlich die Frage offen, ob es immer Glück bedeutet, den Prinzen, der amerikanischen Verhältnissen entsprechend ein Millionär ist, zu bekommen. Natürlich erstreben sich diese so nüchternen wie herzlichen jungen Damen etwas Besseres als den Konfektionsjüngling, der hierzulande früher «Ladenschwengel» hieß, aber was die meisten von ihnen, die den Millionär-Prinzen, ohne es zu wissen, geangelt haben, stutzig macht, ist, daß diese wie Ladenschwengel reden. Sie sagen zum Beispiel alle – und an dieser uralten Formulierung ist ja nichts zu rütteln – «Ich liebe dich», aber die jungen Damen antworten dann (und das wiederholt sich ebenso stereotyp wie das Bekenntnis): «Das sagen sie alle», und es trifft ja auch zu: alle sagen es, und wenn Prinzen dann Reisen in ferne Länder beschreiben – Gondeln, Venedig, Adria – und von Hochzeitsreisen in südliche Gefilde schwärmen, dann sagen die jungen Damen später: «Er wollte mit mir nach Coney Island fahren.» Dort gibt es das nämlich – Gondeln, Adria und Venedig. In dieser Art «Verkennung», wo Ladenschwengel und Millionäre mit gleicher Zunge Liebeserklärungen machen und von fernen Gefilden schwärmen, liegt der Witz und auch die Dialektik Amerikas, speziell New Yorks, und es entsteht eine so demokratische wie lebenswerte Schnippischkeit, die wohl das typisch Amerikanische an O. Henrys Geschichten ausmacht, denn – wir wollen uns nichts vormachen – auf dem europäischen Kontinent, auch auf den Britischen Inseln, würde die junge Dame zunächst einmal bereitwilligst *glauben*, daß der Prinz ein Prinz, der Millionär wirklich einer ist. In dem Amerika, wie es sich seit O. Henrys Tagen entwickelt hat, mag das inzwischen ebenfalls anders geworden sein, weil es im Polit-, Pop-, Film- und Business-Star den europäischen Feudalitäten entsprechende Muster entwickelt hat. Ich könnte mir vorstellen, daß die Maisies und Florences aus O. Henrys Geschichten heutzutage zwar nicht weniger nüchtern sind, aber auch nüchtern genug, um die Möglichkeit, einen Prinzen erwischt zu haben, wenigstens zu erwägen, und ihn nicht ungeprüft in die «Ladenschwengel»-Kategorie abschieben würden. Vielleicht beschreibt O. Henry in diesem Sinne ein schon historisches Amerika, das Amerika um 1900, und er beschreibt es nicht ohne Romantik und keineswegs ohne Moral, denn alle seine Betrüger und Gauner kommen nie so recht zum Zuge, oder sie begaunern einander, so daß von den ergatterten oder erträumten Dollars nicht viel übrigbleibt. Und viele Blütenträume von Bohème enden zwar alltäglich, aber nicht im Elend.

Man lernt einen Autor wohl kaum besser kennen, als wenn man ihn übersetzt, und ich muß gestehen, daß ein gewisser Ermüdungseffekt eintrat, weil wir die Geschichten hintereinander übersetzten, redigierten, korrigierten. Wahrscheinlich sollte man Kurzgeschichten nicht hintereinander lesen, Sammlungen, auch wenn sie von einem einzigen Autor stammen, eher wie eine Anthologie. Wenn man bedenkt, daß O. Henry zwischen 1901 und 1910 etwa 600 Kurzgeschichten geschrieben hat, also jede Woche mindestens eine, so wird man nicht nur die unvermeidlichen Qualitätsunterschiede feststellen, sondern noch mehr erstaunt darüber sein, wie viele von den Geschichten nicht nur gut, sondern nicht im geringsten verstaubt sind. Ihre Frische ist die Frische Amerikas (die natürlich auch inzwischen nicht mehr die alte ist) und auch die Frische einer unbekümmerten Professionalität, in der es Routine, Handwerk, Meisterschaft gibt und alle diese Elemente oder Möglichkeiten eines Autors in ständig wechselnder Mischung. Nun ist der Ausdruck «gute Geschichte» eben etwas anderes als eine «good story»; gute Storys sind in Amerika solche mit einer Pointe, und Zwang zur Pointe macht viele der Geschichten von O. Henry für unser Empfinden schwach. Aber Theater ist ja auch etwas anderes als Showbusiness, zu dem in Amerika auch das Theater zählt. Manche amerikanischen Dramatiker blicken inzwischen mit Sehnsucht auf die europäische Theatertradition – und manche europäischen schwärmen vom Showbusiness. Der Einfluß der amerikanischen «short story» auf die deutsche Kurzgeschichte ist unverkennbar und unbestritten, sie stieß in ihrer nüchternen und kurzatmigen Frische auf eine gewisse deutsche Begabung und Tradition der kurzen Prosa, Anekdote, Kalendergeschichte, Novelle, die bei Hebel, Kleist und Brecht, Storm und anderen ihre Dauer erwiesen hat.

Die amerikanische «short story» in allen ihren bemerkenswerten Sensibilitäts-Variationen, wie sie Hemingway, Sherwood Anderson und Faulkner entwickelt haben, ist in O. Henrys und Jack Londons Geschichten vor- und ausgebildet worden und ist, völlig von Europa emanzipiert, zu etwas sehr Amerikanischem geworden, immer noch variationsreich in ihrer unterschiedlichen Sensibilität, wenn man an Autoren wie Capote, Salinger, Vonnegut, Updike und Malamud denkt.

Nun sind Ausdrücke wie «gute», «schlechte» oder «mittelmäßige Geschichte» für jeden Leser wohl etwas anderes als für einen Autor und auch für den Übersetzer, der auf die Schliche kommt, der Pointe mißtraut, das Muster und gelegentlich das Klappern der Stricknadeln oder das sanfte Rauschen der Strickmaschine erkennt. Ein Leser sollte sich solche Gedanken nicht machen müssen, sich auch nicht – was möglicherweise als abstoßend empfunden werden könnte – davon abstoßen lassen, daß O. Henry wahrscheinlich die meisten seiner Geschichten ums Geld geschrieben hat. Es sind unsterbliche Werke – etwa die «Brüder Karamasov» und die «Dämonen» von Dostojewski – ums Geld geschrieben worden, wahrscheinlich besäßen wir sie nicht, wenn Dostojewski nicht permanent Schulden gehabt hätte. Mir scheint, O. Henry hat in «Bekenntnisse eines Humoristen» einen Einblick in die Gewissensqualen eines professionellen Unterhalters gegeben, der unbefangen als Dilettant anfängt, als Lokalwitzbold, der von einer humoristischen Zeitschrift «eingekauft» wird, dann feststellt, daß er, der so viel Humor produziert, seinen eigenen immer mehr verliert; daß er in fast schon bösartiger Kommerzialität seine Kinder, seine Frau, seine Freunde belauscht, um Pointen zu ergattern, und daß nicht nur seine Moral, auch seine Routine, sein Handwerk und seine Meisterschaft, schließlich sein Familienleben zerstört wird. Dieser muntere junge Witzbold, der als Angestellter in einer Eisenwarenhandlung ein beliebter Festredner war, ist der Professionalisierung seines Witzes und seines Charmes nicht gewachsen, und als er schließlich am Ende ist und sein Vertrag mit der humoristischen Zeitschrift gekündigt wird, da läßt ihn O. Henry in seinem unverwüstlichen Optimismus keineswegs verzweifeln oder als gescheiterte Existenz dahinvegetieren, sondern hat den Absprung schon vorbereitet: Der Humorist wird Teilhaber in einem Beerdigungsinstitut. Natürlich ist diese Pointe – literarisch gesehen – schwach; ausgerechnet ein humoristischer Schriftsteller endet in einem Beerdigungsinstitut und empfindet das auch noch als fröhlichen Ausgang, aber gerade das *ist* nicht mehr, sondern *war* zu O. Henrys Zeit «amerikanisch».

Inzwischen hat Amerika diesen Optimismus verloren.

Nachweis

Für die Abdruckgenehmigung der Erzählungen *Das Geschenk der Weisen* sowie *Der Polizist und der Choral* danken wir dem Verlag Langenwiesche-Brandt. Folgende Erzählungen wurden 1967 erstmals unter dem Titel *Glück, Geld und Gauner* im Diogenes Verlag veröffentlicht: *Erinnerungen eines gelben Hundes; Die Theorie und der Köter; Schuhe; Schiffe; Das Gold, das glänzte; Wie dem Wolf das Fell gegerbt wurde; Die exakte Wissenschaft von der Ehe; Betrogene Betrüger; Das Karussell des Lebens; Die Pfannkuchen von Pimienta; Die Straßen, die wir wählen; Freunde in San Rosario*. Abdruck der Übersetzungen von Christine Hoeppener mit der freundlichen Genehmigung des Verlags Rütten & Loening, Berlin, und der Übersetzungen von Wolfgang Kreiter, Rudolf Löwe und Charlotte Schulze mit der des Verlags Philipp Reclam jun., Leipzig. Die Erzählungen *Die klügere Jungfrau; Ruf der Posaune; Gummikomödie für zwei Spanner; »Die Rose von Dixie«; Ein Dinner bei...; Bekenntnisse eines Humoristen* sowie das Nachwort von Heinrich Böll wurden 1981 im Diogenes Verlag in den *Gesammelten Stories I-VI* veröffentlicht. Sie sind der dreibändigen O.-Henry-Edition entnommen, die 1973/74 im Walter Verlag erschien. Ihr Abdruck erfolgt mit der freundlichen Genehmigung des Verlags.

Carson McCullers
im Diogenes Verlag

Das Herz ist
ein einsamer Jäger
Roman. Aus dem Amerikanischen
von Susanna Rademacher

»Der Roman spielt im Staat Georgia, in einer häßlichen heißen Industriestadt. Personen erfindet sie mit Hilfe der Erinnerung; ihr mitleidiges Engagement gilt den Sonderlingen, die in diesen öden merkantilen Städten geradezu als Mißgeburten gelten, weil sie nicht zu den anderen passen, nicht mitmachen in deren Alltag. Was simpel erscheinen mag, ist Methode: ohne Interpretation indirekt darzustellen. Daß angelsächsische Autoren erstaunlicherweise genau das erreichen, was sie beabsichtigt haben, bewies bereits mit ihrem ersten Buch Carson McCullers, von der V. S. Pritchett sagte: ›Wie alle genialen Dichter überzeugt sie uns davon, daß wir im Leben etwas übersehen haben, was ganz offenkundig vorhanden ist. Sie hat das unerschrockene „goldene Auge".‹«
Gabriele Wohmann

Spiegelbild im goldnen Auge
Roman. Deutsch
von Richard Moering

»Es gibt in einem der Südstaaten ein Fort, wo vor einigen Jahren ein Mord geschah. An dieser unglücklichen Begebenheit waren beteiligt: zwei Offiziere, ein Soldat, zwei Frauen, ein Filipino und ein Pferd.«
Carson McCullers

»Carson McCullers geht an Čechovs Hand durch Georgia... Der scheinbare Report ist ein Sinnbild für die nüchterne Deskription seelischer Entblößungen; Sinnbild, das nicht für etwas anders steht, sondern auf es hinweist: auf die häßliche, gräßliche Realität und unsere Einsamkeit.« *Helmut M. Braem*

Frankie
Roman. Deutsch
von Richard Moering

Frankie ist die Geschichte eines Reifeprozesses und einer großen Sehnsucht. Es ist die Sehnsucht eines heranwachsenden Mädchens, dabeizusein. Dabei: beim Leben der Erwachsenen, im speziellen Falle auf der Hochzeit des Bruders, der unbegreiflicherweise entführt wird von einer fremden, nicht einmal viel älteren Frau. Frankies Ruf, der unerhört dem abreisenden Paar nachhallt, ist der Ruf des verzweifelten ›Nehmt mich mit!‹, den jedes alleingelassene Kind kennt.

»In diesem Kindmädchen verkörpert sich zweifellos die poetische Kernsubstanz des ganzen Werkes von Carson McCullers. Mit Recht hat man *Frankie* als ebenbürtig neben Salingers *Fänger im Roggen* gestellt...« *Gerd Fuchs*

»Sie ist ein Wanderer mit einem Rucksack voll selbsternannter Dämonen.« *Truman Capote*

Die Ballade vom traurigen Café
Novelle. Deutsch von
Elisabeth Schnack

»Alle Eigenheiten des Werks der Carson McCullers sind in der *Ballade* zur Vollendung entwickelt. Es ist, als habe ihre Dichtung nunmehr die wahre Gestalt gefunden. Die hitzegedörrte Kleinstadt, die kannibalische Sonne, die Baumwollspinnerei, die Café-Bar – all das erreicht hier die Kulmination. – Das tragische Dreieckgeschehen zwischen Miss Amalia, dem Buckligen und dem Zuchthäusler Marvin Macy rührt an die elementaren Bedingungen der menschlichen Existenz.« *Dieter Lattmann*

»In dieser Geschichte ist etwas von der Beschwörungs- und Verwandlungskraft der Poesie zurückgewonnen, die Beteiligung einfach erzwingt.« *Peter Kliemann*

Wunderkind
Erzählungen. Deutsch von
Elisabeth Schnack

»Es gibt Schriftsteller, die erfinden große Grausamkeiten, um unseren Zustand zu schildern. Das gerät gern ins Schönliche. Carson McCullers verherrlicht nicht. Sie erfindet keine dekorativen Bestien. Sie lenkt nicht ab vom Befund. Sie zeigt: die großen Grausamkeiten sind die alltäglichen.« *Martin Walser*

Madame Zilensky
und der König von Finnland
Erzählungen. Deutsch von
Elisabeth Schnack

»Die McCullers vermittelt kein Anliegen, keine Moral, keine didaktischen Absichten; sie erzählt in einer subtilen, nuancenreichen Sprache vom Leben im amerikanischen Süden. Alle Probleme breitet sie vor uns aus, aber das geschieht unauffällig, menschlich, sie sind künstlerisch integriert. Nicht von Mitleid, von Mit-Leidensfähigkeit ist ihre Prosa durchtränkt, das überträgt sich auch auf den Leser, der sich diesem eigenartigen Zauber auch heute nicht entziehen kann. Mit ihren Augen sehen wir Amerika genauer.« *Horst Bienek*

»Das Land ihrer Kindheit mustert Carson McCullers nicht anders als am Anfang: protestierend.«
Der Spiegel, Hamburg

Uhr ohne Zeiger
Roman. Deutsch
von Elisabeth Schnack

»Carson McCullers hat in ihrem letzten Roman versucht, den Tod gewissermaßen zu einer eigenen Angelegenheit zu machen, zu einer Wirklichkeit, die uns persönlich betrifft, zu einem unabwendbaren Vorgang, der für den einzelnen allgegenwärtig ist und zu einer übergreifenden Wahrheit wird, in der er sich wiederfindet. Dieser einzelne ist hier der Apotheker Malone, dem von seinem Arzt die Wahrheit eröffnet wird, daß sein durchschnittliches Dasein nur noch ein gutes Jahr dauern kann – ohne Zweifel eine naheliegende Modellsituation, in der man zur Bilanz eingeladen, angehalten wird. Wie nimmt Malone diese Eröffnung auf, wie reagiert er auf sie, wie erträgt er sie? Das ist das Thema dieses ruhigen, eindringlichen Romans ... Das Außergewöhnliche wird am Gewöhnlichen dargestellt. Carson McCullers ist eine Autorin, die mit anscheinend müheloser Sicherheit die Hauptsache in der Nebensache findet. Dadurch kommt sie einer verdeckten Wirklichkeit in empfindlicher Weise nahe; sie macht Begebenheiten erfahrbar und erfaßbar, die sich tief unter der Oberfläche ereignen.« *Siegfried Lenz*

Meistererzählungen

Herausgegeben von Anton Friedrich
Deutsch von Elisabeth Schnack

»Für mich gehört ihr Werk zu den besten unserer Zeit.« *William Faulkner*

»Carson McCullers ist in meinen Augen die bedeutendste Autorin Amerikas, wenn nicht der Welt. Ich habe in ihrem Werk eine solche Dichte, einen solchen Adel des Geistes gefunden, wie es ihn seit Herman Melville in unserer Prosa nicht mehr gegeben hat.« *Tennessee Williams*

William Faulkner
im Diogenes Verlag

»Nehmen Sie Faulkner – was für ein Humorist er ist! Da kann ihm keiner das Wasser reichen; wahrhaftig, seine Tugend war die Unbefangenheit… Die einfachen Leute in Mississippi verstehen verdammt viel mehr von Literatur als die Professoren von Cambridge.« *Frank O'Connor*

»Faulkner ist eine der wenigen großen schöpferischen Begabungen des Westens.« *Albert Camus*

»Verglichen mit deutschen Romanen ist er Shakespeare.« *Gottfried Benn*

Brandstifter
Erzählungen. Aus dem Amerikanischen von Elisabeth Schnack

Eine Rose für Emily
Erzählungen. Deutsch von Elisabeth Schnack

Rotes Laub
Erzählungen. Deutsch von Elisabeth Schnack

Sieg im Gebirge
Erzählungen. Deutsch von Elisabeth Schnack

Schwarze Musik
Erzählungen. Deutsch von Elisabeth Schnack

Die Freistatt
Roman. Deutsch von Hans Wollschläger. Mit einem Vorwort von André Malraux

Die Unbesiegten
Roman. Deutsch von Erich Franzen

Als ich im Sterben lag
Roman. Deutsch von Albert Hess und Peter Schünemann

Schall und Wahn
Roman. Mit einer Genealogie der Familie Compson. Deutsch von Helmut M. Braem und Elisabeth Kaiser

Go down, Moses
Chronik einer Familie. Deutsch von Hermann Stresau und Elisabeth Schnack

Der große Wald
Vier Jagdgeschichten. Deutsch von Elisabeth Schnack

Griff in den Staub
Roman. Deutsch von Harry Kahn

Der Springer greift an
Kriminalgeschichten. Deutsch von Elisabeth Schnack

Soldatenlohn
Roman. Deutsch von Susanna Rademacher

Moskitos
Roman. Deutsch von Richard K. Flesch

Wendemarke
Roman. Deutsch von Georg Goyert

Wilde Palmen und
Der Strom
Doppelroman. Deutsch von Helmut M. Braem und Elisabeth Kaiser

Die Spitzbuben
Roman. Deutsch von Elisabeth Schnack

Eine Legende
Roman. Deutsch von Kurt Heinrich Hansen

Requiem für eine Nonne
Roman in Szenen. Deutsch von Robert Schnorr

Das Dorf
Roman. Deutsch von Helmut M. Braem und Elisabeth Kaiser

Die Stadt
Roman. Deutsch von Elisabeth Schnack

Das Haus
Roman. Deutsch von Elisabeth Schnack

New Orleans
Skizzen und Erzählungen. Deutsch von Arno Schmidt. Mit einem Vorwort von Carvel Collins

Frankie und Johnny
Uncollected Stories. Deutsch von Hans-Christian Oeser, Walter E. Richartz, Harry Rowohlt und Hans Wollschläger

Meistererzählungen
Übersetzt, ausgewählt und mit einem Nachwort von Elisabeth Schnack

Briefe
Nach der von Joseph Blotner editierten amerikanischen Erstausgabe von 1977, herausgegeben und übersetzt von Elisabeth Schnack und Fritz Senn

Über William Faulkner
Aufsätze und Rezensionen von Malcolm Cowley bis Siegfried Lenz. Essays und Zeichnungen von sowie ein Interview mit William Faulkner. Chronik und Bibliographie. Herausgegeben von Gerd Haffmans

Stephen B. Oates
William Faulkner
Sein Leben. Sein Werk. Deutsch von Matthias Müller. Mit vielen Fotos, Werkverzeichnis, Chronologie und Register

F. Scott Fitzgerald
im Diogenes Verlag

»F. Scott Fitzgerald. Schade, daß er nicht weiß, wie gut er ist. Er ist der Beste.« *Dashiell Hammett*

F. Scott Fitzgerald, geboren 1896 in St. Paul in Minnesota; der eigentliche Dichter der Roaring Twenties; der Sänger des Jazz- und Gin-Zeitalters; der Sprecher der Verlorenen Generation; Schöpfer des *Großen Gatsby* und des *Letzten Taikun*. Er starb 1940 in Hollywood.

Der große Gatsby
Roman. Aus dem Amerikanischen von Walter Schürenberg

Der letzte Taikun
Roman. Deutsch von Walter Schürenberg

Pat Hobby's Hollywood-Stories
Erzählungen. Deutsch und mit Anmerkungen von Harry Rowohlt

Wiedersehen mit Babylon
Erzählungen. Deutsch von Walter Schürenberg, Elga Abramowitz und Walter E. Richartz

Die letzte Schöne des Südens
Erzählungen. Deutsch von Walter Schürenberg, Elga Abramowitz und Walter E. Richartz

Der gefangene Schatten
Erzählungen. Deutsch von Walter Schürenberg, Anna von Cramer-Klett, Elga Abramowitz und Walter E. Richartz

Ein Diamant – so groß wie das Ritz
Erzählungen. Deutsch von Walter Schürenberg, Anna von Cramer-Klett, Elga Abramowitz und Walter E. Richartz

Der Rest von Glück
Erzählungen. Deutsch von Walter Schürenberg

Zärtlich ist die Nacht
Roman. Deutsch von Walter E. Richartz und Hanna Neves

Das Liebesschiff
Erzählungen. Deutsch von Christa Hotz und Alexander Schmitz

Der ungedeckte Scheck
Erzählungen 1931–1935. Deutsch von Christa Hotz und Alexander Schmitz

Meistererzählungen
Ausgewählt und mit einem Nachwort von Elisabeth Schnack. Deutsch von Walter Schürenberg, Anna von Cramer-Klett und Elga Abramowitz

John Irving
im Diogenes Verlag

»Ein Autor, dessen gewaltige Romane – keiner hat unter 500 Seiten – vom geschmäcklerischen Intellektuellen bis zur erdigen Hausfrau jeden zu fesseln vermögen: Dieser Griff ins pralle Leben, diese mitreißende Mischung aus Komik und Tragik, skurrilen Einfällen und Menschlichkeit, Mitgefühl und Action, ist mit Besonnenheit und Disziplin ersonnen.«
Evelyn Braun/Basler Zeitung

»Man muß nicht nur *Garp* kennen und wissen, wie ihn der Film sah. Man sollte eigentlich alle Romane des Amerikaners John Irving gelesen haben, um mitreden zu können über das schöne Thema: Wie macht ein Autor seinen Lesern viel Spaß und vermittelt dabei einen guten Happen tieferer Bedeutung?«
Elisabeth Endres/Süddeutsche Zeitung, München

Das Hotel New Hampshire
Roman. Aus dem Amerikanischen von Hans Hermann

Laßt die Bären los!
Roman. Deutsch von Michael Walter

Eine Mittelgewichts-Ehe
Roman. Deutsch von Nikolaus Stingl

Gottes Werk und Teufels Beitrag
Roman. Deutsch von Thomas Lindquist

Die wilde Geschichte vom Wassertrinker
Roman. Deutsch von Edith Nerke und Jürgen Bauer

Owen Meany
Roman. Deutsch von Edith Nerke und Jürgen Bauer

Rettungsversuch für Piggy Sneed
Sechs Erzählungen und ein Essay. Deutsch von Dirk van Gunsteren

Zirkuskind
Roman. Deutsch von Irene Rumler

Die imaginäre Freundin
Vom Ringen und Schreiben. Deutsch von Irene Rumler

Alison Lurie
im Diogenes Verlag

»Alison Lurie ist die literarische Verhaltensforscherin der Denkmoden, der Konkurrenz- und Sexualgewohnheiten ganz normaler mittelständischer Stadtneurotiker.« *Sigrid Löffler/profil, Wien*

»Ihr Interesse an den widerstrebenden Kräften der Menschen und ihrem täglichen Kampf um die richtige Balance erinnert an den Blick der Patricia Highsmith, an deren äußerlich angepaßten, aber gerade deswegen auf eine abschüssige Bahn geratenen Durchschnittsbürger. Aber Alison Luries Neugier gilt nicht den Motiven eines Verbrechens, sondern den nicht weniger gefährlichen Jagdgründen des intellektuellen Alltags, insbesondere aber den Narben, die die Liebe hinterläßt.« *Matthias Wegner/Frankfurter Allgemeine*

Affären
Eine transatlantische Liebesgeschichte
Aus dem Amerikanischen von Otto Bayer

Liebe und Freundschaft
Roman. Deutsch von Otto Bayer

Varna oder Imaginäre Freunde
Roman. Deutsch von Otto Bayer

Ein ganz privater kleiner Krieg
Roman. Deutsch von Hermann Stiehl

Die Wahrheit über Lorin Jones
Roman. Deutsch von Otto Bayer

Nowhere City
Roman. Deutsch von Otto Bayer

Von Kindern und Leuten
Roman. Deutsch von Otto Bayer

Frauen und Phantome
Erzählungen. Deutsch von Otto Bayer

Meistererzählungen der Weltliteratur im Diogenes Verlag

- **Alfred Andersch**
Mit einem Nachwort von Lothar Baier

- **Honoré de Balzac**
Ausgewählt von Auguste Amédée de Saint-Gall. Mit einem Nachwort versehen von Georges Simenon

- **Ambrose Bierce**
Auswahl und Vorwort von Mary Hottinger. Aus dem Amerikanischen von Joachim Uhlmann. Mit Zeichnungen von Tomi Ungerer

- **Giovanni Boccaccio**
Meistererzählungen aus dem Decamerone. Ausgewählt von Silvia Sager. Aus dem Italienischen von Heinrich Conrad

- **Anton Čechov**
Ausgewählt von Franz Sutter. Aus dem Russischen von Ada Knipper, Herta von Schulz und Gerhard Dick

- **Miguel de Cervantes Saavedra**
Aus dem Spanischen von Gerda von Uslar. Mit einem Nachwort von Fritz R. Fries

- **Raymond Chandler**
Aus dem Amerikanischen von Hans Wollschläger

- **Agatha Christie**
Aus dem Englischen von Maria Meinert, Maria Berger und Ingrid Jacob

- **Stephen Crane**
Herausgegeben, aus dem Amerikanischen und mit einem Nachwort von Walter E. Richartz

- **Fjodor Dostojewskij**
Herausgegeben, aus dem Russischen und mit einem Nachwort von Johannes von Guenther

- **Friedrich Dürrenmatt**
Mit einem Nachwort von Reinhardt Stumm

- **Joseph von Eichendorff**
Mit einem Nachwort von Hermann Hesse

- **William Faulkner**
Ausgewählt, aus dem Amerikanischen und mit einem Nachwort von Elisabeth Schnack

- **F. Scott Fitzgerald**
Ausgewählt und mit einem Nachwort von Elisabeth Schnack. Aus dem Amerikanischen von Walter Schürenberg, Anna von Cramer-Klett, Elga Abramowitz und Walter E. Richartz

- **Nikolai Gogol**
Ausgewählt, aus dem Russischen und mit einem Vorwort von Sigismund von Radecki

- **Jeremias Gotthelf**
Mit einem Essay von Gottfried Keller

- **Dashiell Hammett**
Ausgewählt von William Matheson. Aus dem Amerikanischen von Wulf Teichmann, Walter E. Richartz, Hellmuth Karasek und Elizabeth Gilbert

- **O. Henry**
Aus dem Amerikanischen von Christine Hoeppner, Wolfgang Kreiter, Rudolf Löwe und Charlotte Schulze. Nachwort von Heinrich Böll

- **Hermann Hesse**
Zusammengestellt, mit bio-bibliographischen Daten und Nachwort von Volker Michels

- **Patricia Highsmith**
Ausgewählt von Patricia Highsmith. Aus dem Amerikanischen von Anne Uhde, Walter E. Richartz und Wulf Teichmann

- **E.T.A. Hoffmann**
Herausgegeben von Christian Strich. Mit einem Nachwort von Stefan Zweig

- **Washington Irving**
Aus dem Amerikanischen von Gunther Martin. Mit Illustrationen von Henry Ritter und Wilhelm Camphausen

- **Franz Kafka**
Mit einem Essay von Walter Muschg sowie einer Erinnerung an Franz Kafka von Kurt Wolff

- **Gottfried Keller**
Mit einem Nachwort von Walter Muschg

- **D. H. Lawrence**
Ausgewählt, aus dem Englischen und mit einem Nachwort von Elisabeth Schnack

- **Jack London**
Aus dem Amerikanischen von Erwin Magnus. Mit einem Vorwort von Herbert Eisenreich

- **Carson McCullers**
Ausgewählt von Anton Friedrich. Aus dem Amerikanischen von Elisabeth Schnack

- **Heinrich Mann**
Mit einem Vorwort von Hugo Loetscher und 24 Zeichnungen von George Grosz

- **Katherine Mansfield**
Ausgewählt, aus dem Englischen und mit einem Nachwort von Elisabeth Schnack

- **W. Somerset Maugham**
Ausgewählt von Gerd Haffmans. Aus dem Englischen von Kurt Wagenseil, Tina Haffmans und Mimi Zoff

- **Guy de Maupassant**
Ausgewählt, aus dem Französischen und mit einem Nachwort von Walter Widmer

- **Meistererzählungen aus Amerika**
Geschichten von Edgar Allan Poe bis John Irving. Herausgegeben von Gerd Haffmans. Mit einleitenden Essays von Edgar Allan Poe und Ring Lardner, Zeittafel, bio-bibliographischen Notizen und Literaturhinweisen. Erweiterte Neuausgabe 1995

- **Meistererzählungen aus Frankreich**
Geschichten von Stendhal bis Georges Simenon. Herausgegeben von Anne Schmucke und Gerda Lheureux. Mit Zeittafel, bio-bibliographischen Notizen und Literaturhinweisen.

- **Meistererzählungen aus Irland**
Geschichten von Frank O'Connor bis Bernard Mac Laverty. Herausgegeben von Gerd Haffmans. Mit einem Essay von Frank O'Connor, bio-bibliographischen Notizen und Literaturhinweisen. Erweiterte Neuausgabe 1995

- **Herman Melville**
Aus dem Amerikanischen von Günther Steinig. Nachwort von Hans-Rüdiger Schwab

- **Prosper Mérimée**
Aus dem Französischen von Arthur Schurig und Adolf V. Bystram. Mit einem Nachwort von V. S. Pritchett

- **Conrad Ferdinand Meyer**
Mit einem Nachwort von Albert Schirnding

- **Frank O'Connor**
Aus dem Englischen und mit einem Nachwort von Elisabeth Schnack

- **Liam O'Flaherty**
Aus dem Englischen und mit einem Nachwort von Elisabeth Schnack

- **George Orwell**
Ausgewählt von Christian Strich. Aus dem Englischen von Felix Gasbarra, Peter Naujack, Alexander Schmitz, Nikolaus Stingl u. a.

- **Konstantin Paustowski**
Aus dem Russischen von Rebecca Candreia und Hans Luchsinger

- **Luigi Pirandello**
Ausgewählt und mit einem Nachwort von Lisa Rüdiger. Aus dem Italienischen von Percy Eckstein, Hans Hinterhäuser und Lisa Rüdiger

- **Edgar Allan Poe**
Ausgewählt und mit einem Vorwort von Mary Hottinger. Aus dem Amerikanischen von Gisela Etzel.

- **Alexander Puschkin**
Aus dem Russischen von André Villard. Mit einem Fragment ›Über Puschkin‹ von Maxim Gorki

● **Joseph Roth**
Ausgewählt von Daniel Keel. Mit einem Nachwort von Stefan Zweig

● **Saki**
Aus dem Englischen von Günter Eichel. Mit einem Nachwort von Thomas Bodmer und Zeichnungen von Edward Gorey

● **Alan Sillitoe**
Aus dem Englischen von Hedwig Jolenberg und Wulf Teichmann

● **Georges Simenon**
Aus dem Französischen von Wolfram Schäfer, Angelika Hildebrandt-Essig, Gisela Stadelmann, Linde Birk und Lislott Pfaff

● **Henry Slesar**
Aus dem Amerikanischen von Thomas Schlück und Günter Eichel

● **Muriel Spark**
Aus dem Englischen von Peter Naujack und Elisabeth Schnack

● **Stendhal**
Aus dem Französischen von Franz Hessel, M. von Musil und Arthur Schurig. Mit einem Nachwort von Maurice Bardèche

● **Robert Louis Stevenson**
Aus dem Englischen von Marguerite und Curt Thesing. Mit einem Nachwort von Lucien Deprijck

● **Adalbert Stifter**
Mit einem Nachwort von Julius Stöcker

● **Leo Tolstoi**
Ausgewählt von Christian Strich. Aus dem Russischen von Arthur Luther, Erich Müller und August Scholz

● **B. Traven**
Ausgewählt von William Matheson

● **Iwan Turgenjew**
Herausgegeben, aus dem Russischen übersetzt und mit einem Nachwort versehen von Johannes von Guenther

● **Mark Twain**
Mit einem Vorwort von N.O. Scarpi

● **Jules Verne**
Aus dem Französischen von Erich Fivian

● **H. G. Wells**
Ausgewählt von Antje Stählin. Aus dem Englischen von Gertrud J. Klett, Lena Neumann und Ursula Spinner